去家访

我的二本学生 2

Home Visits
My Students II

黄灯 著

人民文学出版社

图书在版编目（CIP）数据

我的二本学生.2,去家访/黄灯著.――北京:人民文学出版社,2024（2024.11重印）
ISBN 978-7-02-018426-2

Ⅰ.①我… Ⅱ.①黄… Ⅲ.①散文集－中国－当代Ⅳ.①I217.2

中国国家版本馆CIP数据核字（2023）第246236号

责任编辑　**樊晓哲**
装帧设计　**刘　远**
责任校对　**杨益民**
责任印制　**王重艺**

出版发行　**人民文学出版社**
社　　址　**北京市朝内大街166号**
邮政编码　**100705**

印　　刷　**侨友印刷（河北）有限公司**
经　　销　**全国新华书店等**

字　　数　228千字
开　　本　880毫米×1230毫米　1/32
印　　张　10.375　插页 3
印　　数　40001—45000
版　　次　2024年2月北京第1版
印　　次　2024年11月第6次印刷

书　　号　978-7-02-018426-2
定　　价　59.00元

如有印装质量问题，请与本社图书销售中心调换。电话：010－65233595

目 录

序：抵达、看到与安放   001

2017年

一、去腾冲   003

  踏上家访路   003

  高黎贡山旁的村庄   007

  宗艺木坊   012

  手艺人父亲   016

  大学生老板   022

  建房记   027

二、天台上的心愿   034

  空心村   034

  亲人网络   040

  求学过程   047

  就业季中的坚守   053

三、裸露的家 059

镇上的家与越南新娘聚集的村庄 059

背后的妈妈 068

父亲与哥哥 074

逃离生命的暗礁 079

四、"海里种田人" 088

村庄与庭院 088

"海里种田人"的一天 096

独特的育儿经 103

从求学到就业 110

2018年—2019年

一、潮汕之行 119

吴浩天：家庭工坊、老村庄及牛田洋 120

蔡礼彬：陆丰、小镇青年与奶奶 132

"潮汕因素"作为教育资源 140

二、向日葵地 143

从兴宁到东莞 144

摩托车上的地摊经济学 151

从东莞回兴宁 157

不合群的创业者 162

向日葵地 167

三、懂事的人 173

绿皮火车上 174

彻夜深聊 180

独自留守的村庄 189

外婆家及查家湾 197

四、S 县女孩 202

去湛江 202

进入县城 206

从海边村庄出发 211

来到广州 218

2021年—2022年

一、妈妈的梦，晓静的梦 227

路途中 227

拜老爷与深圳梦 233

摩托车上的生计 242

夹缝中长大 248

二、"移民地"里的网吧少年 256

选修课上"三剑客" 256

横山镇上的"移民地" 261

网吧少年求学记 267

小镇上的年轻人 276

三、嫁给"潘教授" 288

通往萝岗的六号线 288

回娘家 295

重叠的村庄 302

归途列车，或者再出发 309

致　谢 313

序：抵达、看到与安放

2017年暑假，应黎章韬邀请，我开始了去学生家看看的漫长旅途。首站是云南腾冲，黎章韬是我2010级中文班的学生。随后五年，我利用周末或者寒暑假，断断续续去过郁南、阳春、台山、怀宁、东莞、潮安、陆丰、普宁、佛山、深圳、饶平、湛江、遂溪、廉江、韶关、孝感等地，当然也去过广州的荔湾、越秀、萝岗和白云。在中国的教育语境中，这个过程被称为"家访"，也是传统教师角色的一项日常工作，但对我而言，这种跨越时空的走访，完全超出了日常"家访"的边界，成为我从教生涯中，从"讲台之上"走进"讲台背后"的发端。

相比《我的二本学生》在较长时空中对学生群体的整体性叙述，这种贴近大地、回到起点的走访，让我在生活细密的皱褶处，从另一个视角获得了讲台之外的更多观察：

我由此看到了一个开阔、丰富、绵密而又纠结的世界，这个世界链接了学生背后成长的村庄、小镇、山坡和街巷，也召唤了他们的父母、祖辈、兄弟、同学和其他亲人的出场。更重要的是，通过家访，我对学生家长——我的同龄人——有了切近的观察和理解，多年来，我对这个群体一直持有朦朦胧胧的想象，但始终无法在脑海中形成清晰而具体的感知，正是家访带来的近距离相处，让我获得了和他们直接交流的机会，并由此确认了一个事实——在中国的高等教育情境中，家长作为教育主体的重要组成，事实上一直以自己的方式，目睹、融入和接受以教育产业化为载体的社会变化进程，孩子从念书到就业的人生大事，往往成为他们遭遇和深度介入这一进程的核心纽结，并伴随着外出打工、亲子分离、跨省婚姻、城乡融合、教育期待、孩子就业等具体情节，演绎着路径不同但气息相通的生命图景。

在家访过程对我课堂的延伸中，我清晰感知到父母的生计、劳动的历练、祖辈的陪伴、兄弟姐妹之间的相处等具体的日常生活，在学生漫长的少年时代，怎样以"教育资源"的面目，渗透到他们的生命成长中，我由此切身感受到了家庭教育、社会教育与学校教育所形成的复杂关联和参差图景，感知到了学生背后的故土、家庭、亲人所链接的教育要素，以及曾经驻留的小学、初中和高中，相比大学的一览无余，才是他们更为根本的成长底色。

当然，让我感触最深的是，陪伴学生回到他们成长的地方，一种被遮蔽的力量，总能在年轻人身上神奇地复苏，我不否认，囿于校园的狭隘和对年轻群体理解维度的单一，在此以前，我对二本学生群体整体的去向过于悲观，当我有机会贴近他们的来路，看清他们一路走来的坚韧和勇气，我发现，往日的担忧，竟然得到了不少释放，他们作为个体所彰显出的自我成长愿望，让我清晰地看到，无论社会的缝隙怎样狭小，年轻的个体终究在不同的处境中，显示出了各自的主动性和力量感，并由此散发出蓬勃的生机和活力。

如果说，《我的二本学生》是一本立足讲台视角，建立在从教经验之上的教学札记，那么，本书是我走下讲台，走进学生家庭实地考察和亲历的家访笔记。叙述和描绘出"讲台之上"和"讲台背后"的双重教育图景，是我多年的心愿，五年的家访经历，让我意外地获得了机会，从某种程度而言，本书的完成，《我的二本学生》才算获得了相对完整的表达。

本书依然聚焦我的二本学生，出场的年轻人，同样来自广东F学院。

回想起五六年来在全国不同的村庄、集镇、街巷走访的经历，有太多难忘的瞬间值得铭记。我在夏天的溽热中，到过喧嚣而纷乱的南方小镇，也在年关将近的冬日寒风中，抵达过萧瑟而苍茫的北方村庄，它们或庇护在高黎贡山之下，或湮没在高速公路隔绝的群山之中，或在夸张房地产广告的包裹里，显示出街巷的活力和烟尘。我在不止一所废弃小学的操场后面，目睹到曾经的教室，随着孩子们的消散，早已一片狼藉；同时也在多所庄重、整洁的高中校园，看到了我讲台下的年轻人，曾经燃烧的梦想和青春。我一次次从广州南站、省汽车站、越秀南汽车站出发，也一次次在漫长的远行中，将家访变为现实，并由此获得机缘，回溯一个个年轻人成长的足迹。

为了更完整地俯览村庄的全貌，李敏怡曾带我爬上老房子的屋顶；为了进到废弃的小学看看曾经的课桌，何境军多次示范怎样翻越学校的狭窄围栏；为了告诉我养蚝的流程，罗早亮爸爸亲自驾船，带我穿梭海湾抵达蚝场；为了感受茶园的辽阔，林晓静妈妈豪情满怀地开着摩托车，载我在崎岖的乡村小径一路驰骋；为了体验爸爸的工作强度，于魏华和我一起溜入了韵达快递辽阔的分装车间；为了更清楚地还原高三的紧张和劳累，张正敏翻出她尘封已久的日记，翻出她高三写过的近两百支圆珠笔，我到现在都无法忘记，圆珠笔摆满一地给我带来的震撼和触动。

当然，更让我触动的是，在这种走访中，以家庭为锚点，往往能轻易看到其所带来的丰富链接：我终于拥有机会看到讲台下年轻人的爷爷、奶奶、外公、外婆、舅舅、叔叔、姑姑、堂弟、同学等父母以外的群体，看到这个群体和他们的具体关联；也得以拥有机会感受到家庭作坊、进厂打工、养蚝修船、摆摊售卖、种植茶叶、宰杀牲畜等具体生计，是如何作用到一个个孩子的生命中，并在无形中塑造他们的劳动观、金钱观和对求学深造、成家立业诸多事情的认知。

这所有的片段、场景和抵达，在我脑海中绘就了一幅动态而清晰的画卷，接通了一个丰富而真实的中国。

"铁打的校园流水的学生"，作为教师，置身细密的时空之网，目睹年轻的群体，一波波从毕业季的潮水漫过，步入人生种种的不确定性，再也没有"流动性"三个字，更能让我切身感知到他们的生存。我的课堂，不过是学生流动性命运在高校象牙塔中的片刻驻留，"二本学生"作为一个群体的命名和出场，不过是我借助职业的便捷，对他们存在的粗疏叙述。但与他们生命链接更为紧密的家长群体，在当下急剧变迁的时代洪流中，却始终面目模糊，难以在喧嚣的信息堆积中，冒出稍稍清晰的面容和身影，更难直接听到他们的声音。庆幸的是，也正是通过家访带来的便捷，我才得以走近这个隐匿的群体，并获得一次次互相看见、直接沟通的机会。

我想起第一站到达章韬家，坐在雨天的茶桌旁，听他爸爸讲起早年在缅北的伐木经历，他平淡地叙述一切，我却听得心惊肉跳；我想起正敏带我穿梭在童年常走的泥泞小径，想起我们在村庄高高山岗上的小学所感受到的绝对宁静，尽管妈妈不在身边，但在故乡的山间田地，无处不是妈妈劳作的身影；我想起源盛带我重走课堂上描述过的"打火把上学的路"，目睹他最喜爱的堂弟车技惊人，却无法获得驾照进入城市谋生的事实，而我在此种遗憾和现实中，突然理解了无法与我谋面的妈妈，为何在生完孩子后，一定要走出大山的坚定；我想起晓静妈妈跨上摩托，带我在茶场的山路上风驰电掣，她人到中年，却依然活力四射，我一眼就能感到，只有同龄人才能明白的孤独和不甘；我想起境军妈妈站在村口人行道的桃树下，和我讲起儿子的懵懂给她带来的忧虑和无奈，以及决定留守家中陪伴孩子的挣扎和坚持。

事实上，虽说是家访，和家长见面原本应为这一环节的核心，但不少时候，就算来到学生家，我也有可能见不到他们的父母，他们要不双双在外打工，要不一方常年在外。有幸能够见到双方，我们大都没有特定的时间用来交流，他们无法停下手中的活计，生存严丝密缝，日复一日的既定劳作，填满了日常的有限空隙，我们难得的聊天机会，更多只能在红薯地、猪栏旁、快递间、养殖场，或者铡猪草、煮猪食、织渔网、拣快递、修单车等忙碌的间隙中进行。这些场景如此具体、日常而又必然，无不浸润了快速流动的现实在他们身上打下的烙印。他们坚信劳动创造价值，勤劳、质朴而又坚韧，他们对个人消费保持警惕，但对孩子的教育展现出了惊人的重视、不计代价的付出和让我羞愧的耐心，承载了天下父母望子成龙的朴素心愿。和我们的父辈比较起来，这群来自中国传统家庭的最后一代，无论在生活方式还是在价值观念上，依然延续了父辈的精神底色。

毫无疑问，他们是中国最为广大的劳动者群体，在叙述中国高等教育的整体图景时，他们是不可忽视的、沉默而庞大的主体。正是在一次次切近的观照中，我进一步坚定了此前的判断，他们的孩子，我庞大的二本学生群体，构成了中国大学生的多数，成为社会的重要支撑，作为家长，作为劳动者的主体，他们以自己的劳作和付出，同样构成了中国社会正常运转的重要基石。

在和学生共同的寻访中，我一次次感受到，剥离掉985、211、双一流等名校孩子的光环，对更多年轻人而言，哪怕进入二本院校，除了自身的竭尽全力，同样离不开家庭奋不顾身的托举。

我还必须承认，正是通过家访，激活了我很多关于教育的想法，也祛除了我此前的诸多困惑。多年来，相比通过写作呈现学生的命运，我更想做的事，是通过教育实践改变学生的命运，并尽力发现和寻找如何助力学生安放身心的途径，这种明确的"建构性企图"，是我作为一个教师的职业本能。如果说，《我的二本学生》从"学校教育"的维度进入，凸显了年轻群体越来越难以立足社会的趋势，这固然显示了流动性时代在全球化大背景下遭遇的危机，但也从另一个侧面，暴露了"学校教育"裹挟在现代分工之上，悄然将"完整的人"置换为"工具的人"这一过程所遭遇的挑战。那么，从寻找新的教育资源的角度来看，"家庭教育"和"社会教育"，是否蕴含了一直被我们疏忽和漠视的地方？

那些我们早已视而不见的日常，湮没在个人化话语中的定见，是否真的失去了讨论空间？说具体一点，诸如原生家庭对孩子的影响，是否真的像某些主流媒体宣传的那么确凿？鳄鱼池般应试链条裹挟下的过度学校教育，其对个体的严重损耗，是否应作为成本进入考量？家庭结构的变迁、个体的唤醒契机、劳作对孩子品行的锤炼、祖辈给予孩子情感滋养所构建的心理屏障、多子女家庭孕育的彼此担待中的责任感、家族团结协作所滋生的集体力量、公共意识的植根对个体意义感的确立，是否隐藏了当下贫瘠、慌乱的教育实践中，值得重新挖掘和审视的宝贵经验？在绩优主义横行的时代，我们是否需要心平气和地回到教育本身，对极度内卷的现实保持警惕，并对附着在文凭通胀和高校鄙视链条之下的现实，激活并恢复来自个体直觉的质疑勇气，真正让"人"的概念和声音得以强化和彰显？

说得更直接一点，在逼仄到无以复加的成长语境中，作为成人和教育工作者，是否应守住和跨出学校教育的边界，仔细去勘探和甄别那些曾经帮助年轻个体安身立命的要素和可能，并在越来越单向度的评价体系中，帮助年轻人确立丰富而多维度的自我审视？

是的，拉开时空看，正是五年的家访经历，让我挣脱知识包裹的学院氛围，通过特写镜头般对学生个案的聚焦，获得了对上述追问的直观答案。比之大学校园中我对年轻人生活的熟悉，以及他们毕业去向的明了，通过家访，我直接感知到了学校以外的更多维度，"具体而稠密的日常生活"，到底从怎样的层面，塑造了一个个"立体而丰富的人"。

举个例子，尽管在和年轻人的交流中，我不止一次地感受到他们和祖辈之间的深厚感情，但只有目睹文瑜给奶奶剪指甲的一幕，目睹何健站在爷爷坟前的郑重和追念，目睹章韬外婆慈爱温柔地注视眼前健康黝黑的外孙，目睹境军扶着中风的爷爷在宽阔而简陋的客厅走来走去，我才清晰地意识到，相比课堂的粗疏，在他们的生命成长中，隐匿了很多我看不见的场景。在关于代际的叙述中，我切切实实感受到，这些并未瓦解的家庭结构所留存的传统人伦，事实上正是作为生命中的"真正之重"，进入到我讲台下年轻人的情感结构中。凭直觉，我甚至可以判断，廖文瑜、何健、黎章韬、何境军，之所以更有立足社会的勇气，正来源于他们和父辈及祖辈深刻的情感链接。在别人眼中，他们统称为"懂事的人"，在我眼中，他们是一群内心柔软、情感丰沛、充盈责任感而不乏力量的人。我在课堂的驻留和观察中，无法从同质化的教育要素里，发现他们情感教育完成的具体路径，也说不清他们和其他孩子差异的原因，但回到他们的出生地，回到他们的村庄和亲人身边，一些被遮蔽的图景便会浮出水面。

我想，这也是本书中，除了观照学生的求学和就业层面，我更为侧重叙述村庄的变迁、父母的生计、和祖辈的关系、家庭模式甚至同龄人分野的原因。只有还原到这些具体层面，我才能清晰地看到，"背后的村庄"作为生命的原点，怎样成为年轻人"社会化"的发端；才能明确感知，渗透在父母生计中的"劳动"，怎样作为教育资源浸润孩子们的价值建构；才能进一步确信，祖辈毫无保留的情感滋养，怎样给孩子们传递直面现实的力量和勇气；也才能看得更清，在庞大的年轻群体中，我的学生，就算只能来到一所二本院校的课堂，相比更为多数的同龄人，也算得上巨大的突围和幸运，更幸运的是，他们没有被现实中无处不在的压力打败，终究依仗更为本源的滋养和力量，在喧嚣世界中找到了安放自己的地方。

从教育要素的角度看，如果说，《我的二本学生》通过叙述流动时代学生命运的变迁，凸显了"学校教育"的有限性，那么，本书将通过家访个案所链接的成长细节，通过叙述学生背后的家庭所遭受的流动性境遇，竭力探讨"社会教育"和"家庭教育"所包蕴的细碎可能，如何帮助年轻人更好地立足社会，获得安身立命的根基。

而这，也是我在本书中，对出场年轻人的教育图景进行梳理时，愿意花较大篇幅，不厌其烦地叙述学校教育以外其他因素的原因：诸如黎章韬在就业的选择上，父亲对他的影响，他工作以后，客户交流对他的塑造；张正敏与家庭环境、社会偏见对抗的自觉，以及大学期间彻底接纳自己、直面个体真实的勇气；于魏华从父母职业中习得的商业敏感和行动能力，以及对金钱的管理意识和根深蒂固的独立观念；何境军在和爷爷密切的情感关系中，因家族纠纷，在高中阶段偶然被激活的担当使命；林晓静和莫源盛尽管在现实的夹击中，不可避免地遭遇考研或就业的失败，但他们一直听从内心的声音，敢于坚守兴趣的指引，终究慢慢在社会上寻得了立足之处。我在感知他们踏实、充盈而从容的生命状态时，时时意识到，寻找一种不受制于概念和焦虑煎熬的生活，在现实的夹缝中，并非不可能。

在这些个案身上，还原他们各自被遮蔽的成长细节，我惊讶地发现，其力量感的来源，很大一部分来自和现实的对接。当负载于学校教育之上的文凭，其边际效应日渐递减，他们立足现实，脚踏实地，破除"成功学"对自己的禁锢，回到"整体的人"成长本身，在一次次另类实践中，相信来自直觉的声音，相信内心的真实力量，在不起眼的日常生活中，滋生了进入社会、立足大地的勇气，并促成了教育最为核心的环节——"自我教育"的达成。

尽管我知道，本书中提到的个案，并不构成我学生的主体，但他们的实践和选择，极大地丰富了我对二本学生群体的观察和叙述。

我由此意识到，尽管从整体而言，任何群体都受制于时代大势所决定的趋势和路径，但从微观角度看，个体一直拥有社会夹缝中突围的可能，这恰恰是教育之于年轻人的重要意义，也是它能提供此种可能的最好屏障，激活个体的生命活力、唤醒他们的主观能动性，恰恰是教育能以柔韧之躯巧妙抵达之处。而我所谓的"建构性企图"，除了具体的教学实践，更为根本而切近的路径，正来源于和年轻人站在一起，直面真实的社会、自主抵挡生命的惯性消耗、尽可能和更多的人建立关联，并在具体的生存细节和生命场景中，以下蹲的姿态，激活各自的生命活力，积蓄可持续的起跳能量和力气。

毫无疑问，这是家访旅途所构建的丰富链接，对我回到现场的最大馈赠。

好了，让我从教师角色习惯性的饶舌中，说说几年家访的直观感受。

不得不说，相比千篇一律的课堂，五年的家访经历，极大地丰富了我对教育的理解，也激发我对年轻人的成长产生了更多思考。每次走进学生家，我都怀有特别的期待和真实的雀跃，见到家长的那一刻，内心充盈着一种久违的温情。在短暂的相处中，我亲眼看见一双双或沧桑或残缺的手，通过各类普通的劳作，铺就了孩子们通往大学的路，我亲眼看见他们劳碌的同时，因为教育带来的希望，在田野、在山间绽放的笑容。和他们在一起，一种"遥远的亲切"和"眼前的亲切"杂糅交织，我由此感受到某种从未有过的慰藉和涤荡，从他们身上，我看到同代人被时代打下的精神烙印，清楚觉察到独属于一代人的率性、野性以及并未泯灭的活力和激情。

这种让人放松、没有隔膜、彼此敞开的关系，固然来自师生之间的信任，更来自我和我的同龄人——学生家长之间，因为共同的时代记忆所产生的共鸣，在以家访名义的遥远回望中，不需要语言，我们就能跨越具体的现实处境，滋生出一种别样的理解和默契，感知到彼此的心心相通。

这是属于同龄人之间，对逝去时光缥缈却真实的牵念。

同样，通过倾听，我在感知不同地域、不同家庭相同气息的同时，也在一次次行走中，唤醒了自己对故乡、对工厂、对祖辈、对亲人的记忆，他们给予我的情感支持和持续鼓励，让我感受到教师这个职业的庄重和尊严，也感受到教育的柔软、美好和力量，在网络泡沫和现实的喧嚣中，一种久违的让人宁静的东西在我内心萌生。

我想，这是我走进学生家庭，和他们的父母一见如故，没有任何隔膜的原因。

最后，让我借助文字的庄重，记下本书中出场妈妈的名字，并借此表达对中国劳动者的敬意：黎章韬妈妈尹聪兰，莫源盛妈妈李翠艳，张正敏妈妈范氏碧（中文名黄梅香），罗早亮妈妈谭君芳，吴浩天妈妈刘月吟，蔡礼彬妈妈张赛卿，于魏华妈妈袁美芳，何健妈妈李开云，廖文瑜妈妈冯珍，林晓静妈妈谢英华，何境军妈妈李秋琼，温钰珍妈妈潘胡取。

我相信，就如当初和她们告别时约定的那样，我们还有机会再度见面。

2017年

一、去腾冲

踏上家访路

2010年9月，从未出过远门的黎章韬，准备去广州上大学。他的分数，按照当年的录取线，可以上云南师大，但他对教师职业不感兴趣，一心想到沿海地区看一看，这样就报考了位处广州的广东F学院。他原本填报了热门的会计专业，由于竞争激烈，最后被调剂到了中文专业。

父亲忙，考虑到路途遥远、开支也不小，他没有选择陪伴，而是削了一根花梨木，郑重地交到独子手中。章韬对远方的想象，兴奋中夹杂着茫然和担忧。第一次出远门，他偷偷上网查询了一些防身的套路，"背了一双球鞋，携带了一根棍子，拿着通知书就走了"。父子之间没有明言，随身携带的花梨木，其实也是漫长旅途的防身工具。

从腾冲到昆明，章韬坐了九个小时的汽车，当天，他又从昆明登上了开往广州的绿皮火车。事实上，这次远行让他拥有了第一次坐火车的机会，"以前没出去过，没出过保山城，昆明都没到过"。他根据隐约的直觉，仅仅携带了少量现金，几年后，他坦言："说出来你们不要笑，我是很土的那种，第一次出门，现金都是分开藏，口袋里只放了几十块钱。"他将更多的现金塞在鞋垫下，唯恐陌生人从口袋里顺走。

为了尽早适应大学生活，章韬比别人提早一个星期到达广东F学院。这样，他的大学就比别人多了七天。

军训结束，我成为他的老师，给他们班讲《中国现代文学史》。第一次课堂发言，我记住了章韬黝黑、坚毅、毫不含糊的模样。

2014年6月，章韬大学毕业，他从广州天河区的校园，回到了云南腾冲固东镇的村庄。章韬年少时代对外面世界的期待，在大学四年长长的风筝线中，并未在广州的繁华、喧嚣中得以强化。在我任教的十几年中，相比于多数学生对大城市的向往，像章韬这样坚定选择回乡的孩子并不多见，何况，他来自相对僻远的云南，更何况，在他毕业的2014年，大学生就业的难度远远比不上今天。"到沿海地区看一看"，对他而言，不过是负载在外出读书行动上的一句承诺。章韬义无反顾地返乡，让我一直深怀好奇，这也构成了我们师生之间保持密切联系的内在原因。

2017年暑假，我和章韬约好，决定启程去他的故乡腾冲看看。对这个家庭的寻访，构成了本书的开端。

从广州去腾冲的方式有两种，一种是直接坐飞机，航班隔天就有；还有一种是先坐飞机或火车到昆明，再从昆明转飞机或者大巴去往腾冲。我决定按照章韬回家的线路，从广州坐火车到昆明，然后再从昆明坐大巴，前往保山地区的腾冲市固东镇。

这是我第一次踏上祖国的西南大地，也是此后多年断断续续在全国各地对学生进行家访的首程。

2017年7月25日，我从广州南站登上去昆明南站的高铁。章韬大学期间只能乘坐绿皮火车，2014年12月南昆高铁的开通，给广东和西南地区的往来提供了极大的便捷。七八个小时的旅途，相比以前慢车的悠长，让我真切意识到，"云南"这个从我年少时代便在脑海打下烙印的地方，并非远在天边。

时值夏季，列车驶出广州的边界后，在广东境内途经云浮东站，很快便进入广西地界。沿途铺开的视野，和京广线北段的广袤、单调形成了鲜明对比。两广境内山区多，田野散落在山与山之间的空隙中，村庄隐匿于山脚下。一路所见的农作物主要是稻谷，这种南方常见的粮食作物，在田野中已经成熟。我留意散落田间的稻秆，明显高于故乡常见的高度，显然，这是单季稻种植的后果。虽然两广地区的气候非常适合双季稻种植，沿途的农民明显已不再进行两季的耕作，田地间看不到双抢时节的繁忙迹象。

与稻田的敷衍形成鲜明对比的是，列车进入广西境内后，在非喀斯特地貌区，高铁线沿途到处都是密密麻麻的桉树，远远看去，整饬而优雅，在起伏的山坡上绵延不绝，没有尽头，规模极为庞大。尽管成规模种植桉树一直因破坏环境而被人诟病，但对经济落后的山区而言，依旧是增加收入的可靠途径。也许，在水土条件优越的广西地区，种植桉树对环境的透支，较之经济的实际需求，还不值得计较太多。

火车在田野、山间、一个接一个的隧道中疾行，根本来不及让人产生视觉疲劳。我突然意识到，若不是高铁的开通，这些路旁的村庄，这些隐匿在深山老林中的村庄，我将永远没有机会遇见。

傍晚时分，列车抵达昆明。这座西南名城比我想象中要散淡和安静，弥漫着一种特有的笃定。昆明的日落时间比广州晚了两个小时，临近八点，天空依然朗晴，这让我感觉自己赚到了白天的光阴。在昆明逗留一晚后，第二天一早，我赶往客运站，登上了开往腾冲的长途巴士。大巴很快进入群山的怀抱不停穿行，触目所及是难以穷尽的大山，巍峨、壮观、亘古不变，不时可以看到野性的河流，夹杂轰鸣的声音，就在身边奔腾。多年前地理课本上的知识，在眼前的风景切换中，获得了真切感知。

同车的旅客中，可能只有我是外省人，其他人带着归家的从容，一脸平静。坐在我旁边的一位大姐，比之其他旅客的缄默，话明显要多一些，面对沿途的美景，怎么也掩饰不住对故乡的热爱。临近腾冲时，她急切地指引，"前面就是龙江大桥，开通的时候，好多人来看。"确实，龙江大桥横跨龙川江河谷，以一种突兀而协调的壮观，呈现在人们眼前。龙江大桥对腾冲人而言，既是地理意义上的归家标志，也是精神意义上的情感牵引。当然，对章韬而言，这更是一条牵引他回到故乡，同时也将他带往外面世界的通道 —— 他的产品，通过龙江大桥，流向了祖国大地的四面八方。

遇到大桥的那一刻，我突然明白，章韬对故乡土地的牵绊，越出了我以往对年轻人成长路径的理解。

在腾冲休息一晚后，我来到了章韬家 —— 从在广州南站上高铁算起，历时四十八小时。我终于看到他经常在微信中晒出的宗艺木坊，看到院子里高高的向日葵花，正盛开在高黎贡山勾勒的高远蓝天下。

高黎贡山旁的村庄

宗艺木坊是章韬大学毕业后回乡工作的地方，在固东镇上，距离他出生的和平村约八公里，两地之间道路畅通。很长一段时间，他每天上完班，骑着一辆摩托车回到村里。比之实习期间在广州挤地铁、倒公交，这种便捷让他极为舒心。

和平村是典型的云南山区村庄，从地质状况看，这边属于火山地貌，随处可见火山石搭建的老房。巍峨的高黎贡山静静地环绕村庄，到处是绿色的植被，散发着和海南村庄相似的气息，但相比于海南的炎热，腾冲的凉爽给人一种特别的安定感。章韬坦言，因高黎贡山的阻隔，外面世界发生的变化，很长时间都没有波及村庄，和他同龄的孩子，没有一个因父母外出打工成为留守儿童，而我熟悉的湖南、湖北村庄，1990年代出生的孩子大都成为留守一族。拉开时空看，高黎贡山的矗立，固然阻隔了村庄和外界的沟通，对孩子们而言，却成为守护他们童年的天然屏障。

和平村看起来整洁有序、清爽雅静，一种让人放松并渴望停留的情绪，不自觉在我内心蔓延。在路边，随处可见悠闲游荡的水牛群，老人则聚集村口的树下玩乐、闲聊，稍稍远一点，可以看到村庄周围密布墓群，坟墓修建得朴素而讲究，没有半点阴森气息，在这里，逝者和亲人的生存空间交错一起，界限并不分明。

有意思的是，村子里分布了好几家饮食小店，不少老人在路边支起铁制的简易烧烤摊，将新鲜五花肉、西红柿和辣椒烧好，现场制作酸辣味的火烧米线。因太阳下山晚，他们的作息时间，也不同于我生活过的湖南和广东。一日三餐，从十点到十一点之间的早餐开始，午餐算不上正餐，叫"晌午"，以米线或者饵丝为主，晚上六七点的晚餐才算正餐。吃完晚饭，并不意味着一天劳作的结束，村民还得干会儿活，差不多八点天黑后才结束一天的劳作，十点左右睡觉。但章韬经常要忙到十二点以后，他白天劳动，加工产品，晚上要利用网络和外界沟通，通过微信售卖产品。

近几年，男女比例的失衡，使得村里外地媳妇的比例明显增多，在聚集的人群中，偶尔还会闪过缅甸女孩的面孔。火山灰独特的成分，极其适宜淮山的生长，种植淮山，成为村民的主要经济来源。村庄自然环境好，最大的一口水井下，肉眼可见的泉眼不断冒出清洌甘甜的水源。比之挑水的辛劳，水管的铺设让村民享受了自来水的便捷，可章韬提及最多的，是故乡真正的甘泉，"这是最好的水质，是真的甜，没有任何自来水的漂白气味"。

章韬的外婆家也在和平村，村头村尾往来方便。外婆家有他童年最温馨的记忆。从两岁开始，他就和外婆生活在一起。当时，妈妈忙不过来，爸爸年轻气盛，与流氓打架，被判了两年劳改。外婆无论去哪里劳动，都将他带在身边，"我小时候就是在她怀里长大的"，章韬说起来，好像一切发生在昨天。

不到几分钟，章韬便带我来到了外婆家。在舅舅精致木楼旁边的院子里，我见到了这位老人，干净的脸庞，慈祥、精干，在院子的花丛中，外婆素雅而精神的笑容自然绽放。"章韬是我最喜欢的孙子，是我领大的，他总是来看我，懂事，心好。"老人开销小，目前依旧独立生活，不要子女供养，"外婆吃素、种菜、种豆子、喜欢种辣椒，豆子一年都要卖不少钱，吃不完的蔬菜，她会精心做成干腌菜，拿到集市上售卖"。

章韬性格中的人情味，被外婆表述为"懂事、心好"，显然，这种性格的养成，得益于章韬从小在外婆身边长大。

章韬的妈妈兄弟姊妹四人，她排行老大；二姨嫁给了一个屠夫，"屠夫在我们这里很吃香，二姨日子过得还不错"；三姨性格外向，喜欢闯荡，打工期间认识了丈夫，嫁到了两百公里外的少数民族山区，"地方虽然穷一点，但她很开心，在那里，村民有什么事会跳舞，吃完饭没事干也跳舞"；舅舅就在村里，外婆住的木楼，是舅舅精心所建。

童年经历中，章韬对长辈的劳动场景刻骨铭心，收麦时节，他会戴着草帽跟在大人身旁。和亲人的情感交流，也在这种共同的劳动中自然达成。像任何一个乡村长大的孩子一样，他对田野的一切了如指掌。辣椒何时开花、何时长大、何时变成鲜艳的红色，会像季节的更替一样，悄然印入章韬的脑海。

那时伐木是父亲农业劳作以外的主要生计，每到正月初六初七，父亲就要趁冬天不下雨的间隙，去缅北伐木，"我会送他去路边，很不舍，那种感情我是体验过的"。妈妈为了养家，很长一段时间在村里卖米线，章韬会跟在身边打下手，帮妈妈做点事情。

章韬的童年，说不上贫穷，但也算不上毫无匮乏。整体而言，尽管父母和其他亲人对他施加的教育，依旧沿袭了传统的惯性，但独生子和长孙的身份让章韬事实上领受了不少自由而散漫的爱。虽然勤劳早已成为刻在父亲骨子里的基因，自己一天也不愿意耽误干活，但他从未逼迫儿子去干太多的体力活。

和同龄的城里孩子比起来，章韬更像一头淳朴、健壮、生命力蓬勃的小兽，保留了天性中的灵气和野性。

在村里，章韬读过的幼儿园、小学一直都在。他的小学就在家门口，走过去不到二百米，如果翻墙，则只有几十米距离，现在升级为固东镇中心小学。从小到大，他的成绩一直很好，语文更是拔尖，唯一的遗憾是英语，中考都没有及格，就算如此，他还是考入了腾冲一中。和我大部分来自乡村的学生不同，章韬好像没有面临过太多物质的窘迫，"我的命比较好，小学费用不高时，家里穷也不要紧，念到初中，家里情况好转了一点，念到高中，我爸帮人打工，工资接近一万，已经算很高了"。

在章韬的同龄人中，他小学班上三四十个同学，考出去的有五六个。在传统的职业选择中，像他这样1990年代初期出生的男孩，依然有人选择伐木。父亲早早从事这一行当，深知其中的艰辛，不让唯一的儿子去缅北伐木，是他的心理底线。

和多数男孩对未来的懵懂不同，章韬从小到大对自己的人生有清晰的想法。只不过种种具体的梦想一直处于变化之中。小学时，他曾想过当警察，"背一把枪，好威风，穿身制服，给人气派的感觉"。初中时，目睹老师被淘气的学生气哭，他对教师职业没有向往，倒是无意中听到老师对微薄工资的抱怨，让他对挣钱充满了渴望。事实上，相比别的学生，章韬有更多机会接触金钱：妈妈常年卖豌豆粉、米线，章韬时不时帮忙，很小就在细碎的现金交易中学会了算账；他做事细心，深得老师信任，从小学到初中，一直负责管理班费，"从来没有出过错，拥有金钱的感觉特别好"。对金钱的敏感和兴趣，让他在小学时就热衷和村里的小伙伴捡垃圾、拾废铁，天气炎热的麦收季节，甚至独自租冰棒箱卖冷饮。"想起来，到初中，我便明确意识到，最大的心愿，就是做大老板。"高中时浸润在腾冲一中古朴、深厚的文化氛围中，章韬赚钱的心思淡了很多，"高一时，我对传统文化的兴趣突然被激发，迷上了考古，特别想当一个考古学家"。这个梦想没有持续太久，等到上了大学，他感觉当考古学家的愿望越来越缥缈，宿舍里的同学大都来自广东，"大家都不喜欢考公务员，觉得太死板，感觉还是做生意比较自由"，章韬也回到初中时的想法，经商的念头越来越强。

大四最后一年，临近毕业季，章韬在广州一家银行实习几个月后，对水泥森林中极度紧张、压抑的生活，产生了深深的厌倦，但对要不要留在广州，始终犹豫不决。2014年1月，父亲外出购买装修材料，被开往缅北运送木材的无证货车撞上，脑部重度受伤。"当时放寒假，正在回家的长途大巴上，因为睡觉，我一直关机，打开手机时，看到满屏的未接电话，我就知道家里出事了。"章韬直接赶往医院的ICU，见到了无法辨认的父亲，一个亲戚告诉他，父亲命虽保住了，能不能清醒过来不好说，有可能成为植物人，"几个医生也这样说，我就比较害怕"。庆幸的是，在昆明做完手术，经过精心护理，父亲逐渐恢复过来。"作为独生子，我立即知道了自己的选择，我担心亲人再次出现意外时，我在千里之外获得消息，我不想给自己留下一生的遗憾。"

大学毕业后，章韬果断回到家乡，跟随父亲打理木艺工坊。他追溯回来的由头，父亲遭遇的变故，是直接原因，但不喜欢广州的天气，"受不了广州这么热"，则是一个云南孩子最真实的感受："我到广州觉得不舒服的地方，就是每天都要洗澡，每天都黏黏糊糊，而云南的空气干爽清冽，三四天洗一次就好。"

宗 艺 木 坊

对于章韬的返乡，父母表现出完全不同的态度。

父亲支持他，"我们的关系像弟兄两个"。父子俩价值观相同，对于人生的设想，父亲觉得，"应该用在最有价值的地方"，在他的理解中，自己坚持和辛苦了那么多年，在木艺制作方面已经给儿子搭建了一个平台，章韬多少有了一条退路。潜意识里，父亲坚信，儿子能耐越大，自己工坊的转型也会越方便。更重要的是，他对章韬没有不切实际的期待，从不觉得孩子在广州念完大学，就不应该回到乡下，既然大城市生活不易，物价贵、房子贵，还不如回来发展。

妈妈则希望儿子找一份有编制的工作。"我妈是那种特别传统的人，我就算做生意能闯出一片天地，她也不高兴，哪怕我一天有一万元的利润进账，她也觉得悲观，觉得没有明天，她认为当一个教师也可以，考一个公务员或者是政府合同工也可以，只要是有编制的职业，就喜欢，她信奉那句话：吃公粮的，星期六在家闲着也有钱。"直到现在，每有人问起，章韬念完大学为什么没有留在城里，妈妈总要强调，"儿子本来在广州的银行上班，是家里人将他叫回来的"，仿佛这个曾经的事实，能够给予她足够的安慰。父母态度的分歧，让章韬很长一段时间都处于挣扎之中，他从不和妈妈争辩，只想赚更多的钱，让她放心。

父母理念的差异，从两人处事态度可以看出来。碰上无理取闹的执法人员，父亲会捏着拳头冲出去，妈妈则会在后面拼命拉住丈夫。

经过几年的打磨，章韬从初期的隐约失落转变为暗自庆幸，在断断续续了解到当初留在广州的同学大部分空间逼仄、日子艰辛时，他对自己的选择更为坦然。一些看得见和看不见的因素，都成为他安心留在家乡的支撑。

对国家的宏观战略，章韬极为敏感，他看好"一带一路"给云南带来的机遇，腾冲作为边陲省份的名城，一直是通往缅甸的重要口岸。历史上，滇缅铁路和驼峰航线，曾在特殊时期发挥过巨大作用，腾冲市内庄严静默的国殇墓园，始终以一种沉默而笃定的方式，叙述着这片土地曾有的激荡和悲情。章韬对腾冲的前景极为乐观，他说服家人在即将开通的火车站旁购置了商铺，既然自己不会进入体制工作，那自由地经商，就是最好的选择。尽管宗艺木坊的经营还算稳定，随着缅甸的封关、缅北局势的恶化，原材料的匮乏，是看得见的后果，迟早面临转型是章韬必须接受的现实，"如果以后不做木艺，我会琢磨是否转行翡翠，再不济，也要留意餐饮"。

除了工作的踏实，当地优美的自然景色，也给章韬带来了极大满足。在没有走出云南之前，他对沿海城市充满渴望，但通过高考外出见识过后，他发现高黎贡山护卫的故土，火山石建起的村庄，其实是人间少有的好地方，"内地农村，特别是城郊接合部，看起来就像垃圾场"。

当然，章韬返乡后，也遭受了难以释怀的困惑：上大学让他失去了农村户口。2010年考上大学时，录取通知书的附件上，明显提示，"为了毕业后就业方便，最好把户口迁到学校"，章韬就此去当地派出所咨询，得到的答复是：迁出去以后还可以迁回来，不会有任何影响。但事实并非如此，回到腾冲后，他的户口一直难以迁回，"我感觉很遗憾，我被欺骗了"。失去农村户口，意味着章韬不仅失去了户口负载的基本资源，根据政策也失去了购买农村土地的资格，"他们之所以这样做，就是想拉高城镇化水平，把居民生硬地拉到城镇范围里"。在城镇化快速推进过程中，章韬只是城镇化率分母中很不起眼的一个分子，不能迁回户口的伤害，一直让他难以平复、耿耿于怀。

宗艺木坊是典型的家族工坊。腾冲毗邻缅甸，木材加工一直是传统行业，尤以名贵的金丝楠木为甚。章韬父亲自2006年转行做根雕后，逐渐独立出来，自己开了一家工坊。出车祸前，工坊正历经从起步到发展的关键阶段，突然的变故，让工坊处于停顿状态。章韬对于木艺，并无特别的研究和兴趣，在决定随父亲打理工坊后，他从当初的"被逼与木头接触"，到现在终于"自愿地喜欢上"。他的工作体验，夹杂了获得利润以外的精神快乐，每一次切出木板的新纹路，一种无法言喻、源于大自然赐予的美感，都会让他兴奋起来。

从工序而言，买料、设计、加工、销售是核心环节。父亲经验足，原材料的质量，完全依靠他的判断，"去买料子的时候，爸爸的重要性最明显，树根做成什么样，他心里要有数，茶台怎么切，就靠他定翘板"。原材料依靠缅甸进口，腾冲的商人多年来一直可以便捷地进入缅甸采购。2015年章韬完婚后，全家人将重心转到工坊，准备大干一场，不料缅甸突然封关，木材停止出口，他们就算压缩了别的开销，也只是在边贸的尾货中抢囤了少量原料。如何获得稳定的原材料供应，成为家人最担心的事情。

产品的设计，是工坊的核心竞争力，尽管工坊产品有不少是实木大板，貌似不需太多设计，只需根据材料的尺寸裁剪，但原生态的根雕是否出彩，则完全取决于父亲来自直觉的设计。宗艺木坊，不但承担了展览成品的功能，更是半成品制作加工的场地。父子俩对加工环节极为严格，以上油漆为例，因工坊在路边，白天繁忙的车辆会带来灰尘，他们喷漆时，会选择晚上进行，在油漆的选用上，更不会计较价格，常用的高端品种，价格逼近三千元一桶。

销售环节有两条线，一条借助不同地方开设的实体店，一条借助网上的微信推广。无论哪条线，都涉及运输环节的物流问题，产品特殊，打包尤为重要，物流成本的攀升，增加了工坊的经营压力。缅北封关后，加上外部经济环境的变化，销售面临激烈竞争，为及时回笼现金，往往要低价出售成品，行情不稳，成为常态。在腾冲，入行木艺的大都是本金不多的小业主，有些碰上生活窘迫，迫于生存压力，会赶着销售，将存货早点变现，所获利润仅仅来自加工费用，对极度依赖原材料质量、利润来自地域优势所带来之差价的木艺行业而言，这种倾销策略性价比极低。章韬入行时间不算长，却已见证身边不少同行在严酷的市场压力下遗憾出局。

整体看来，面对工坊复杂而烦琐的程序，家中成员各司其职：买料和设计，父亲把关；加工由父亲和章韬协作完成；销售环节全家参与，网络销售以章韬为主，实体店则由妻子和妈妈管理；日常后勤由妈妈和妻子分担；作为勤俭节约的典范，妈妈主动承担了全家的财务管理工作，所有产品的进账，都会从她的账户出入。无论如何，一家人的核心是父亲，宗艺木坊的灵魂人物也是父亲。

从职业传承而言，章韬大学毕业回到家乡，跟随父亲加入宗艺木坊，沿袭了一条古老的"子承父业"的手艺人路径，只不过章韬踏入这条道路的时间起点，要从大学毕业后的时光算起。

手艺人父亲

章韬的爸爸出生于1970年11月。童年时期，家里的生计全靠爷爷上山砍柴售卖，"爸爸出生一百天时，爷爷外出砍柴，山上的大石头滚下来砸死了他。"直到2016年，爸爸才将爷爷的骨殖捡回来，按照习俗安葬在靠近亲人的山边。

爷爷去世后，奶奶带着年幼的儿子改嫁，后来又生育了几个孩子。像那个年代的多子女家庭一样，奶奶的日子过得一地鸡毛：吸毒的曾祖父、冷漠的继祖父，不争气的叔叔。在生活的重压下，奶奶对尚未成人的儿子逐渐失去耐心，变得越来越漠然。1990年代末期，叔叔在口岸和贵州的几伙流氓打架，造成重伤无人理会，爸爸将叔叔送去医院，没有抢救回来，去公安局报案后，直到现在都没有结论。

爸爸从小喜欢画画，年幼阶段还不会写字，在一贫如洗的家中，他挖空心思寻找机会。家里有一个搪瓷缸，瓷缸底部有一匹马，这是爸爸唯一能找到的与"美术"有关的资料。"小时候，我照着画，就画那匹马，越画越像，等我学会写一二三四，那匹马已被我画得可以跑起来。"小学毕业，同学互赠礼物，爸爸没有钱，让每个同学撕下一张纸，画一匹马算是回赠。家里穷，爸爸念到初一，学业被迫中断，十四岁开始，他跟随邻居上矿山，十七岁，开始去缅北伐木。二十岁刚生下章韬，就被家里要求搬出来，三口人住在几间茅草房内，直到章韬十四岁。

对爸爸而言，伐木算得上青年时代最重要的副业，他从十七岁开始，一直干到三十四岁。伐木有明显的节令要求，雨季无法作业，要见缝插针抓住合适的时间。每到过完中秋节，爸爸就会去缅北，直到过年才回来，回家住几天，正月初几又得过去，在此期间，碰上家里收割麦子，爸爸也会赶回来。对于冬季缅北伐木的记忆，爸爸刻骨铭心的感受就是冷："太冷了，大雪飘飘，最怕大雪封山。""特别冷，根本不可能偷懒，一闲下来就必须烤火，否则会冻死，有时候下暴雪，木头从山上冲下去，掉进山沟，冲进雪堆，根本找不到，只能等雨季来临，冰雪融化后再去寻找。"伐木辛苦，劳动强度极大，在原始森林，一天要工作十几个小时，"早上天一亮，吃完饭，就去做，两头摸，早上摸黑起来吃饭，晚上不黑不进工棚"。大家心里只有一个念头，"多干活，多挣钱"。在爸爸看来，伐木甚至比下矿还危险，村里人前前后后在缅北死了几个。他们住的地方都是工棚，一个工棚住十多人，在单调、辛劳的日子里，他唯一的乐趣就是画画，山中取之不尽的竹木，是他触手可及的创作材料。

　　伐木作为副业没有太多确定性，能不能拿到工钱，只能靠运气，大都取决于老板的态度。妈妈记得，爸爸有时候出去几个月，一分钱都不能带回，大多时候，只能拿回几百元，如果偶尔能带回一两千元，就相当于一笔巨款。爸爸最后一次去缅甸是2004年，当年他颗粒无收，而孩子慢慢长大，面临越来越大的教育开支，这也暗中促成了他后来的转型。

　　在爸爸眼中，缅北的经济极为落后，很多村庄还处于刀耕火种、靠天吃饭的阶段。不少当地村民种植粮食时，先是砍出一片地，然后放火烧，烧完以后，拿木棍戳一个洞，将种子随意丢在洞里。村民有一些原始习俗，种一颗种子，唱一句歌，种完地，晚上就回来喝酒，根本谈不上精耕细作，自然也没有发展观念，更不要说商品经济意识。

村庄最好的房子是木楼，大部分人住在茅草房里，在当地村民看来，只要不漏雨，就算得上好房子。茅屋没有水电，取暖靠烧火，偶尔看到一堆熊熊燃烧的篝火，可能仅仅用来照明。村庄不通电，也就没有电灯、烧水壶这些常见的电器。村民日常直接喝冷水，没有喝茶的习惯，最大的消费，就是喝酒、吸毒。孩子出生后，父母不会管太多，在放养中任其长大，体力见长后，就上山伐木，到一定年龄，结识一些社会青年，他们会聚集一起，开始接触毒品，整个成长阶段，没有国家强制的义务教育。

章韬从未去过缅甸，也没有上山伐过木，但他去过中缅边境，对边境两端的差异，有着直接感知："一线之隔，一边在打仗，冷枪冷炮，孩子们伸出很瘦很黑的手，从铁丝网里面讨钱，一边则国泰民安，老百姓过着正常的生活，我的感觉，真的是一个天上一个地下。"章韬好几次目睹缅北的孩子翻过铁丝网，灵活如小猴，到中国的土地上讨钱，有些孩子甚至会说中文。

战争、毒品、贫穷、得不到照顾的孩子，这些缅北的亲眼所见，在爸爸脑海中显影出自己的中国图景，他由此对统一而强大的政党领导，怀有强烈认同。尽管爸爸童年的生活也极为艰难——贫穷、亲人的冷漠、寨子里他人的歧视、被打谷机卡掉的手指、特长无法施展的压抑——但在祖国阔步向前的发展大势中，他从未丧失对生活的信念。章韬的出生，给爸爸的生命注入了神奇的力量，他所有的努力和奋斗，始终拥有一个发力的方向，所以能在遭遇严重车祸后，凭着顽强的毅力，获得了奇迹般的康复。我在和章韬爸爸聊天时，他反复强调："我会尽力帮他们，直到不能行动的那一天。"他将自己朴实而坚定的信念表述为："亲手创建一个团结幸福的家庭，树立良好的家风，创造过得去的经济条件，帮助章韬他们继续发展，让他们过上更好的生活。"

确实，爸爸通过坚守和实践自己的信念，让章韬受到了良好的家庭教育。

在章韬童年阶段，爸爸尊重儿子的天性，鼓励他自由自在地玩耍，但在习惯和规矩的确立上，又坚持明确的界限。爸爸对当下城里人纵容孩子的消费主义观念极为不屑，勤俭节约，是他对章韬的基本要求；他也不满城里人以工作忙为由，导致陪伴孩子的时间太少，在他看来，父母不在孩子身上花时间，必然会影响他们顺利成长。我后来才意识到，他对教育的感悟，一方面和他持有"言传身教"的传统理念有关，也和他多年带徒弟做根雕的经历有关。

章韬爸爸是腾冲有名的根雕师傅，当地很多不错的艺人，都出自他的门下。他提到，在工厂时，一位做木雕的同事，雕刻技术非常高，是工厂特意从福建挖过来的人才，有一次，客户定制的产品需要雕刻一头牛，老板指定这位福建师傅主导，成品出来后，大家怎么看都觉得别扭，爸爸知道福建师傅很少接触牛，目睹整个过程，他给出的解释是："雕刻不能脱离实在的东西，这是我们行业的根本，如果福建师傅天天看到牛，以他的技术，肯定会雕得活灵活现。"他带徒弟的最大秘诀，就是教他们观察生活，琢磨实实在在的东西，就如他当年画马一样，除了反复临摹，还要找一切机会，去接近现实中的马。

—— 在我多年走访的学生家庭中，章韬爸爸的教育意识算得上自觉而强烈。事实上，在章韬身上，从求学、结婚，直到成为宗艺木坊的一员，在为人处世层面，确实能看到父辈施与的影响。爸爸经常对章韬说："做生意，我教给你'买卖'两个字，'买'和'卖'，你做好其中的一个，就可以了。"在他的理念中，一个家庭，要有总目标，家庭成员也要知道自己的职责，大方向把握好，家庭才有希望。

章韬爸爸提到的"陪伴孩子"，主要表现为繁忙的劳作后，无论多累，他都会抽时间陪家人一起喝茶，在聊天中和儿子、儿媳讨论工坊的品牌化目标，思考工坊实力的提升途径，"我要求他们不能吸毒，不能醉酒，不打麻将，不浪费时间，要多思考未来的发展。"爸爸对章韬的能力充满信心，相信自小对他的严格，有利于儿子的成长，"严父出虎子"的理念，深深烙在他的脑海中。生活上，他勤俭节约，对消费主义保持警惕，同时要求章韬不乱花钱，"要好好过日子，好好谋事情，把钱用在最值当的地方"，他始终认为，如果经济状况刚刚有一点起色，就沾染暴发户行为，"那很快就会完蛋"。

有意思的是，爸爸除了专业上的引领，还经常对子女进行爱国教育，他关心国家大事，"我虽是一个普通农民，对于国家的前途，也很关心，我最担心中国重新陷入列强的包围，如果我们自己不争气，就真的可能被他们玩死掉"。显然，异国的生存经验，让爸爸多了一重观照世界的宏观视角。

受爸爸"工坊品牌化"观念的启发，近两年，章韬最大的心愿，是协助他申请非物质文化遗产的根雕传承人。爸爸文凭不高，但在当地影响很大，可以说，腾冲当地做根雕的人大都师承了他的手艺。前几年，赶上木雕行业的爆发期，不少徒弟乘势将规模扩大，甚至带出了第三代徒弟。爸爸在申请"非遗"传承人的过程中，因性格刚硬，说话太直，第一次没有成功，这对他"工坊品牌化"的目标有很大影响，甚至波及了商标注册，但他并未将此事放在心上，始终保持乐观的精神状态，他相信，少年时代那么艰难，自己单枪匹马都干出了一些名堂，现在条件好了，做事的空间只会越来越大。

"时代不同了，我们普通人都有能力，把这个生意搞得很好，我们就像一根坚强的小草，落地生根，遍地开花，根本不用怕。"

"天生我材必有用"。

"我现在思想越来越宽阔，我想做的事情还很多"。

—— 在后来的联系中，章韬告诉我，爸爸的手艺，逐渐被当地政府认同，2020年和2021年，连续被推荐到昆明国际会展中心，同时参加了第14、15届民族民间工艺美术博览会，作品两度获得"云南省工艺美术协会"授予的金奖。

缅北雨天工棚里的坚守，时隔多年，终归收获了认同。

来到腾冲次日，天空便下起了小雨。在淅淅沥沥的夏雨声中，我和章韬一家围在一起，享用难得的空闲时光一边喝茶，一边听他们聊往事，也谈对未来的设想。身为异乡人，沉浸其中，我内心弥漫着一种特别的笃定和安宁。我忽然理解，为什么云南人不喜欢外出，为什么故乡对章韬有着致命的诱惑。

作为同龄人，章韬爸爸的人生经历，显然和来自内地的我完全不同，但共处的同一时代，终究在我们身上打下了相同的精神烙印。亲历上世纪八十年代向九十年代的转型，无论身处何处，无论历经怎样的贫瘠，无论碰到怎样的挑战，那段驻留于我们青春期的蓬勃岁月，都曾作为一种共同的精神力量，注入我们年轻的生命。

是的，无论现实怎样将我们打趴，我们总能克服重重困难，在不同的地方站立起来。我的经历是这样，我后来走访的何健妈妈、林晓静妈妈、早亮妈妈同样如此。

这是属于同一代人，元气充沛的时代记忆。

大学生老板

章韬毕业回家后，严格按照"成家立业"的古训，进入自己的人生轨道。父母老早就告诉他，不要找外面的女孩，一则语言不通，二则生活习惯不同。章韬知道，爸爸妈妈是权威型家长，外面前卫时尚的女孩，在亲子关系中和父母类似朋友，这和他们的家庭氛围显然不同。作为独生子，他从小就接纳自己在家庭中的位置，父亲遭遇车祸后，做任何选择，章韬都会从家庭角度考虑，既然父母对自己找对象有明确要求，遵从他们的意愿，就成为章韬理所当然的选择。

章韬大三时，父母看中了邻村一个女孩，托人牵线，章韬主动和她取得了联系，两人共同语言多，极为聊得来，恋爱两年后，顺利进入婚姻。对章韬而言，"成家立业"的大事，在大学毕业仅仅十个月后，就成功完成了一半。妻子职高毕业，曾在昆明从事酒店管理，尽管在城市生活多年，却始终保留了农村女孩的朴实，并未受到消费主义的半点影响。在家庭分工中，妻子不仅和妈妈承担后勤任务，还要和章韬分担销售工作，她语言天赋好，在章韬鼓励下，一边学英语，一边学缅甸语，既方便了当下的木艺销售，也为今后的转型提前准备。

想起大学的生活，章韬偶尔会问自己，读大学，对自己的职业选择，到底有没有用？大学期间，章韬宿舍住了四个人，两人来自山西，一人来自广东，他来自云南。其中，来自山西的刘鹏，对他影响最大，刘鹏爸爸经营了一处家政公司，他从小就学会了从经济层面对人生进行规划，进入大二，他果断转去了金融系。来自广东佛山的邓子阳，家里经营混凝土生意，大学毕业后，他去英国待了两年，回国后，自己开了一家车行，同时经营一家烟酒行。这种偶然的巧合，在他们日常的交往中，强化了几个年轻人对自由的向往，在学生时代，就坚定了他们对自由职业的追寻。

来自同伴的提醒，会让章韬意识到一些需要改进的地方。章韬承认，尽管云南人的身份带来他人的成见，例如大学期间，同窗都建议他申请助学金，实际上，这种对云南地处偏远、生活贫穷甚至刀耕火种的想象，并不符合自己的实际，但他来自乡村的人生起点，比之舍友，还是有看得见的差距。童年时期经济上紧紧巴巴，会导致章韬偶尔缺乏自信，以致刘鹏得知他下定决心要回乡创业，作为挚友，曾郑重地叮嘱："有些东西你如果放不开，会影响以后要走的路，不要因为出身平凡，将钱看得太重，免得死在'节约'观念上。"在经营宗艺木坊的过程中，章韬始终记得刘鹏的叮嘱，从不和客户斤斤计较。

另一件让章韬感触颇深的事，是念大学的积累，帮助他突破了传统的销售模式。章韬大二之前，喜欢看课外书，阅读量很大。假期回到父亲的工坊，有时接待客户，他发现与他们的交流，很少直接触及产品，而是更多聚焦与产品无关的其他话题，"说到底，还是价值理念和他们相近，与客户产生共鸣后，他们非常信任我，认可我，进而认可我做的产品，没想到，无形中，竟然搭起了一种新的销售模式，这让妈妈对我刮目相看"。

得知父亲获得"根雕传承人"的强烈心愿，章韬不动声色地引导他阅读历史书，引导他更深地理解产品的文化内涵，"不要让非遗评委觉得你是个大老粗，而要让他们看到你的文化"。有意思的是，家里的氛围，因为大学生儿子的回家，发生了很多改变，章韬只要有空，依然坚持大学年代的阅读习惯，并将阅读范围更聚焦于历史书籍，"我跟爸爸都喜欢研究历史，有时外出买料，需要坐很长时间的车，整个旅途，我们都在谈论历史，国家的历史、村里的历史、个人的历史，我们都会讨论。"

章韬大学的专业是中文，他将自己目前从事的工作，描述为"文艺加体力的结合"。他坦言，加工木艺，尽管算得上体力劳动，但同样能让人感受到艺术创作带来的快乐。对章韬而言，销售工作算得上脑力活，和客户的大量交流，不但会给他带来实际的收入，也会帮他获取新的信息。相比学校教育和家庭教育，章韬工作的开放性及与他人的密切联系，让他享受到了触手可及的社会教育，他将客户带来的人生滋养和启发，视为大学教育负载的溢出效应。

妈妈此前坚信"无商不奸"的古训，但一家人的性格天生厚道，没有半点"奸"的影子，她对开办工坊始终惴惴不安。她希望丈夫去别的工坊打工，希望儿子凭学历找一份稳定工作，妈妈没有想到，章韬文化素养的积淀，增强了与客户的思想交流，而相同价值观带来的信任，让她亲眼见证儿子将一种新的销售模式变为现实。

一个广西的客户，因为和章韬聊得来，不但帮衬了很多生意，同时以朋友的身份叮嘱章韬，手头紧张的时候可以找他周转资金。两人聊得投机时，甚至会讨论"劳动人民"的话题，广西客户认为，"人与人之间的平等交流很重要，社会一直在变，但中国劳动人民的质朴没变，只有这些人，才是最真实、最靠谱的"。他建议章韬一定要接地气，只有内心看得起劳动人民，才能保持内心的笃定。

一个做工程的湖南客户，来过腾冲四次，接触了很多工坊老板，最终将信任托付给章韬，同时引荐很多同行来洽谈生意，"我毕业那两年，超过三分之一的业绩，是他帮我拉来的"。湖南客户鼓励章韬打开思路，在控制风险的同时，尝试做一些投资，2016年，章韬贷款买房的决定，就来自他的建议。

妈妈以前并不理解章韬所说的"磁场"，但他开启的全新销售模式，让妈妈看到商家和客户之间，就算不见面，同样可以建立牢固的信任关系。妈妈以前只相信埋头干活，只相信劳动才能带来财富，但现在，她发现儿子没怎么和人谈生意，却总是将交易顺利促成。妈妈以前对章韬念完大学不肯进入体制、不肯找稳定工作耿耿于怀，但现在，她切身感到，儿子作为一个念过大学的老板，终究和身边多数没有念过大学的人不同。

爸爸最自豪的事情，来自客户对章韬的高度评价，"他们夸赞我的工艺和才华，更夸赞章韬的朴实和靠谱，深入交流后，客户发现我们不但产品好，人也很有思想。"对章韬来说，这些通过网络认识的客户，他们交付的信任，意味着更多的责任，"他们将业务托付给我，我不能辜负他们的善意"。在章韬看来，自己二十多岁的年龄，就拥有机会从客户身上获得思维方式、价值观的洗礼，并借此进一步丰富自己对社会的理解，帮助自己获得更快成长，他将这种收获归结到念大学带来的契机，"我不读大学，也可以做目前的生意，但状态会完全不同"。

有意思的是，章韬大学毕业后，因生意上的历练和现实中的打拼，他年少时代朦胧、不确定的梦想，在现实的显影中，竟然倔强萌发。他坦诚李嘉诚创办汕头大学对自己的触动，"大学时候，我就设想，若有机会，一定要从学校做起，一定要向外界介绍我的家乡，然后拉动整个腾冲的教育资源"。他认同教育的可持续价值，并对乡村教育有着特别的关注，腾冲的和顺是他心中的理想："和顺成为一个非常牛的村落，就是因为那儿很多做生意的人，知道物质与文化并存的道理，他们拿出自己的股本，保留自己的文化根脉，赋予家乡一种永恒的美感和魅力。"目睹城乡的差距，章韬担心寒门难出贵子，"如果没有社会力量的介入，这一担忧就会变成现实，要阻止这样一种趋势，社会组织真的很重要"。

在我的学生中，章韬始终呈现出充沛的元气，他知道当下同龄人的不易，广州的实习经历，让他体验到了驻留大城市的艰难，但他依然坚持："从微观看，我们这个时代，比你们那时候要好。"

建 房 记

从落地腾冲算起，我在章韬家待了三天，除了去见他外婆，大部分时间，我都在和平村及宗艺木坊度过，亲眼看见章韬和爸爸制作及销售产品的过程，有空也会聊聊天。在整个家访过程中，最让我意外的是章韬家的房子，这完全颠覆了我对云南人生活条件的认知。这种震撼，不仅因为我从来没有想到，一个普通农家居住的房子，可以用常人无法想象的名贵木材搭建，更重要的是，当建房的目标确定，一个家庭，可以在十几年的坚持中，表现出惊人的耐心、坚定和底气。

我和章韬父母闲聊的话题，除了章韬大学毕业返乡的另类选择，另一个核心内容，就是"建房子"。我明确感到，"建房子"对章韬一家来说，不仅仅和改善安居条件有关，也承载了全家人的寄托和希望。在章韬的记忆中，家里的木房子，从竖起的几根木柱到逐渐成形，伴随着他整个成长过程，也凝聚了他很多劳动。我隐隐觉察，除了父亲车祸这个偶然的事故，让章韬切身感受到家庭责任，承载在木屋中对家的眷恋，可能是他下定决心回到故乡的情感动因。

而我之所以在此要特意强调"建房子"对一个农村家庭的特殊意义，是我深切感受到，在"建房子"和"送孩子念书"之间，当父母面临实际的经济压力无法同时兼顾时，两者之间的普遍性冲突，最能折射一个家庭的真相。在随后走访的张正敏家、何健家，我同样看到一个个家庭对安居之所的极度渴望，但为了送孩子念书，迫于经济压力，父母不得不放慢修房的进度，甚至停下装修的步伐，以致"一年修一层"，"修了十几年"，"房子没有任何装修"，"一个裸露的家"，成为不断进入我视线的相同图景。

在"建房子"背后，我看到了中国家长普遍的坚持和付出。在"生存"和"发展"的天平中，他们只会往自己的身上增加负荷，小心翼翼地把持家庭航向，不惜让一个个"裸露的家"，伴随孩子更为紧要的成长。

对章韬父母而言，要维系两者的平衡，同样需要付出艰辛的劳动。

章韬父母"建造一栋冬暖夏凉木房子"的心愿，萌发于结婚那年。1991年章韬出生后，爷爷奶奶要求和他们分家，一家三口此后一直住在祖宅旁的三间茅房中。茅房位于今天木屋的左边，由几根并不结实的木头搭建一个架子，加以竹子编成的篱笆隔离而成，共有三间房，"一间厨房、一间堂屋，还有一间睡房"。粮食只能放在睡房床底，家人最害怕下雨大水冲进来，雨水浸到床底后，导致粮食受潮迅速发霉。章韬有个印象，"小时候，一年到头都吃五颜六色的米"，长大后，他才知道其中的真相。在茅屋中，章韬一直住到了十三岁，父母对房子的设想逐渐清晰：简易楼房，不漏雨，楼房上面住人，同时方便贮存粮食。

对所有农民而言，"建房子"是他们最为庄重而执着的心愿。章韬父母要实现这个心愿，同样只能依靠古老的途径：拼命劳作，一点一点积累。尽管今天看来，因和缅甸接壤，腾冲显露出特有的活力和开放气息，固东镇也并无半点边陲小镇的闭塞和无序，但在章韬父母成长的年代，和大多数中国乡村一样，贫穷依然是基本的底色。除了打理既定的农活，要增加收入，寻找副业就成为父母唯一的选择。

多年来，"一天都不能在家耽搁"，是父亲对自己的绝对律令。

如果说，缅北伐木为爸爸接触"木艺"埋下了伏笔，甚至助他萌生了建一栋木屋的想法，那么，依附在画画兴趣上的无意识坚持，则为他后来转型做木雕奠定了坚实基础。哪怕囿于缅北寒冷的工棚，在极度疲劳的侵蚀下，只要有一点点时间，爸爸都会将随身携带的铅笔和橡皮拿出来，反复临摹毛主席和周总理的像章，完成后，他总是习惯交给工友评价，而工友唯一的不满，就是抱怨画得太小。有时雨天不能外出干活，爸爸就待在家里画肖像、画展示道场地狱场景的油牌，"为了生存，爸爸画油牌画了好多年，他用很高的水平，换取很低的收入"。

转机出现在2004年，爸爸从缅北伐木回家后，因拿不到工钱，只得另寻出路。恰逢镇上一家根雕工厂的师傅全部离职，老板知道他绘画功底好，通过章韬舅舅找到他，邀请他加入工厂并承诺好好培养。虽然开出的工资不高，但爸爸由此接触到了根雕艺术，这次入行，彻底激活了他潜在的绘画天赋，因基础好，造型能力强，掌握雕刻工具的使用技巧后，爸爸进步神速，"要雕什么，我心里、世界里、满脑子都是"。可惜工厂经营不善，三个月后，遗憾倒闭，爸爸再次面临失业窘状。意想不到的是，他有雕刻技术傍身，失业消息一传出，腾冲市内及口岸的几家工厂纷纷邀请他加盟，开出的薪水，远远超出缅北伐木的收入。从此，爸爸彻底告别了冬日浸骨寒风中伐木的日子，让他告别依靠体力讨生活的日子，开始凭兴趣和爱好立足社会，并逐渐闯出了一片天地，为章韬大学毕业后顺利返乡奠定了基础。

木雕行业最好的日子，就是爸爸帮人打工的那几年，"从2006年开始，一直到2013年，这七年算得上黄金时段，其中

2008年到2012年是最高峰"。章韬记得，2006年念初三时，爸爸被福建的一位老板挖走，在口岸的加工厂，他的天赋，第一次获得了别人的尊重，收入逐渐看涨，第一个月工资三千元，第三个月，老板主动涨薪到四千五百元，远远超出了当地教师的待遇。爸爸被市场的认可及赚取的可观收入，在村民中引起了轰动，村里的无业青年，纷纷拜师学艺，爸爸关注度的提升，让章韬切身感受到了木雕行业的火爆。"树根才切开一个桌面，顾客看看后什么都不讲，就说我要了，产品还没做好，就被人订走，货根本不用进店，生意非常火爆。"2008年，章韬在腾冲一中念高二，父亲以八千元的月薪，被腾冲市里的根雕公司请去，家里由此获得了强大的经济支撑，更重要的是，父子俩周末能轻易团聚。也是在这一年，家里添置了第一台电视机，对章韬而言，这是家庭经济状况好转的明显标志，"电视装好后，我在家看了一整天，特别新鲜。"在爸爸看来，这段日子最大的意义，是让他建造一栋木房子的计划，从朦朦胧胧的念想，获得了兑现的可能。

爸爸从伐木转型到根雕的同时，妈妈的副业是卖米线。云南人爱吃米线，妈妈借别人的机子，将米线做成半成品，一天步行十公里，用箩筐挑着，去周边的村庄贩卖。生意好时，下午一两点就可以回家，赶上时间早，可以抽空上山砍柴，准备煮米线的燃料。家里喂了猪，妈妈还得见缝插针去田里寻找猪草料，或上山扫落叶垫猪圈，储备农家肥，妈妈对这段日子刻骨铭心，"反正很苦很苦，别人在睡觉，我们饭都没吃，回到家里总是忙不赢，接不了小孩，猪又叫，肚子又饿，一顿热饭都难吃上。"

建房子历经的时间长，说起来，章韬家的木房子，在他大学毕业的2014年，才慢慢显露真容，以下是建造过程中几个关键的节点：

2004年，拆掉住了十三年的茅屋，开始搭建木屋的架子，并用篱笆围合。

2004年到2010年，章韬从初中到高中，木房子没有任何进展，家里的积蓄，除了建围墙外，主要用于章韬念书。

2010年，章韬上大学，家里用几万元积蓄修建房子，主体结构落成。

2014年，为方便章韬朋友、同学来访，装修了楼上的阁楼。

2015年，装修了章韬的婚房。

2020年，修建了木屋旁边的余屋。

算起来，从搭建架子到余屋完成，章韬家房子的修建，整整横跨了十六年，由于时间跨度长，房子从用料、结构到装修风格，烙下了不同时期的痕迹，爸爸戏称"就像一个混搭的燕子窝，混杂了不同时代的流行色"。在他眼中，房子的建造，确实如燕子搭窝一样漫长，需要耐心和笃定，"有一点砌一点，赚一点，就做一点建设"。而在章韬眼中，房子的逐渐成形，则铭记了他对家庭变迁的直观印象，他清晰记得门廊的柱子何时竖起，一楼的房间何时隔成，二楼的大门什么时候出现。"2014年，家里的阁楼装修好后，我特别兴奋，这是一个分水岭，我记得很清楚，开学后，还舍不得回学校，就想看着家里一点一点起变化。"正是这一年，章韬全家搬进了一点一滴建成的小木楼，切身感受到梦想变为现实的神奇。

当下，章韬最大的心愿，是将二楼的小茶室装修好，"凭栏望雨，静雅室，喝清茶"。

拉开时空看，章韬父母在他念大学以前，有两个目标：建房子、培养儿子。为达成目标，家里的经济支撑，除正常的农业收入外，爸爸的副业——伐木、进厂、做根雕、开宗艺术坊——构成了重要来源。妈妈卖米线的副业，尽管利润低，收入有限，但足够负担家里的人情往来和日常开支。在整个家庭的经济变迁中，父亲从伐木向根雕的转型，是最为关键的环节，而章韬大学毕业后的返乡，依靠知识的滋养，所带来的全新销售模式，则给家庭注入了新的希望和生机。

短短的云南之行，改变了我很多成见。多年来，目睹讲台下的孩子在文凭贬值、通胀横行和就业艰难的现实中挣扎，我切身感受到了他们在城市打拼所承受的多重煎熬，但在如何化解困境上，我对退后一步的设想，始终难有坚定的信心。

面对年轻人的困惑，我常常自我追问，到底什么才是美好的生活？是否只有大城市，才能给年轻人提供发展机遇？当立足城市日渐艰难，回到乡村是否意味着新的可能？这种种问题纠缠我，让我处于矛盾和无解的境地，直到来到章韬的故乡，亲眼看见他返乡后的工作、生活境况，看到他和家人相处的放松和笃定，看到他自信心和安全感的增强，我内心的疑虑，仿佛找到了一条疏解的通道。尽管我知道，章韬的选择，并不构成学生的主流，更重要的是，他返乡所依赖的基础，很多孩子并不具备，从他的个案并不能轻易推导出一个结论，但他的坚定和踏实，让我相信，如果有一技之长支撑起日常生活，回到故乡，在资讯极为发达的今天，充分利用好新媒体的便捷，也许不失为一种可靠的抉择。

在随后的几年中，我观察到，相比我早期教过的学生对大城市的向往，近十年来，返乡的孩子已越来越多 —— 他们有的选择回到老家当公务员，比如1516045班的罗益鹏和我导师制的学生黎才腾；有的选择回到家乡当老师，比如本书中叙述的罗早亮；还有我的外甥女芳芳，她2008年从广东F学院毕业，在广州折腾两年后，最后安心回到了生养她的地方 —— 湖北孝感。

结束腾冲的家访，我和章韬一直保持密切的联系。他目前已有两个孩子，陪伴在父母身边，陪伴在从小就很亲密的外婆身边，继续领受祖辈给予的爱，也传递给孩子一份爱。

生命的衰老和新生命的诞生，在他结实的日常生活中，都有着坚实的根基和存在。如何从父辈的职业传承中寻找出路，章韬的去向，给了我很多启发。

二、天台上的心愿

空 心 村

从章韬家返回广州一个星期后，莫源盛打电话给我。

"老师，我现在就待在老家，你和杨老师要不要过来看看？"

源盛的家，在郁南县历洞镇内翰村，他的邀请，距离我们之间的约定刚好一年。杨老师是我丈夫，曾担任源盛的专业课教学，儿子刚好放假，此次郁南之行，我们全家出动。

想起来，我与源盛的第一次见面，是在2016年9月的课堂上。那个学期，我被教研室安排给1516045、1516046两个班上专业课。依照惯例，初次上课，我们会自由讨论一些问题，也会让学生随意发言，讲讲各自求学过程中印象深刻的事情。莫源盛头戴一顶浅色的棒球帽，大大的眼睛分外精神，坐在教室左侧的后面，清瘦的身板套着一件素色衬衫，他淡定地站起来，当着全班同学的面，语气平缓地讲起了他和姐姐打火把上学的情景。面对他平静的叙述，我当即就被触动，仿佛他嘴中提到的火把瞬间被点燃，穿越了我和源盛共处的城市，穿越了眼前的讲台，一直照到他的童年。

我当场和源盛约定，一定要找个时间，去他走过的山路看看，师生之间的承诺由此达成。

从越秀南汽车站出发，有从广州开往郁南连滩汽车站的直达班车。大巴熟练驶过广州环城高速、广佛高速、广三高速和广州绕城高速后，很快进入广昆高速，开始了此次旅途中最重要的行程。当然，窗外的风景也会随之变化，进入广昆高速不久，喧嚣的广州迅速消退，随着山路的增多，大巴很快将人带入一片静谧之中。

仅仅两个半小时的旅程，我们就到达了连滩汽车站。源盛没有戴帽子，露出了宽宽的额头和板寸头发，和他同行的，是堂弟莫铭华。连滩汽车站没有开往内翰村的公交，去往村庄，必须依赖其他方式。眼前壮实的小伙，显然承担了堂哥安排的重任，准备用摩托车接我们回村。丈夫跨上铭华的车，我和儿子坐在源盛的摩托上，源盛反复叮嘱堂弟不能飙车后，我们的摩托车队，穿过县城的闹市区，很快进入一条隐蔽的公路，一路上，谭屋、三稔根、马留村、虾钳这些有趣的地名，不时从眼前飞过，高洞隧道，是从连滩汽车站到内翰村的必经之道。

郁南县地处广东的西北部，靠近广西，具体而言，它位于梧州的东南部、德庆县的西部，而源盛出生的内翰村，则处于郁南县的东南部，离肇庆不远，离德庆县也很近，开车半小时，就能到达德庆境内的盘龙峡。

源盛家的平顶房子，依山而建，坐落在群山之中。放眼望去，四周布满错落有致的民居，因山谷中的平地不多，房子显得颇为稠密。当然，再将视线拉远点，可以看到周边的山岭也颇为密集，源盛面对这些环绕村庄、触目可及的山脉，并不能说出它们的名字。和他童年时候在广西所见的秀丽山脉比起来，家乡的山廓大、庄重、绵密、稍显单调，这种密实的围合，让村庄显得封闭，但也不能否认，正是这种团团围合的踏实，让人生出别样的熨帖。有意思的是，按源盛的说法，他出生在这个村庄，长这么大，"待在村庄的时间，累计半年都不到"，但这并不影响他对村庄的感情。随着年龄的增长，这片埋葬了爷爷、奶奶的土地，反而让源盛滋生了更多的牵挂和认同。父母常年不在家，念大学后，他每到寒暑假，都会回来住上一段时间，孤身一人，一个人买菜，一个人做饭，一个人守着一栋房子。他最喜欢家里的天台，夏天的夜晚，天空暗下来，四周都是山的阴影，参差层叠，却不让人压抑，他坐在天台上，会有一种特别的自由和安心。

　　拉开距离审视村庄的交通，内翰村算得上紧挨广昆高速，坐在源盛家的天台上，可以从树丛中隐隐感到车流的声浪。只不过，受制于高速公路的封闭性，村庄并未受益于修路带来的便捷。在源盛记忆中，村庄以前的路都是泥巴路，超过手扶拖拉机体量的机动车，都很难开进来，近十年随着国内高速公路的快速发展，加上政府对乡村基建的重视和投入，路面的硬化逐渐变为现实。当然，这种硬化目前尚停留在机耕路层面，因村庄依山而建，地势高高低低，连接各家各户的小路崎岖不平，还没有条件完全铺设水泥，为了防滑，和几十年前一样，只能依靠泥巴路底子上铺设的碎石。也由于身处大山，交通不便，内翰村1998年才顺利通电，直到今天，源盛依然记得七岁之前，村庄照明主要依赖煤油灯，刚刚通电的时候，因电压不够，过年打火锅，想开个灯管照明，都不能拥有稳定的光源，不少村民家里都保留了祖祖辈辈用惯了的煤油灯。电视机也是很迟才有，至于空调，哪怕到现在，对于村民都是稀罕物，除了山里凉快，也和供电不稳有关。

"靠山吃山"，大山给村民提供了两条生存途径。工业方面，因靠近云浮，郁南近水楼台，承接了云浮外溢的石材产业，进入郁南境内，在交通便捷的路边，随处可见石材的堆积；农业方面，除了少量的农田种植稻谷，无核黄皮和砂糖橘，算得上这里的特产，在广东全省都小有名气。山地便宜，附近的村子大多被老板承包，用来种植砂糖橘。临近过年，山里温度极低，正是砂糖橘的收获季节，采摘橘子，成为村民年关时节增加收入的重要方式，工资按天计算，一天一百，源盛曾是采摘大军中的一员，他对此印象颇深，"我穿着那种水衣，有时连水衣都挂不住，伸出手，水就一直流下来，一直流，超级冷"。

当天下午，源盛带我们在村庄闲逛，正值暑假，除了老人和小孩，以及不多的壮年，年轻人就只有源盛和他的堂弟。村庄修建了很多新房子，但围合中央池塘所建的一圈老宅，依然没有拆除，房子的外墙和堂屋，保留了上世纪六七十年代的印迹，"虎踞龙盘今胜昔，天翻地覆慨而慷""执行毛主席最新指示""沿着毛泽东思想伟大红旗奋勇前进"的标语，刷得到处都是，时间仿佛在这些斑驳的字迹中停滞。

走了一里路，除了看到红薯地里零星的几个老人，几乎没有太多身影。

在源盛记忆中，过去村里人多，夏天的时候，大家会自动聚集起来，在树下乘凉聊天。如果树下看不到人，则意味着他们都已外出。"年初五，就空了，就很安静了，年轻人基本下去了"，一年之中，最热闹的时候，是过年和清明，尤其是清明节，外出的人一定会回来，"那个时候，村里到处都是人，镇上拥挤得像广州的上下九"。

源盛始终认为内翰村所在的历洞镇规划不好，尽管建了很多商品房，外出的人都不愿回来。他思考过原因，生活不方便是最大症结。回到村庄，就算有钱，也买不到东西，大山里商品经济不发达，商品的流通依赖传统的赶集，赶集的间隔有七天，更重要的是，"赶一个集，还要跑很远"。愿意回来的人，也不愿在镇上买房，宁愿选择隔壁镇或者县城，说到底，"还是太偏了，对我们来说，就算在这里长大，也觉得没意思"。源盛对故乡有归属感，有情感上的依恋，但和家乡的年轻人一样，从来没有想过回来，"没办法，为了生存，只能走出去"。他的爸爸妈妈，走出大山外出打工后，也从来没有想过回来，他们希望儿子留在珠三角，广州、中山、佛山都行，"我爸说随便我，哪里都行，只要我工作方便就好"。

小学五年级，源盛父母修建了现在居住的楼房，说是楼房，其实只建了一层，但从楼顶的情况可以推断，当时的计划和地基，为以后的加建做了准备。在此以前，源盛家和叔叔、伯伯他们一起，居住在爷爷留下的泥坯旧房子里，如今，旧房子大部分已倒塌或拆除，仅留下两间。

从嫁过来算起，妈妈只在内翰村生活了四年。妹妹出生后，她随爸爸外出打工，自此再也没有回来常住。父母离开村庄后，源盛被送往广西外婆家，爷爷奶奶则搬过来帮着照看空房子。奶奶去世后，房子处于无人照看的境地，"到处漏水，没有人气，因蛀虫和潮湿，家里的床都是烂的，每两年要换一次"。源盛以前回家，奶奶会做好饭菜等他，但现在回去，房子空空荡荡，唯有冷清和感伤。清明时节，家里人气最旺，父母会从打工的中山回来，大家聚集一起，打着手电筒串门聊天，爸爸走村串巷，到处找人说话，很少落家，在那个原本寄托哀思和悲伤的时段，家里弥漫着一种别样的活力和温暖。

内翰村分上村和下村，两边一直会暗中较量。源盛是上村第一个考得不错的大学生，尽管他自己觉得没什么，但村庄却沸腾了好长时间。对始终和下村较劲的上村人而言，源盛的高考，算是帮他们拼了一下，赚了一口气。村里没有空地，家里无法大规模请客，但还是将亲朋好友接来，摆了几桌酒席，只是没有放鞭炮。也是从源盛开始，村里的大学生慢慢多起来，到第二年，郁南莫氏宗亲筹委会发布了励志奖学公告，筹款奖励各类考上大学的年轻人。每年暑假，村委会张贴中榜的名单，红红的榜单，像是昭示村庄活力和希望的旗帜。

源盛上大学后，家里依旧没人居住，村里也没有别的年轻人，每到暑假，他还是会坚持回来住上一段时间。相比广州的喧嚣，故乡的清静如清泉，足以洗涤他疲惫的身心。家里的天台，对他有着神奇的魔力，夜深人静时，他喜欢爬上天台在顶楼念书、写东西，环境的空旷和清幽，和他笔下的情节、人物交错一起，很多时候，直到露水打湿头发，他才进屋睡觉，"这种环境很适合读书，写作时也更有灵感"。源盛在新修的房子里，累计居住的时间不超过半年，但从他考上大学后，他对村庄的认同突然强化，对自己生命的来路和村庄的关系有了更清晰的感知，他不否认在故乡的小径碰上熟人时，被人问到毕业后分配去向的尴尬，但也不否认，村庄事实上确立了他观照世界的标尺。在热闹、喧嚣的广州待过后，恰是村庄的封闭和缓慢，让源盛意识到，家里天台所营构的宁静，最能承载和锚定他年轻的生命。

亲人网络

源盛出生在1995年清明前后，按照老家的说法，"清明"谐音"聪明"，他一直被亲人视为"一个聪明崽"。爸爸妈妈打工时相识，妈妈来自广西，婚后生了三个孩子，源盛排行老二，上面有一个姐姐，下面还有一个妹妹。

从出生算起，源盛先后在广东郁南、广西荔浦及珠三角一带的中山、佛山待过，随后又在广州求学，很少连续居住在同一个地方。对于父母的生活细节，他没有太多印象，对于父母两边的亲人，他却从未有过任何隔膜。在源盛眼中，"家"从来不单指爸爸妈妈给予的原生家庭，家庭成员不单包括爸爸、妈妈、姐姐和妹妹，"家"对他而言，是一个边界很大的整体，包括外公外婆、舅舅舅妈、姨父姨妈、表兄表妹，也包括爷爷奶奶、叔叔伯伯、婶婶姑姑、堂弟堂妹。

源盛的人生记忆，从自己被送往外婆家开始。妈妈因婚后不久就外出打工，他对妈妈在内翰村生活的岁月，没有丝毫印象。外婆家在广西荔浦，源盛从学前班一直待到了三年级，这是他童年最快乐的一段时光，"外婆对我超级好，舅舅是一名老师，我和外婆跟着舅舅住在学校里"。学校旁边是山，源盛始终记得，山超级漂亮，学校种了数不清的桂花树，秋天一到，路上落满了桂花，冬天来临，风会把蒲公英吹遍校园。夏天酷热时，表哥会带他去小溪洗澡，"小溪清澈见底，可以看到快速游动的小鱼，我超级喜欢游泳，非常怀念那段日子"。在外婆家，源盛从来不缺玩伴，"都是大哥哥大姐姐，超级幸福"，表哥表姐会带他上山摘梨子，会带他去河边钓鱼，会给他买零食，甚至给他买游戏卡。

源盛有好几个舅舅。大舅经济条件好，对他温和、亲切，他经常去大舅家吃饭，"大舅是那种有钱不忘本的人"。表姐的脾气像大舅，对源盛格外温和，多年来，就读华南师大的表姐，一直是源盛看齐的榜样。二舅家穷，表哥性子烈、脾气暴躁，"旁人看来表哥很坏，但他对我挺好"。因他人多次强势将车停在家门口，表哥沟通无效后，冲突发生，莽撞对抗中，他拿刀砍死了人，至今还在服刑。二舅得了一种大病，身体逐年变坏，最后一次，源盛过年时随家人去看望他，"他拿不出给外甥的红包，挣扎着给我们包了一些腊肠，几个月后就去世了"。两个姨妈，"大姨妈，得了胃癌，去世了"；小姨妈，源盛曾在她家住过一段时间，表哥经常带他去赌博，小姨妈会去赌场将源盛背回来，"小姨妈夫妇，后来也去世了，都是死于癌症"，具体什么癌症，源盛也不清楚。那些一起长大的表兄妹，要不外出打工、要不外出念书，或因其他生活变故，几乎很少见面。这所有的记忆，都会触发源盛的伤感，"他们生活条件大都不好，但对我真的呵护有加"。源盛离开广西时，外婆那边的亲人都舍不得他，学校的老师对他依依不舍，"我高中毕业回到广西，老师能冲口说出我的名字"。

除了外婆家庞大的亲人群体，爷爷奶奶这边也非常热闹。

爸爸有八兄妹，五个兄弟三个姐妹。源盛三个姑姑，一个嫁到德清，一个嫁到历洞镇，还有一个嫁到佛山，尽管分散各地，爷爷奶奶在世时，过年过节都会回来相聚。五兄弟中，源盛二叔、三叔、大伯出不去，守在家中，四叔承包了果园，在外买了房子安了家，源盛父母生完三个孩子，一直辗转在中山、佛山打工。算起来，整个村庄，源盛一家留下的人最多，兄弟们相隔很近，彼此会互相照应。多年来，大伯一直想外出打工，但腿不好，加上孙子多，大儿子已经外出谋生，他不得不留在家中，和妻子一起照顾孩子们；二叔和三叔，性格内向，不懂得和外人打交道，始终没有走出过郁南的群山。

父母在村里的田地，一直给叔叔伯伯耕种，源盛暑假回家，会和他们一起干活。大部分时间，源盛一个人做饭，一个人待在房中看书，伯伯家有什么好菜，会叫侄儿过去吃饭。

大伯家的房子，地势略高，就在源盛家后面。连通两家的路，崎岖不平，并不好走，大伯家的前院，水泥地塌陷了一大块，下面有一个很深的洞，若到源盛家，需要跨过这条很深的裂缝。堂哥家的五个孩子一字排开，最大的不过七八岁，最小的还抱在手中，根深蒂固追生儿子的观念，在大山的村庄显得理所当然，过完年，堂哥就要外出，五个孩子由留守家中的妻子及爸爸、妈妈照顾。

夏日的午后，家养的狗狗悠闲而慵懒地躺在阴凉的地方。在村庄，随处可见游荡的土狗，大伯家的狗，高高矮矮，黄色、黑色、白色，多达四条，它们如村庄般安静，显出内敛的温和。傍晚将近，躲在山脉背后的太阳，发出红色的光晕，暑气散开后，孩子们在露天中洗澡，大大的澡盆，从小到大，轮流在盆中戏水打闹。

时间静止，我仿佛回到了自己童年和大姐、二姐、弟弟相处的时光。

第二天傍晚，大伯说，源盛父母不在家，他应该承担待客之道，非要邀请我们去他家吃饭。源盛父辈性格温和，说话都轻言细语，大伯一看就是一个安静、厚道的中年人，他尽管有了五个孙子，年龄还不到五十。婶婶身量瘦小，面容温和，气质温婉、娴静。堂弟莫铭华忙前忙后，一会儿将鱼收拾干净，一会儿将母鸡宰好，他手脚利索，办事速度极快，动手能力之强，让我惊叹不已。晚餐刚刚吃完，几分钟后，铭华便从屋旁高高的龙眼树上采摘了一筐果实，他手拎大大的箩筐，往桌旁一放，便溜到厨房收拾碗筷。大伯和婶婶迎来了一天之中难得的休闲时光，一家人围在一起喝茶、吃龙眼、聊天，白天的暑气散尽，属于山村的凉爽如约而至，坐在家里，便能听到小溪环绕的潺潺水声。

大伯和婶婶的话题，停留在小儿子莫铭华身上。在源盛看来，堂弟称得上"机动车驾驶"的大神级别，他从小调皮，壮实如牛，桀骜不驯，一个人的叛逆，足以颠覆家族男性温和的声名。村里教学质量差，无法吸引铭华对学习的兴趣，上到小学二年级，他在去镇上赶集的路上，直接卖掉了教材，去小店换取了零食。同一年，他无师自通地学会了开拖拉机和大货车，在当地被视为一个传奇，从此名声大振。源盛一直不能理解，无论什么车到铭华手中，都能被他玩得出神入化。从连滩汽车站到内翰村的公路，大多是高高山坡上的险路，别人骑摩托跑三四十分钟，他全程不开夜灯七分钟跑完。陪父母去田里干活，铭华嫌走路麻烦，从家里径直跨上摩托，沿着并不成形的田埂、山坡一顿猛冲，最后总能将车稳稳停住，在他眼中，没有不能通车的路，更没有不能开动的车。大伯、婶婶整天担心莽撞的儿子驾车出事，也担心村里的吸毒崽拦路打劫，甚至将他带坏。面对叛逆期的孩子，本分的父母毫无办法，多次和儿子沟通无效后，只得放弃管束任由他去。

家里盖房子时，源盛念五年级，铭华比他小三岁，不过刚念小学低年级，但他个子比源盛长得高，能帮忙挑砖头，能开摩托车运送水泥。铭华罕见的动手能力及驾驶机动车的天赋，与他对知识的隔膜形成了强烈对比，"除了不懂课本，没有什么东西他学不会"。他口才好，会说话，为人勤快、豪爽，讨人喜欢，就是不喜欢读书，连小学都没有毕业。源盛曾经想过带铭华出去，摆在面前的实际难处是，他尽管开车技术高，但不懂理论知识，驾照的获得，对他而言，是一座无法逾越的高山。正因为这样，大伯不放心儿子外出打工，更不敢奢望儿子高超的驾驶技术成为谋生手段。我在学校时，不止一次听到源盛提起堂弟，若不是亲眼所见，我怎么都难以相信，群山中的郁南村庄，竟然隐匿了铭华这样具有驾车天赋的孩子。

也许，他是天选的赛车手，也许，生在城市，他会是另一种命运。

铭华的天赋，总是使我想起章韬父亲对绘画的痴迷。在现有的知识体系中，没有任何标尺可以衡量他们的特殊才华。幸运的是，章韬父亲因为转型成功，个人的天赋顺利转化成了职业能力，而年轻的莫铭华，如果不能获得知识的滋养，他的驾驶天赋，就只能在郁南山区的路上，伴随青春的流逝挥霍光。

有意思的是，因源盛是上村的第一个大学生，他和堂弟惺惺相惜，两人格外亲近。在所有亲人中，堂弟只听源盛的话，而在父母这边的亲人网络中，恰恰是堂弟，锚定了源盛对家族的坚固认同。

在源盛内心，有一个柔软的角落，留给爷爷、奶奶、外公、外婆四位老人。年幼的时候，他幸运地获得了四位老人的关爱和陪伴，遗憾的是，没有等到他大学毕业羽翼丰满，四位老人便相继离世。在源盛的成长过程中，和祖辈的密切交往，给了他极大的情感滋养，并让他敏感、细腻、柔软而多情。

因离家早，源盛对幼年村庄的印象非常模糊，但关于爷爷、奶奶的有限细节，却记得异常清晰。他记得爷爷早上吃粥，会切一些姜蒜搭配；记得有一次拧水龙头，因操作不当，导致大水横流，是爷爷赶过来关掉了水龙头。他还记得爷爷去世后，躺在家中的客厅，依据风俗，源盛给老人喂饭，他细细端详爷爷的头发，发现一边白色，一边黑色。

高二升高三那年，奶奶突然重病。紧张的高三刚刚开始，老师叮嘱源盛打电话回家，得知奶奶身体熬不过后，他决定立即回去争取与老人见上最后一面。回家的路上，天空下着雨，源盛悲伤中夹杂心慌意乱，看到奶奶时，老人已奄奄一息，他跑过去给奶奶擦眼泪，自己的泪水怎样也忍不住。服侍了奶奶两天，老人离开了人世，源盛天空中的雨，始终没有停止。最后一次给奶奶剪指甲，源盛内心弥漫着无尽的悲伤，"盖棺的刹那，第一次，我意识到了生命的脆弱和无常"。

和章韬一样，外婆是源盛生命中最亲近的人。老人临走前，将仅有的积蓄交给妈妈，嘱咐她一定要好好照顾几个孩子，不能耽误他们的前程。"我外婆是那种节俭、自尊的老人，平时给她钱，她总是拒绝，吃饭的时候，非要等我们吃完了才上桌，生怕妨碍大家，怕丢了儿女的脸面。"外婆离世多年后，与她相处的点点滴滴，总是在暗夜某个猝不及防的时刻，清晰浮现于源盛的脑海，一次次，他总是想起那个陪伴自己长大的老人，"好长时间，每天夜里，我都会想起外婆，我对她的感情，平时很难用语言表达，但落到纸上，就会喷涌而出。"

显然，对源盛而言，父母两边的亲人，给他织了一张密集、温暖的网。年幼时，他感受到的唯有爱，等到长大，负载在浓浓的亲情中，他却隐约觉察到了一种难言的尴尬：考上大学，为家族争光固然让他自豪，但亲人对大学的隔膜，对他不切实际的期待，却让他压抑、不自在。爸爸一直坚信儿子的光明未来，"考上大学，工作稳了，前途也稳了"。大伯甚至以为源盛毕业后，国家能够包分配，有些远房亲戚受到网络信息的误导，对本科生的真实收入并不了解，经常试探性地问源盛，是否可以拿到五六万一个月？他们一直坚信源盛会轻易在广州获得工作，自然，他们无法想象年轻人立足城市所面临的真实挑战。

对这些善意的关心，源盛无所适从，他仿佛找不到一个契机，将大学的真实境况告诉他们。和室友一样，每到春节，源盛尽管渴望回家，但又害怕亲人的询问。

求学过程

此次家访的契机，来自源盛的课堂发言。重走他和姐姐打火把上学的小路，成为我此行最大的心愿。相比章韬求学的顺利，我感觉源盛辗转各地的四处漂泊，更能代表我多数学生的境况。我原本渴望从源盛父母、姐姐、妹妹或其他亲人的讲述中，了解他更多的成长细节，但时机不巧，这次家访，我没有如愿见到他更多的家人。

——我后来才知道，无论周末还是寒暑假去学生家，要同时见到父母双方，并不如预想中的那么容易。有时候，他们的父母双双都在外打工，有时候，一方在外打工，就算临近过年，也要刻意等候，才能见到匆匆而归的身影。

这样，我和源盛之间的师生交流，类似于从学校到村庄，换了一个布景。

第二天上午，源盛带我们从家里出发，步行去姐姐念书的学校。村庄依山而建，尽管内翰村通过广昆高速链接了外部的世界，内部的路况，却没有太多改观。从屋前下坡，是一块野地，穿过村庄中央的池塘后，我们来到了对面山脚下。

脚下的路，就是源盛和姐姐打火把上学的小路。

和任何一条乡间小路一样，这条泥巴路并不宽敞，两边长满了高高的蒿草和杂木，在酷热的夏季，因缺少大树的遮挡，蒸腾出闷热的气息。小径通往镇上，两边可见零星的民居和菜地，我们快速行走，足足走了一个多小时。对幼小的孩子而言，天刚蒙蒙亮，就要打着火把行走如此远的距离，可以想见其中的艰辛和劳累，也难怪源盛对此会刻骨铭心。

事实上，这只是源盛陪姐姐上学的一幕，在父母离开村庄外出打工后，三个孩子天各一方，姐姐留守家中，由爷爷奶奶照顾；自己被送往广西，交给外公外婆；妹妹年龄最小，则跟随父母四处奔波。相比对两边亲人的深刻记忆，源盛对父母的打工轨迹，始终难以说清。他只记得，小学三年级时，父母将他和姐姐接到身边。离开外婆家后，中山市南头镇的一家偏僻铝厂，成为他此后漫长求学路的起点。

源盛曾在一篇作文中，这样描述回到父母身边的细节："铝厂是蓝铁皮盖顶，厂内灰尘弥漫，四处堆满疙瘩样子的铝渣。红红的熔炉里翻滚着铝浆，热腾腾的铝锭整齐摆放在铁槽边。红白蓝防水篷布下堆放着铝锭以及一些生锈的器材。如果不掀开几块不起眼的军绿色防水布，根本无法知道发黑布满污渍的布下藏着几道门。几道门前摆满了铝锭，仓库就隐藏在一片脏乱之下。父亲将仓库清理出放一张小木板床的位置，对我和母亲说，以后这就是我们的家。"

炼铝涉及污染，每次环保检查，源盛和妈妈都会藏在附近的烟囱里，以致到最后，源盛习惯上了这种蜷缩起来、不被发现的感觉。父亲对付的方式则不同，为了逃避环保检查，他干脆颠倒时间，选择晚上炼铝，直到凌晨才灰着脸回到家中，由此染上了严重的烟瘾。

客观而言，相比留守村庄劳作的二叔、四叔和大伯，爸爸尽管辛苦，收入还是会比他们高很多。父母的主要压力，来自三个孩子的借读费，源盛对此记得很清，"爸爸工资一千多时，每学期我们三个的借读费超过两千，一年的借读费，接近他工资的一半"。多年来，没有当地户口的孩子们的借读费，一直是家庭的大额支出，开学季一到，家里就会传来父母隐隐约约的不甘和叹息。2006年前后，政府规定学校必须取消借读费，家里的经济条件，在源盛记忆中，明显有了好转。

到初中，因学校离家有十公里，加上公共交通极为不便，正常情况下，源盛和小伙伴骑车，单程需要踩一个小时，为了准时到校，"每天五点半必须起床，吃过妈妈蒸热的冰冻包子，我会急匆匆地驶入那条跑了三年的公路。"源盛最害怕的事情是下雨，最开心的事情是小伙伴多，一路成群结队，有说有笑。高中寄宿后，源盛结束了每天的长途跋涉，结束了"比高中还累的初中生活"。

回想起来，小学三年级转学中山时，源盛经历过一些波折。从广西到广东，他能感觉环境变换后的异样目光，让他自豪的是，成绩的优异，让他一扫沮丧，立即成为学校瞩目的焦点，并由此激发了个人强烈的好胜心。

源盛自认为读初中时"超级用功"，他从不敷衍那些低效的作业，常年忙到深夜，不惜缩短了睡眠时间。初中三年，他总结自己的日程："凌晨一点睡觉，早上五点半起床，每天往返骑行两小时。"功课方面，源盛的语文成绩极为突出，"最喜欢做阅读理解，这些材料打开了我的视野，让我了解到很多中国作家"。他喜欢钻研教材，基本的知识点能倒背如流，也懂得抓考点，"看到题目，我就知道考的哪一页哪一行，在班上，我的答案就是标准答案"。因成绩拔尖，初中阶段，源盛拿奖拿到烦，"不是不喜欢拿奖，而是对频繁去领奖台感觉尴尬"。根据排名，源盛原本可以保送中山纪念中学，借读生的身份，让他失去了保送资格。保送失败后，源盛萌生了报考广东实验中学的心愿，班主任得知后，善意提醒他不要冒险，"在中山，省实当年的招生名额才两人。"让人遗憾的是，中考时，源盛体育成绩全班倒数第一，加上英语失利，他和纪念中学失之交臂，这被他视为人生的第一次滑铁卢。

高中阶段，源盛的学习状态松弛了很多，"上课就上课，下课就玩"。他面临的最大困扰，是从初中开始的低质量睡眠，"很难入睡，每天只能勉强保持五六个小时的休息"。他获得的最大快乐，是学校丰富的藏书，让他在自由阅读中开阔了眼界，确认了对文学的热爱，"高考前买了几十本书，都是盗版书商到学校推广很便宜的那种，最后一个礼拜，反正我也不想学了，也学不进了，就集中读了很多书，史铁生啊，巴金啊，贾平凹啊，都来自高考前的集中阅读"。不像初中仅仅专注学习，从高中开始，源盛会抽空写点东西，不再沉迷做题。因理科成绩好，考虑到升学和就业的方便，源盛高二分科时，在老师建议下，选择了理科，很可惜，第一次高考，没有上到理想的学校。复读时，源盛纠结了很久，决定听从内心的声音转回文科，第二次填报志愿，他没有任何犹豫，"我喜欢中文，所有的志愿，我只填报了汉语言文学"。

这样，源盛就来到了广东 F 学院，来到了我的课堂。

在回顾中学阶段时，源盛曾和我说过一句话，"小考随便考，一到大考就紧张，中考、高考都失利"。这让我想起刘婉丽的话，"每次大考都会失利，总是关键时刻掉链子"。婉丽来自甘肃，和源盛一样，整个高中，每天的休息时间只有五六个小时，我原本以为，北方的孩子念书会更累，源盛的情况，瓦解了我的偏见：显然，我讲台下的学生，他们真实的学习压力，并不取决于地域差异。

庆幸的是，从广西念小学开始，直到初中、高中、复读，整个求学阶段，源盛碰到了很多好老师，"复读时，有个老师经常给我煲汤，将我当儿子"。来到大学，他原本以为老师上完课就走人，根本不会和学生打招呼，"没想到，还能碰到愿意和自己聊天的好老师"。

摆脱了中学阶段应试为主的学习状态，进到大学，源盛内心潜藏的不安全感，得到了极大释放，他开始寻求更自在的生命状态。"我喜欢八九十年代，喜欢看妈妈照片里的穿着，虽然很难用言语去表达我对九十年代的感觉，但有一天，我会用文字把它描述出来。"源盛尤其喜欢八九十年代的歌曲，喜欢林子祥，"听歌的时候，我能感受到一种敢爱敢恨的情绪，感受到每个人都很自由、振奋，他们在大街上走来走去，一副生活很有奔头的样子"。

进到大学后，源盛对同龄人的状态，颇为震惊。他想象中的大学生活，是同窗聚在一起，一起玩耍，一起讨论问题，而不是现实中的沉默和隔膜，"大家好像没有太多热情，没有交流的欲望，都在忙着看手机"。与高中生活相比，源盛明显感到，高中阶段因目标明确，班上很容易凝聚起一种昂扬的氛围，进到大学，个体如脱线的风筝，不少人会陷入一种真实的迷茫。"大一时，我们不知道以后能干什么，只能走一步算一步，大三时，想法慢慢清晰，很多人会去考会计证、教师资格证"。

作为网络原住民一代，源盛貌似有很多选择，诸如不同的手机、不同的圈层、不同的玩法，但诸多的自由选择，并不能祛除内心的疑问，"不知道什么叫信仰"，"不知道未来的路该怎么走"，"更不知道我们这一代人在想什么"。初入大学的兴奋期过后，他观察和了解到的现实，开始让他莫名失落，他隐约觉察到了同学之间的差距，"我再怎么努力，也比不上有后台、有背景、有财富的人。"大多数同学不会关注广州房价的变化，源盛却深感学校周边房价飙升带来的压力，"毕业后，我就算打个一万块的工，也很难买得起房子，弄不好，连个睡觉的地方都没有"。同龄的舍友，大多没有源盛敏感，也很少留心现实，除了完成基本的学习任务，有些会沉湎追星，有些则明确表态，在追女孩和打游戏之间，会选择打游戏，"追女孩好累啊，还要花好多钱"。

这种种真实的困惑，促使源盛思考一些问题，"我会追问生和死，会追问人的一生到底能干什么，也会看一些哲学方面的书。"直面现实的困扰，源盛的应付方式是，"将它们写下来，将想要表达的东西写出来"。从初中开始，他坚持写日记，高中时候，他立志二十二岁之前写一本书，到大学，他开了一个公众号，为锻炼文笔天天更新。大二时，他曾交给我一份二十多万字的文稿，算是提前实现了写书的愿望。

也许，大学对源盛的意义，就是在专业的庇护下，能理直气壮地坚持文学的梦想。他曾经想过"建立一个文学流派"，但现在，他最大的愿望，是从事的工作，能够和文字有关。

——从家里出发，到达镇上姐姐念书的小学，我们边走边看，来回花了七八个小时。在步行的途中，源盛的求学经历，通过断断续续的叙述逐渐清晰，我无法抵达他提到的每一个地方，却看到了他生命的来路和底色。我再一次意识到，唯有回到现场，唯有抵达源盛课堂提及的"打火把的小路"，我才能理解源盛对他堂弟驾车天赋的认同和遗憾，也才能理解，村庄的天台为何会承载他的梦想。

就业季中的坚守

从源盛家回广州后，新的学期，我不再给他上课，他也进入了大学的后半程。相比去其他学生家，源盛家的走访，给我留下了太多空白。他在内翰村生活的时间不长，加上爷爷、奶奶去世，父母在外打工，小学、中学的求学地点，又主要在广西和中山，我就算回到他的出生地，也无法找到与他成长的更多链接。对源盛而言，他的长大，就是一个不断流动、不断迁徙的过程，随着时空的变化，要找到一个完整陪伴他长大的见证者，并不是一件容易的事情。在源盛家的院子，我曾接到他妈妈的电话，她的声音清脆悦耳，通过话筒，我都能感受到这个广西女子的热情和爽朗，我和妈妈约定去中山见面，没想到，几年过去，这个心愿并未达成。

2019年6月，毕业季如期来临。临近离校，源盛不像广东F学院的往届校友，提前在龙洞寻找住房。随着地铁的开通，龙洞的房租年年看涨，为节省开支，他和舍友罗益鹏在二号线的嘉禾望岗，找了一间月租五百元的老房子。"房租是真的便宜，但地方也是真的偏僻，看起来像在荒郊野岭，有一种被遗弃的感觉。"所幸出租屋离地铁口不远，交通还算方便。在源盛楼下，经常聚集一批打麻将的本地阿姨，她们的生活主要依赖房屋出租。源盛忙，很少做饭，经常点外卖，有时下楼取饭，阿姨就会感叹如今的年轻人不爱做饭，"她们不知道我正忙着找工作，她们以为我的日常也是打麻将"。

对于工作，源盛的要求很明确：和文字有关，自己真心喜欢。以 A 机构为界，他的求职，可以分为两个阶段。

第一阶段，在网络海投，进入 A 机构。

平心而论，尽管没有受到疫情影响，源盛这一届求职并不顺利。考研失败后，他没有二战，选择了就业。他整体的感受是"小公司 offer 随便拿，感觉还挺缺人，但说倒闭就倒闭，没有任何确定性，大公司、正规一点的单位，要进去就很难，至于考编和考研，难度则更大"。源盛面试过一家小公司，说是面试，其实就是敷衍地聊几句，没有谈到任何实质性的问题，就宣布将他录用，"太简单了，一点难度都没有，这种公司，我就算毕业三四年，都能随便进，要是这样，那我读大学有什么意义？"他观察过公司的员工，大都是一些中专甚至小学都没毕业的人，源盛坦承："不是看不起他们，而是觉得既然念了大学，起码和他们应该有点不同。"他拒绝了这家小公司，通过两次面试，进到了 A 机构，"原本没有机会，因为我是男生，A 机构权衡了好久，最后录用了我。"

A 机构是一家教育培训机构，算得上行业内的翘楚。源盛进去以后才发现，他们对外宣称的教育理念都是套路，"最大的特点，就是不断制造焦虑，将老师变成机器后，招生时，再通过打击孩子的自信，将他们说得一无是处，让家长相信，只有报班孩子才有希望"。源盛负责语文教学，他没有坚持多久，"顶不住了，良心上过不去，感觉太赤裸裸了，和我想象的教育完全两回事，想想还是算了"。"累，我倒不怕，但真不喜欢这样的工作方式，让我别扭、不舒服。"当然，源盛也承认，机构的好处是人际关系简单，同事都是刚毕业的大学生，好相处；其次，待遇也还不错，第一年受应届生条款保护，年薪不低于八万元；另外，以后如果谋求去公立学校发展，教育机构的工作经验，也会提供一些竞争优势。

近几年，我留意到，在没有被整顿以前，数量庞大的教培机构，是我学生重要的就业方式。爸爸得知源盛找了一份教职工作，非常开心，他不能理解教培机构与学校的关系，无论儿子怎么解释，他都坚持，只有进到公立学校教书，才能称为老师。对刚走出校门的年轻人而言，父母对子女的薪水多少有一些期待，尽管源盛的爸爸妈妈对他的收入没有要求，但家庭的真实处境，让他不敢懈怠。在无法说服自己坚持 A 机构的工作后，源盛没有告诉父母实情，果断离职，投入了另一场求职之路。

离开 A 机构，源盛才真正意识到就业的难度，他由此进入求职的第二阶段。付完两千元违约金后，房租、伙食费、交通费瞬间变成刺眼的数字，变为真切的经济压力，让源盛感受到了生存的艰难，"有时候真的是吃了上顿没下顿，下顿没有着落时，就突然明白了粒粒皆辛苦的含义"。从小到大，源盛从没觉得吃个饱饭有多难，毕业后，他才发现"吃饱"并不理所当然，"如果不去努力，不去干活的话，真的会饿饭"。

在没有找到满意的工作以前，源盛拼命兼职，做过很多短期工："先是到一家快递公司，通宵分快递，工资当日结算，每天一百到一百二十元。随后又去了长隆天鹅餐厅当服务员，根据排班负责擦桌子，也是按天结算。最后还去了野生动物园园区当保安。"其中，当保安让源盛最为难忘，因个子瘦小，他穿的衣服很难合身，哪怕小码，套在身上都松松垮垮，袖子更是长出一截，当保安同样是日结工，每天一百二十元。"这份工作给我一种荒谬感，我发现保安根本保护不了任何人。"此外，源盛利用空隙，还曾去科学城当过研学的带队老师，"非常好玩，也很有意思，工资也超级高，但不稳定，没有任何确定性"。不断变换的短工只是权宜之计，源盛一直坚持网上求职，他曾亲历过一个编剧岗位，按要求投递剧本后，才发现是一场骗局，"他们的目的，就是骗点子，骗内容，骗到内容后，等你找过去，人家根本不接待，随便应付你"。

第二阶段的求职，源盛历经了很多煎熬，他的精神动力，完全来自同窗的陪伴和安慰。舍友早亮和源盛一样，也历经了漫长的求职迷茫期，实在熬不下去，他就去嘉禾望岗找源盛见面，"我兼职时，早亮就在我那儿睡觉，睡好了接着找工"。益鹏家里生了些变故，回家考公的消息没有明朗前，很多时候，也陪源盛住在出租屋内。回想那段时间，源盛对同学的看法，完全不同于在校期间，他十分感慨，"以前觉得同学沉默、冷淡，毕业后才发现，同窗的情谊，才是最重要的支撑。"源盛记得，益鹏考公回去政审，两人在地铁口分别时，彼此都非常伤感，"舍不得，感觉眼泪都要流下来。"

幸运的是，网上的求职，终于有了结果。在毕业半年后的春季，源盛通过智联招聘，找到了一份编辑工作，"我将简历挂在网上，公司和我联系后，第二天就通知我上班，我频频去找找不到，没有刻意找的时候，工作竟然来了"。源盛不知道公司挑选他的原因，但良好的文学功底和文字处理能力，显然助了他一臂之力。公司是一家国企，位于萝岗的高新技术区，源盛的职责是编辑一本科技类的杂志。他对新的岗位非常满意，"工作氛围好，同事大都为刚毕业的硕士和博士，非常好相处。"领导也开明，对他客客气气，很认可源盛的靠谱和踏实。待遇尽管没有达到村庄亲人想象的水平，但相比兼职的不稳定，也还过得去。

工作确定后，源盛搬离了嘉禾望岗的民房，入住离公司更近的增城永和片区。

对源盛而言，这是一份和文字有关、和学术有关的工作，完全达到了他的预期。他将这种幸运，视为命运对自己不愿轻易妥协的馈赠，第一次，他感到内心的力量正一点点聚集。对家人而言，源盛找到新工作后的直接变化，是姐姐妹妹在经受父亲生病的变故后，毅然支持他买了一辆车。源盛并不愿意在交通上有过多花费，但家人认为"时来运转"很重要，他每天驾驭的四个轮子，对全家而言，并不仅仅是交通工具，更是新生活的开始和象征。

文学梦在广州浓厚的商业氛围中，大都不合时宜。和062111班放弃写武侠小说的王国伟比起来，源盛的坚守，显示了生活蕴含的丰富可能。

五年过去，我总是想起2017年暑假，与家人一起去源盛家，与他一起坐在天台的情景，他兴奋地向我们描述："旁边黑乎乎的，我将电灯接到天台上，看看星星，看看月亮，听听风声，一个人躲在这里写东西，特别安静，特别美好，我的梦想就是当一个作家。"

——这是我所有学生中，对梦想最为具体、最为感性的描述。我无法断定源盛的梦想什么时候实现，但相比更多孩子大学期间的慌乱，他对兴趣和爱好的强烈坚守，让他内心始终有着确定的锚点。相比找到一份解决生存的工作，我更看好他依附在梦想之上，内心牵引而出的力量和韧性。

三、裸露的家

镇上的家与越南新娘聚集的村庄

张正敏急急忙忙赶到省汽车站的时候，我已经到达车站等候了她半个小时。我担心她迟到，从广州开往阳春的班次有限，如果错过，改签起来并不方便。我更担心她因为害怕迟到，过于急切，在穿越火车站通往省站的漫长地道时，因快速奔跑导致极度疲惫。

这个女孩一直在奔跑，一直在急切地摆脱生命中的某些负荷，这是正敏给我的印象。

张正敏1996年出生，在去往她家之前，通过断断续续的交往，我大致知道她的情况。2016年11月的一天，正敏敲开了我办公室的门，我看到了一张明亮而灿烂的脸，这是我和她的第一次见面。正敏来自广东 F 学院劳经系，和我教过的冉辛追是同一个专业。我没有给她上过课，和其他孩子的拘谨不同，初次见面，正敏大方而坦然，她向我讲明了来意：妈妈是越南人，小姨和婶婶也是越南人，她从小在越南人堆中长大，从小就感受到了外界对越南女人的成见。进到大学，她想和同学申请一个课题，研究村庄的越南妈妈。正敏说，她看过我写的东西，认定我是全校最适合指导她的人，希望我能做她的项目导师。

我想都没想，答应了她的要求。

这样，因为写作的机缘，我意外多了一个走得很近的学生。

正敏聚焦的对象是越南新娘，其中包括自己的妈妈，在我看来，她选定这一群体，本身就隐含了回望和梳理自己成长经历的隐秘动因。在正敏的描述中，我大致能勾勒出她成长的若干轨迹：一家四口，妈妈来自越南，爸爸是粤西山区的农民，哥哥初中没有毕业，她是村里越南新娘子女中唯一的大学生，也是小学班级唯一的本科生。

在我十几年的教学生涯中，也有不少学生和正敏一样，没有教过但会私下交流，但像这样，以导师的名义，通过指导课题促进交流的情况并不多见。在随后的几年里，因工作太忙，我对正敏课题的指导，大多只能见缝插针地进行，很多次，我随校车七点多到达校门口，正敏和其他成员就在门口等候，聊完以后则各自散去。尽管相处的时间不多，相比别的学生，我还是拥有更多机会了解正敏。

2017年12月1日，离期末考试还有一段时间，正敏和我难得都有空闲，在他们课题进行大半的时候，我终于找到机会去他们调研的村庄走走。出发当天，我、张正敏、课题组成员蔡礼彬，约好在省汽车站集合。随后几天，我们重走了正敏小学中学阶段就读的学校，回到了她出生和成长的村庄、见到了她关系盘根错节的越南亲人。

这次回家，对正敏而言，是一次与课题有关的实地调研，对我而言，则是负载在课题指导之上的一次特殊家访。

正敏的家，位于广东西南部阳春市的一个小镇。打开地图可以看到，阳春正处于链接珠三角地区和广阔粤西的枢纽位置。我们从省站出发，登上广州开往阳春合水车站的巴士，车子很快融入四通八达的高速路网，汇入绕城高速不久，便拐进本次行程的主体路段沈海高速，一个小时后，便来到了开春高速。

阳春以山地丘陵为主，一路的风景，和我故乡湖南汨罗非常接近。不高的山峰、散落的村庄、随处可见的田野、勤勉劳作的人群，都是我熟悉的画面。相比北方，接近冬季的阳春，并无半点萧瑟，但公路上的车流，比之珠三角，还是冷清了很多，与之相关的经济密度，随着空间的扩大，也逐渐稀疏。

两个半小时后，我们抵达了合水汽车站。去正敏家，还需要从合水镇再转一次开往陂面镇的巴士。巴士的班次排得还算稠密，每一辆车都塞得满满当当。当天刚好是周末，恰逢放学节点，车站随处可见三三两两的中学生，他们背负臃肿的行李，一看就是寄宿生，长长的队伍背后，是一颗颗等候归家的心。

多年前，正敏和他们一样，挤上这些巴士，往返合水中学和陂面镇的家。

从合水去陂面的路上，检票员走到我面前，没有要求我买票，而是提醒我注意身上佩戴的玉坠，"财不能外露，你要将它藏起来"，善意的提醒，让我倍感温暖和亲切。合水开往陂面的巴士一路向前，途经春湾镇、三坑村、云一村、白楼上村这些陌生的地名。小镇的画面一幅幅从眼前掠过，都是我熟悉的场景：密集的摩托车人群、南方常见的水果摊位、杂乱的电杆和电线、随处可见的快餐店、人气极高的集市、建材堆积的批发铺面，当然，更有标榜"雅致人生从此开始""不看＝遗憾　选择＝豪门"的房地产广告。整体而言，阳春虽然比不上珠三角繁华，但一路经过的地方，人气旺盛，并无半点萧条之感，显露出承接了珠三角外溢产业的勃勃生机。

半个小时后，我们经过碧绿的漠阳江，来到了陂面镇。

从路边下车算起，步行两分钟，便到了正敏的家。

爸爸知道正敏要回来，早早去镇上买了一只鸡，此刻正在厨房忙上忙下。刚进门，一个高高瘦瘦的身影映入眼帘，花白的头发稍显凌乱，他回转身，见到礼彬和我，腼腆地一笑，没有说一句话。正敏放下行李，走近灶台，麻利地点燃一些竹片，柴火立即燃烧起来。不到一个小时，饭菜便端上餐桌，爸爸明显松弛下来。

直到坐下来吃饭，在简陋而阔大的椭圆形餐桌旁，我才留意到正敏家房子的层高，远超一般住房。屋内几乎没有任何装修，墙壁裸露出原本的砖红色，砌得极为平整、结实。通往二层的楼梯，没有装扶手，可以看出预制板的底色，安全起见，边上稀疏地竖起了细细的钢筋和木条。房子的布局，在当下的小镇极为常见：长条形，纵深长，宽度仅五六米。因单层面积有限，正敏和哥哥的房间，都安排在二楼。整栋楼，除了正敏的房间有一扇旧门，其他房间还是毛坯状态。

整体而言，房子又高又瘦，墙面整洁、挺括，地面干净，简陋到极致。

"裸露的家"。

厨房是家里唯一能看出装修痕迹的地方。洗手台保留了原始的预制板，烧火的灶台上，贴了暗红色瓷砖。正敏曾经提起，"我妈外出了几年，觉得不妥，回来搭建了一间厨房，说是要将家里的火生起来再说"，由此推断，厨房的装修，是妈妈刻意而为。

火生起来了，妈妈走了。

妈妈走了，家里到处都是妈妈的影子。正敏和爸爸、哥哥一样，七八年来，依然被妈妈一砖一瓦垒起来的房子庇护。

这个家，妈妈再也没有回来，家里有她已经长大的两个孩子。

置身屋内，我第一次体会到"家徒四壁"的含义。当正敏告诉我，面前简陋而坚固的房子，从地基到屋顶、从砌墙到厨房的装修，全部由妈妈一个人徒手完成，我内心唯有震撼。

我突然理解眼前的女孩此前和我说过的很多事情。我也突然理解，相比男生的爽快，她在邀请我去家访时，为什么总有更多的犹疑。

是正敏的信任和坦诚，让我拥有机会，感知到她这样的孩子，其生命的底色和艰难。

第二天，按照计划，我们准备前往正敏调研的主要村庄 —— 她出生的小水村。

小水村位于陂面镇北面，距离镇中心大约十三公里，离阳春市约六十公里，山地面积占到百分之七十，四面高山环绕，仅有一条马路与外界相通，村民大多以种植橘子、丝瓜、茄子、苦瓜等农作物为生。

正敏原来的家，位于小水村的一个偏僻角落。

陂面镇的房子，尽管极为简陋，在正敏心中，却是她命运的转折点。正是因为妈妈的坚持，十岁那年，她终于离开了偏僻的大山，来到了便捷的小镇，她上学的时间，从步行一小时的山路，变为步行五分钟的水泥地面。

整体看来，到2017年，中国乡村的公路设施，已经获得了很大改善，但从陂面镇通往小水村距离最近的机耕路，路况并未有太多改变，这是一条半山腰的环山路，旁边就是河，裂开一半的路面，让人心惊肉跳，"怕突然之间掉下去，怕被河水冲走"。狭窄的路面，稍稍宽敞一点的机动车，根本无法通行，很多次，正敏去村里调研，只能依赖哥哥的摩托车。这次重回村庄，因为人多，我们租了辆面包车，绕行隔壁镇宽敞一些的机耕路后，经过两小时山路的盘旋，终于到达小水村。

正敏家的房子，掩映在一片茂密的树丛中。从山顶往下看，因常年不住人，房子早已被缠绕的杂草和树枝吞没，到处爬满了青藤，"我家的老房子早就被树啊、藤啊缠住了，房子都塌了"，面对无处下脚的路，她本能地提防随时蹿出的蛇。在正敏记忆里，小水村的旧居仅有三间房，一间厨房，一间杂物房，一间卧室。卧室里放了两张床，正敏和妈妈睡一床，爸爸和哥哥睡一床。实际上，自从离开村庄，正敏几乎没有回过家，她很难相信，自己生命中的最初十年，竟然在此度过。爸爸将手扶拖拉机开往小镇后，这个比之陂面镇更为简陋的家，已没有任何值钱的东西。

尽管早已搬离，村里依然有正敏的亲人。1992年，妈妈被姐夫的家人骗到中国贩卖后，正敏的爸爸以两千八百元的价格将她带到了小水村。对于广东越南新娘，我曾从李沐光那儿了解到一些信息，带正敏做课题后，我才知道，除了台山，阳春也是越南新娘的重要聚集点。

2018年7月5日，正敏爸爸中风，妈妈远道回来照顾，在返程外出打工的途中，因没有身份证，妈妈买不到从镇上到广州的汽车票，正敏只得叫一辆顺风车将她送到学校。这样，在广东F学院，我和她妈妈见了一面，她很自然地提到当年被卖到广东的情景。

从1992年算起，正敏妈妈来中国已经二十五年，她实际出生于1975年，到中国时仅仅十七岁，但在正敏记忆中，妈妈出生于1973年。妈妈的故乡在下龙湾的一个渔村，家里十姊妹，在越南人眼中，1990年代改革开放的邻国，不啻寻梦的天堂。她一直想去中国打工，姐夫的姐姐得知她的心愿，以此为由骗她离开家门，其实早已暗中联系好了买家。哪料在路上，两人都被同伙卖掉，最后辗转到了广东阳春的大槐农场。因年龄小，身板瘦，她在农场经受了三个月语言不通、身无分文、担惊受怕的煎熬，被正敏爸爸带回家。

阳春的小水村，比越南的故乡还要穷，"我以前从没挨过饿，但这里大米都没得吃"。习惯海鲜的胃，无论如何也难以将就木薯配稀饭。妈妈过不惯，天天都想逃跑，"但跑不掉，一个人跑，全村人都去找"，此后，家里一直派人跟踪她。直到生下正敏和弟弟，妈妈才打消了逃跑的念头，她抓住一切机会干活，甚至学会了犁田，和她同时来到中国的好几个女子，生完孩子后，借回家探亲的机会，再也没有回来。

从时间看，1990年代初期，正敏妈妈算得上小水村的第一批越南新娘。不少人生完孩子回家探亲时，会从家乡带一批姑娘过来，这样，2000年前后，小水村形成了越南新娘聚集的第二个高峰。妈妈多次偷渡回家，共带回三个姑娘，其中就有自己的小姨。小姨嫁给了邻居，其他两个，一个嫁给正敏的叔叔，还有一个嫁到了镇上。如今，正敏一家早已搬离村庄，但婶婶和小姨还居住在原来的地方。正敏从小在越南女人堆中长大，跟随妈妈知道她们的很多秘密，只不过，随着年龄的增长，她对曾经熟悉的越南话，已经没有太多印象。在做课题的过程中，正敏统计到小水村共有十六位越南新娘，知道彼此盘根错节的关系。2017年8月，正敏去当地派出所，想给妈妈弄个户口，从政府回复的消息推断，陂面镇像妈妈这样的越南女子，多达一百一十位。

按照计划，当天上午，正敏带我们去婶婶和小姨家看看。

婶婶是一个丰腴、开朗的女人，半卷的头发，染成黄色，身穿一件紫色的夹克，全身佩戴了不少饰品。婶婶是妈妈的表姐，1995年跟随妈妈来到小水村，嫁给叔叔后，生育了五个男孩。刚来中国不久，她就跟随丈夫去东莞承包了大片菜地，夫妻俩以种菜为生，随着快递业的发展，丈夫现在转行做了包装工，她则回到家中，负责照看孩子。前几年，正敏考上大学，婶婶总以为正敏会看不起她，两家的距离无形中有了疏远。没料到正敏做课题后，总是回村调研，两人的关系在密切的交流中拉近了很多，婶婶甚至早已习惯侄女带陌生人回村不定期的造访。

婶婶家的楼房并不高，一楼的客厅墙壁上，张贴了一张下龙湾的巨幅风景照。她讲一口流利的阳春话，生活习惯早已被当地人同化。和正敏妈妈很少回越南不同，婶婶每年都会偷渡回去几趟，在越南住上一段时间后，再悄悄返回小水村。婶婶的大儿子，和正敏同一年出生，小时候不幸溺水，导致不明原因的脱发，小伙子对家里人无法给他提供有效治疗耿耿于怀，他整日将自己关在房子里，躺在床上玩手机，啥事都不干。前一阵，他想买一辆电动车，找正敏爸爸借钱，没有如愿后，一直生闷气。正敏还有个堂弟，小学成绩一直很拔尖，初中无人管教后，中考只得了二百多分，正敏竭力建议叔叔将堂弟送去广州读职校，叔叔嫌麻烦，将他留在了阳春一所技校。

小姨和婶婶两家相隔只有几十米。小姨是一个体形稍胖、温婉秀气的女子。因刚刚做过宫外孕手术，她将全身包裹得严严实实，甚至戴着防风帽，装束和坐月子差不多。碰上周末，正敏的表妹，一个高高瘦瘦、秀秀气气的姑娘，恰好放假回家。小姨的话很少，看到正敏，只是很开心地笑，聊上两句，不知道说什么，便带我们去屋前的田垄挖红薯，随后又拿出家中刚刚收割的甘蔗招待客人。婶婶家的房子是一栋新修的楼房，装修虽然简陋，但家具齐全，比正敏小镇上的家，看起来更有生活气息。

放眼望去，小水村植被茂密，围绕村庄的小河，水质甘甜清冽。尽管阳春整体上属于丘陵和平原地带，但正敏出生的村庄，算得上典型的山区。可以想象，在公路没有修通以前，一个语言不通的越南女子，面对莽莽群山，确实难以逃离。

2000年以后，村里年轻男子外出打工的现象明显增多，越来越多的人搬离村庄去镇上定居，买卖越南新娘的陋习，竟然不知不觉消失。随着时间的流逝，正敏上大学后，越来越意识到，不管是身份歧视，还是留守儿童及单亲孩子的聚集，无不显示了这一历史沉疴，在经济贫困与孩子教育维度所面临的危机。

每次看到哥哥、堂弟和堂妹，很多时候，正敏会恍若梦中，她很难想象，自己竟然走出了如此闭塞的村庄，来到广州成了一名大学生。

背后的妈妈

正敏曾用两句话概括自己的求学过程，一句是"我一路从最农村的地方爬到了城市"，另一句是"我能上大学，都是因为我妈妈"。她小学二年级在小水小学读，三年级到六年级在陂面小学读，初中上的合水中学，高中到了阳春市，然后到广州上大学，历经了一个农村孩子最为常见的求学路径，其中任何一个环节出现意外，都会中断求学过程，正敏之所以能从偏僻的小水村来到广州念大学，离不开妈妈的强大支撑。

2005年以前，正敏和婶婶、小姨一样，生活在小水村。她的妈妈，也和婶婶、小姨一样，被别人称作"越南婆"。正敏年幼时，很早就留意到，平时和妈妈一起来往的面孔熟悉的越南女子，生下孩子回家探亲后，过一段时间，总会有些消失得无影无踪。她害怕失去妈妈，害怕变成村里无妈孩子中的一员，整个童年，她都在担心妈妈离开小水村，这是她无法言说的心结，也是她无法想象的噩梦。

正敏六岁时，妈妈坚持一定要回越南看望家人。"她走的时候，我特别害怕，我怕她不回来，我追着摩托车哭，一路跑一路哭，那个场景永生难忘，好像和妈妈生离死别一样。"庆幸的是，半个月后，妈妈说服家人回来了，同行的还有外公。

生下孩子放弃逃跑计划后，妈妈开始没日没夜地干活。在山村，家里的经济来源有两个，一是种橘子，二是爸爸开手扶拖拉机运木材。种橘子的收入不稳定，好几年，将成本和人工去掉，根本没有太多盈余。正敏至今记得，小小年纪就随家人去到各个山头，拖着两三百米的软管，在橘子树的杂草中喷洒农药的艰辛。在正敏六岁前，妈妈除了正常的家务劳作，一直兼做副业外出砍竹子，每天傍晚，她和哥哥最开心的事，就是在知了的叫声中，听到妈妈回家的摩托声。

上小学后，正敏最发愁的事，是每天往返学校。家在山脚下，学校在山顶，"每天去上学，要走一个小时的山路，说是路，其实就是上山下山、上山下山地折腾"。下雨天，泥巴和碎石混合一起，路面被雨水冲得污水横流，她必须穿小水鞋，狂风中根本撑不住伞，到学校时，一身早已透湿。正敏个子不高，"书包太重，营养不够"是她总结的原因。学校没有食堂，她必须从家里带饭菜过去，没有保温杯，气温一高，简陋的饭菜容易变馊变味，她只能挑着吃一点点。妈妈给她准备的午餐，最常见的搭配是稀饭、黄豆或者自己播种的花生，"很少吃肉，村里赶集的日期是3号、6号和9号，买一次肉，要等三天"。妈妈会喂点鸡鸭，节假日时，给孩子们改善伙食。

我们在小水村逗留了半天，见过婶婶和小姨后，正敏准备带我和礼彬去小学看看。通往小水小学的泥巴石子路，早已变成水泥机耕路，陪伴正敏两年的启蒙学校，高高矗立在山头的南面，从山脚到山坡，有一段长长的距离。一簇大红的三角梅，在学校高高的白色围墙外怒放，碧蓝的天空，让山村的小学，显得格外寂寥和安宁。正敏告诉我，她转学没多久，学校的硬件在热心人的捐助下，早已变得越来越好，但生源一年比一年少，到目前为止，学校只剩下几名学生。

放眼望去，周末的校园，看不到一个人影，一大群黄色的母鸡，在路边的杂草丛中悠闲觅食。操场上，鲜艳的五星红旗在蓝天下高高飘起，洁净的旗杆，越发衬出校园的冷清。正敏当年上课的教室还在，桌椅还在，只是随着生源的减少，房子早已废弃，窗户被粗糙的钢筋焊死，桌椅堆叠在教室角落，早已落满灰尘。从原有的教学楼规模可以推断，高峰时期，这里的学生不少于两百名。

2005年，家里的橘子获得了意外丰收，加上砍竹子的积蓄，妈妈的第一个念头，是带孩子们离开村庄。她并非意识到村庄的教育质量和镇上日益拉大的差距，离开村庄，纯粹是不忍心孩子们往返校园的艰辛："两个孩子太可怜了，上学走那么远、那么辛苦，早上拎过去的粥、饭，到中午变馊就不能吃了。"爸爸不愿离开，父母协商不成，"妈妈一意孤行，到镇上去打听，得知有人出售老房子。她拿着身上仅有的两万块钱，东凑西借，筹够了三万多，逼着爸爸去签字买下了隔壁镇上的老瓦房"。正敏由此离开了小水小学，来到了离家五分钟的陂面小学，对她而言，这是从"最农村"的起点，向上前行的关键环节，"至今我仍旧感激妈妈当初的决定，因为她，我才能够接触到更好的学习资源，才有今天的我"。

直到今天，正敏回想起镇上求学直到初中毕业的经历，她对学习上面临的挑战始终无法说清，但围绕一个贫寒之家经济来源的窘迫细节，却让她刻骨铭心。妈妈带领全家搬到陂面镇后，正敏和哥哥上学方便了很多，但生活条件并未获得太多改善。爸爸依旧进山打理橘树，刨去成本，收成最好的年份不超过一万元。妈妈则马不停蹄地找了一家鞭炮厂，每卷一百根鞭炮，收入三块五，一个月最多能赚三百元。与此同时，她还找了两份散工：一份稍稍固定，每个月4号、7号、10号去饭店打杂；另一份则为随叫随到的建筑小工。

2012年，隔壁家的房子要重建，正敏家的墙壁与之相连，这就意味着住了七年的老房子必须拆除。面对刚刚还清的购房债务，十几万的建房款犹如天文数字，让全家人发蒙。爸爸骨子里怪罪妈妈，面对迫在眉睫的难题，他没有选择分担，竟然袖手旁观；妈妈做出了惊人的决定：为了省下高昂的人工费，她根据工地积累的经验，亲手建房。

——2018年，我在学校和她见面的时候，曾经聊过建房子的细节。妈妈记得自己买砖、买水泥、买钢筋的任何一笔开支，记得自己跟着隔壁的砌墙师傅，学着挖地基、和水泥、一寸一寸将墙垒起的过程，"整栋房子，都是我自己做的"。她唯一的心愿，"是希望家人有一个地方住下去，有一个地方不遭风吹雨淋，其他再慢慢打算"。房子做到一半，没有钱建屋顶，她不顾体力的极限，选择外出打包装废纸，没日没夜地干了两个月，换回五千元，屋顶装好后，房子终于建成。

妈妈从来没有料到，建房过程中，爸爸始终袖手旁观，不但不分担任何事情，甚至竭力嘲讽、挖苦和打击她的付出，"让我彻底死了心"。房子完工后，妈妈离开了陂面镇，开始了远走他乡、颠沛流离的打工生活，供孩子念书，成为她房子建完后的最大心愿。

正敏曾经细数过妈妈干过的活：种橘子、上山砍木头、为纸厂砍竹子、卷鞭炮、织蚕架、去黑工厂打小工、去饭店当服务员、到工地搅拌水泥、打包废纸装车、躲在福建深山老林砍毛竹、在浙江茶场顶着烈日采茶叶，多年的足迹，遍及阳春、肇庆、福建和浙江。这所有的工作，没有一件可以持续、稳定地为妈妈提供过得去的收入，因为没有身份，散工、高强度、不确定，成为她职业的明显特征。

——我始终记得，2018年在广东F学院操场散步时，正敏妈妈和我说过的话："我生了孩子，怎么样辛苦，都会将孩子带大，去到哪里，我都不会将两个孩子扔下。"说起被卖到阳春的处境，她反反复复说得最多的就是："没办法啊，两个孩子要养大啊。"正敏说过"妈妈太拼"，妈妈的说法是"有多辛苦我都不怕"。

"熬熬熬"，成为妈妈直面生活的信念和状态。

从小水村回到陂面镇后，正敏带我们去逛了逛陂面小学，在这里，她从小学三年级念到了六年级。比之小水小学，陂面小学的规模更大，条件也要好很多，她曾经待过的教室，课桌依旧整齐，讲台上留有师生留下的零散教材、教具。正敏提到，刚刚转学来镇上时，隔壁鞭炮厂的老板曾当面问她："你妈妈是越南人，你会不会很丢脸啊？"这让她尴尬，也让她意识到，哪怕从村里搬到了镇上，别人对妈妈"越南婆"身份的成见，丝毫不会改变。正敏抗议的方式是努力读书，事实上，因成绩突出，经常获奖，名字总是张榜，正敏获得了一个与妈妈有关的命名——"越南阿香的女儿"。小学毕业，正敏考上了阳春市排名最好的实验中学，因开支加大，考虑了很久，她决定放弃，"怕妈妈负担不起，我选择了一所折中的学校，回了合水中学"。同时，她向妈妈承诺：哪怕在普通初中，也尽力考上阳春市最好的高中。

高中每年的学费是一千九百六十元，每个月的生活费需要五百元，为负担这些硬性的开支，妈妈必须外出打工。爸爸对女儿念书的态度非常消极："跟我呢，我不能保证有钱给你读书，跟你妈，你就等于把你妈妈卖了拿钱读书！"留守小水村的叔叔，也曾旁敲侧击地追问正敏的成绩，总是向她灌输，女孩子念书没什么用，希望她早日放弃高中的学业。在极大的学习压力中，正敏不但无法从父亲这边获得经济上、情感上的支撑，还要花很多心力对付这些负面情绪的干扰。更让正敏烦恼的是，初中没有毕业的哥哥，从她念高中后，得知妈妈在支持她读书，开始明目张胆地找妹妹要钱。

和正敏交往多年，她几乎很少谈及高中学业的紧张和辛苦。结束当天的走访，我和她回到房间休息，正敏突然郑重地和我说："老师，我拿点东西给你看。"她熟练地打开一个旧柜子，拖出一个破烂的纸箱，先是拿出上面的奖状及证书，最后从底部掏出高三最后一个学期用过的"知心"牌圆珠笔，当红红的奖状、证书堆满一地，空管的圆珠笔呈扇形摆放在地面时，就如听到房子是妈妈徒手建成，这个场景让我感受到了电击般的触动。我仔细数了数：获奖证书四十一个，奖状四十九张，圆珠笔接近两百支。

在两代女性之间，妈妈徒手建起的房子，正敏无意识保留的空管圆珠笔，就是一个女孩从"最农村"的山里走向城市念大学，在世间打下的真实烙印。

从小水小学到广东 F 学院，只要三个小时的车程，但跨越这三个小时，却要一个母亲隐匿起来从事无数种卑微的职业，需要一个瘦弱的女孩竭尽全力优秀到无以复加的地步。

——我第一次意识到家访的意义，第一次深刻感知到，如果不抵达现场，这些湮没的场景，这些正敏永远不会提及的细节，将遮蔽在我的视线之外，而我，也将无法看到讲台背后学生成长过程中更为立体、更为完整的教育图景。

父亲与哥哥

正敏完成课题后，以家人为观照对象，写过三篇作品：《我的妈妈，是两千八百元买来的越南新娘》《忘记我名字的父亲，终于与我和解了》《无所事事的乡镇年轻人》。在她笔下，一个没有合法身份、只能躲起来四处打工的妈妈，一个封闭、古板、固执的爸爸，一个初中辍学无所事事的哥哥，构成了她生命的底色和肌理，也锚定了她艰难求学的起点。站在教师的视角，这三篇作品和我通过家访看到的情况，构成了理解正敏原生家庭的基本维度。

正敏爸爸1963年出生，当年全家凑满两千八百元，支持他从大槐农场去买一个越南新娘时，他已经是一个二十九岁的大龄青年。从年轻时的照片看，爸爸高高瘦瘦，尽管眼神胆怯，长相还算周正。爷爷去世早，爸爸兄弟几人窝在闭塞的小水村，全靠奶奶拉扯长大。除了大伯适龄结婚外，其他兄弟都是单身。

和妈妈比起来，爸爸从事的职业要简单很多。结婚后，他人生的目标，不过因循祖辈的路径：从事传统的劳作，守住村庄几间泥巴房，生儿育女，度过一生。妈妈的想法和他不同，从落到村庄的这一刻开始，她的人生目标就是逃离，在生完孩子放弃独自逃跑后，她的人生愿望，变成了通过教育带着孩子们一起逃离。2005年，妈妈执意前往小镇购买三间瓦房的举动，暗中拉开了全家人离开小水村的序幕。对妈妈而言，这是她的主动选择，对爸爸而言，离开山村去适应小镇，则成为他必须面对的人生挑战。他从来没有想到，祖祖辈辈一直生活在偏僻的山村，他人到中年后，还得顺应大势，被动融入城镇化大潮裹挟的流动性变迁之中。

在小镇定居的前两年，爸爸的生计，依然是回到村里种植橘树，但收入终究不抵支出，最后只得无奈放弃。好多年，爸爸一直没有固定职业，全靠妈妈四处打散工支撑生计。直到因建房导致两人彻底决裂、妈妈远走他乡外出打工后，爸爸才随着小镇工厂的增多，在附近找了一份工作一直干到今天。

爸爸打工的地方，位于离家几百米的一家沐浴球厂，厂房就在陂面镇的一所废旧中学内，老板是外地人，正敏说不清爸爸的具体工作。在珠三角腾笼换鸟、产业转移的过程中，一些发达地区的厂家，因阳春更便宜的电费、房租和人力成本，于2012年前后纷纷迁入，以至于小镇废旧的建筑，衍生成了一个简陋的工业区。爸爸每天上午八点上班，中午十二点回来，自己做饭吃完后，下午一点去，直到晚上七八点回来，一天工作的时间不少于十小时。工厂实行严格的两班倒，上完七天白班，再上七天夜班，天天如此，全年无休。每月的工资，从六年前的两千元，涨到了现在的三千元。

工作六年，除了艰辛劳动换得的生活费，在夜班期间的极度劳累中，爸爸失去了一根手指，到现在，他只记得自己的手指在无意识中被机器轧断、随后吞没，他从来没有想过"失去手指"被命名为"工伤"，更不懂得维权。工厂让他简单治疗后，连误工的薪水都没有补发。正敏学习忙、年龄小，直到上大学，才从人力资源管理的专业学习中，知道爸爸的受伤工厂负有责任。只不过时过境迁，又是小镇的工厂，维权仿佛无从提起，最后只得不了了之。

正敏理解爸爸的辛劳，但也不否认对他的心结。从上高中到念大学，爸爸没有出过一分钱，让正敏难受的是，妈妈离家后，好几年时间，爸爸始终逼迫她站队，仿佛妈妈的离开，正敏洞悉其中的秘密。他不认为女儿读书是一件重要的事情，高二寒假临近过年时，哥哥经常将一些不三不四的朋友带回家，喝醉胡闹，严重影响了正敏的学业，以致她不得不去小镇的旅馆躲避，而爸爸始终一言不发，并未制止哥哥的行为。更让正敏恼火的是，高三那年，每次月考前，爸爸都会打电话过来，论调和叔叔一样，宣称女孩子不用读书。正敏考上大学后，爸爸毫不掩饰，希望女儿早日毕业，尽快挣钱将家里的房子装修好，帮助哥哥成家立业。爸爸对大学的理解和想象，依然停留在八十年代，他以为女儿只要手握大学文凭，就能解决家里的一切问题。

直到今天，正敏都无法确认爸爸是否爱自己。我在家访时，曾当面问爸爸，是否去广州看望过女儿？得到的回答是，"没有时间"。正敏不知道爸爸最远的足迹曾经去过哪里，在最近的血缘关系中，双方好像从未在同一轨道并行，"从小到大，我不能理解他的很多举动，而他可能连我的名字是哪几个字都说不清，更不知道我在哪所大学念书"。

正敏的哥哥，让我印象极为深刻。第一天到达正敏家，当天的晚餐，哥哥并未出现，直到晚上快九点，一个身材瘦削、头发吹得高高的年轻人，伴随轰轰的摩托车声音，在街灯的映照下，从进深极长的门廊一直走进饭厅。正敏前几天已告知哥哥，将会带客人回家，而他也乐意家里有陌生人来玩。事实上，在正敏做课题的这段日子，每次去小水村调研，都是哥哥主动提出，用摩托车送课题组成员进村。一进门，哥哥告诉正敏，汽车已经租好，歌厅也已经订好，准备带我们几个立即去合水镇，我这才注意到，和他同时进门的，还有镇上的另一个青年。我与礼彬答应了哥哥热情的邀请，没想到几个小时以前，我们刚刚乘坐合水镇拥挤的公交来到家里，吃过晚餐，竟然又要回去。

在乡村的公路上，年轻人将车速飙到了七八十迈，车厢内弥漫着喧嚣的音乐，根本听不清说话的声音。看得出来，租车去镇上泡夜场，早已成为哥哥与同伴的基本生活方式。帝豪歌厅恰如它的名字，夸张的欧式风格混搭金光闪闪的土豪风，与正敏家徒四壁的极简风构成了鲜明对比。我们一进包间，便看到啤酒摆满了一桌，各种零食装在精巧的盘子中，嗨歌、喝酒、抽烟、甩骰子，年轻人的情绪立即被调动起来，哥哥对我说了好几句，"DJ、DJ"，我不明白 DJ 和包间的关系，但能明显感到一股类似摇滚的气氛逐渐变得热烈。小镇上的哥哥，除了正敏笔下的叙述，显然还有另一种真实。一直玩到深夜一两点，因为正敏的坚持，哥哥答应提前将我们送回陂面镇。

对正敏而言，"借钱"是她和哥哥最深的关联。初中辍学后，哥哥一直没有好好干过活，也从未意识到自己对于家庭的责任。他行踪不定，要不突然去外面待两个月，要不突然身无分文地回到小镇。在外面打短工时，只要和老板、同事有一点点矛盾，就二话不说收拾衣服回家，连本该领取的工资都懒得理会。回到镇上，能干的活，也无非是偶尔帮小学的同学装装不锈钢门窗，或者帮忙去外面讨点债务，运气好，讨回了债，当天就会去镇上花完。

没有稳定的收入，哥哥认定的开销，却一点都不能含糊，手头紧张时，他会将目光投向正在求学的妹妹。得知妈妈打工的收入主要拿来供正敏念书，从上高中开始，哥哥更是理直气壮地找她要钱，到正敏上大学，哥哥变本加厉。大一时候，哥哥借车驾驶途中出事，一筹莫展中，想到的办法，竟然是逼迫妹妹拿钱，正敏拿出仅有的生活费，很生气地交涉，"我给你这两千块，我买断跟你的关系，以后别来找我！"可事情没有任何改观，考驾照，找妹妹要钱；想换手机，还是找妹妹要钱。正敏帮爸爸缓解过一次迫不得已的债务危机后，哥哥仿佛看到了妹妹的能量，每次遭到拒绝，便声嘶力竭地怂恿妹妹找别人借，"每到此时，我内心特别害怕，充满了恐惧，总感觉爸爸和哥哥，在拼命将我往下拉"。

正敏曾鼓励哥哥去外面打工，让他坚持做好一件事情。她通过朋友的关系，在宁波帮他联系了一份不错的工作，但哥哥一句话就将她战回:"去那么远干吗,有便宜捡吗?"我后来才知道,在到达她家的第一天,正敏爽快接受哥哥的邀请去歌厅,是希望我能借此机会,不动声色劝说哥哥去外面打工。

在正敏看来,通过自己的大学老师和哥哥交流,也许效果会好一些。

多年来,面对爸爸情绪上的干扰和哥哥不断借钱的压力,正敏坦言自己像是掉进了一个无底洞,"这样下去,我以后怎么嫁得出啊? 那天晚上,我想到了三点钟,我以后怎么办啊?"在切身感受到家庭持续、细密的压力后,正敏彻底理解了妈妈的选择并庆幸她的逃离。有时候,她甚至觉得,妈妈尚且有逃离的机会,而自己作为女儿和妹妹,压根没有办法躲避家庭隐匿的暗礁。

独自面对,成为她唯一的选择,依附教育所提供的通道,依仗妈妈背后坚定的支持,正敏拼命挣扎,寻找生活的裂缝,不断将自己的生命托起。

逃离生命的暗礁

对正敏的成长环境和家庭关系进行梳理后,可以看到,跨入大学前,她成长的每一步都要拼尽全力,每一步都是险棋,充满了未知的风险:如果妈妈不去镇上买房子,她就只能和其他越南妈妈生的孩子一样,读完初中去打工,落入十七八岁嫁人生子的命运;如果妈妈不离开陂面,不放弃那份只能换来三百五十元收入的卷鞭炮工作,面对每年一千九百六十元的学费和每月确定的生活费,在当时的条件下,她就不可能拥有机会读高中。

正敏的求学与妈妈背后的支持,构成了家庭的主要叙事,而爸爸和哥哥始终蜷缩家中、被动遭遇社会变迁的状态，显然是更为基本的存在，两者构成了鲜明对比，并产生了剧烈撕裂，而其中核心的张力，是教育作为一种外部力量揳入正敏的生命后，她必须直面个人的成长和家庭羁绊之间的矛盾。如果说，妈妈的支持，给了她通过教育走出去的力量和可能，那爸爸和哥哥的牵扯、妈妈"越南婆"身份让她感受到的不公，则构成了正敏成长过程中看不见的暗礁，而她主动逃离生命暗礁的行动，则让我从教育要素的层面，看到一个女孩从"最农村"的起点出发，一步步往前走的坚定勇气，更看到了正敏充沛的"个体能动性"，对原生家庭魔咒的成功破除。

哥哥将自己的不求上进，归咎于妈妈的离家出走，正敏从小目睹妈妈的努力和挣扎，认定一切事情只能"靠自己"。哥哥怪罪妈妈的离开让他没有心思做事，正敏反问："我和你同一个妈妈生的，为什么我这样子，你却成了那样子？"

正敏刚上大学时，看到小学的好几个同学，年纪轻轻便生养了几个孩子，她深切感受到了命运轮回的恐惧，忍不住审视自己的家庭："我爷爷那样子，我爸那样子，我哥又那样子，那我哥的下一代，会不会还是那样子呢？"她不敢想下去，也无法理解哥哥为何对命定的结局毫无感知，意识到哥哥缺乏摆脱现状的认知后，正敏提醒自己："一定要走出来，一定要不顾一切地往前跑。"

想起来，正敏的真正觉醒，源自妈妈越南人的身份，总是无端受到亲戚、邻居甚至陌生人的轻贱。她印象最深的一次，是搬到陂面镇没多久，隔壁一个老头总是八卦妈妈的事情，甚至当着爸爸的面煽风点火："这样的老婆要来有什么用？"爸爸没有维护妈妈，一旁的正敏怒火中烧，她冲到老头面前，指着鼻子回击："你再给我说一遍！我家怎么样，关你什么事？"老头被正敏吓住，从此不敢正眼看她。

对于爸爸的糊涂和懦弱，正敏也不是一味忍让。初中时，哥哥常在学校打架，爸爸的方法不是管教，而是不顾家庭的实际情况，让他放弃寄宿，每天花一个小时用摩托车接送，正敏对此表达了明确的不满。尽管爸爸对哥哥的宠溺从未改变，但在正敏成绩明显领先哥哥的状况下，对于妈妈外出打工供正敏念书的选择，他并不敢有任何怨言。事实上，在重男轻女的氛围中，正敏的功课，始终处于无人过问的境地，"从小学到初中、到高中，爸爸从没管过我，全靠自己悟"。在尝到优异的成绩可以被别人称呼为"越南阿香的女儿"后，正敏觉察到"让妈妈骄傲，是一件幸福的事"，通过学习回报妈妈，成为她滋生力量的根源。

初中阶段，和其他叛逆的女孩一样，在寄宿生活中，爱的匮乏，导致正敏陷入了拍拖的漩涡。男孩父亲知道正敏妈妈来自越南后，明确对儿子发话："他们家庭这个鬼样子，如果你不跟她分手，就是最大不孝。"尽管这只是一段青涩的插曲，但成人的世故，却早早让正敏洞悉到家庭对她的羁绊，在无力改变现状的情况下，正敏坚定了一个想法："我发誓一定要考个好大学，让他们见识一下。"

这次青春的反抗，以正敏的胜利告终，她高考的分数超过一本线，而男孩却比她低了几百分。

在答应带正敏做课题后，我才知道她进入大学内心所面临的风暴。此前，我从来没有意识到，眼前这个乐观大方的姑娘，在熬过中学阶段的种种艰难后，从踏进我办公室的那一刻起，就将对妈妈及其背后更为庞大人群的审视，当作了大学阶段自救的开端。

正敏坦言，进入大学失去高考目标的牵引后，那种因逃离生命暗礁所滋生的力量，好像突然消失，她的人生陷入了新的迷茫状态。说到底，正敏面临的挑战，和我教过的很多女生一样：入学的兴奋期一过，伴随考上大学自信的稀释，现实中洞悉到的种种真相，诸如同学之间的贫富悬殊、城乡之间的教育差异，总是很容易将她们推向无力或虚无的境地。

以往的努力，在正敏看来，不过一个无物之阵，就算能够幸运地走出村庄和小镇，能够来到广州，她依然无法掩饰以往过多防御性行为带来的伤痕。过去的日子，终究让她看清了内心的残缺，事实上，多年来，正敏一直处于无边的恐惧中：她害怕妈妈去越南探亲不回来；害怕哥哥在她求学时无休无止地要钱；害怕爸爸高三月考前总是说一些乌七八糟的事；害怕一个人在山上的橘树林中无助地拖动柴油机；害怕男朋友知道家里的真相后顶不住父母的压力提出分手；害怕家里的亲戚随时随地对妈妈的蔑视和轻贱；害怕妈妈生病让自己失去世上最珍贵的人；害怕大学同学知道家里的情况伤害脆弱的自尊；害怕大学毕业找不到好工作满足不了家人的期待；更害怕日渐衰老的父亲、无所事事的哥哥成为她一辈子的负荷和放不下的牵念。

而今，当正敏迈进大学的校门，她没有想到，当初给妈妈带来骄傲的"上大学"，意味着她需要直面另一重压力。一方面，相比妈妈的处境，正敏时常为自己的好日子感到羞愧，她可以找心仪的老师聊专业，可以随时参加同学策划的周日活动，而远在异乡的妈妈，可能正在偏僻的竹林中，过着"滚石砸脚、蜡烛照明"的原始生活；另一方面，直面现实中同窗之间的家境差异，她真切感受到一种来自资源差距所致的无奈，"他们整天想着玩，也不干正事，好像始终沉醉在爸爸妈妈疼爱的世界里，毕业后通过家人介绍，就能很顺利地找到工作，而我很认真地学习，很认真地实习，很认真地跟各种人打交道，拼死拼活地找工作，毕业之后，有可能什么都找不到"。

正敏曾经在知乎上和网友讨论过家庭的经济状况，网友的反馈，让她意外地确认了一个事实：当下社会，如果一个家庭拿不出两万块钱，简直不可思议。而在此以前，她一直认为这样的家庭是社会的常态。第一次，她隐隐约约觉得"社会给穷人的机会少"，隐隐约约觉得爸爸和哥哥的混沌、懒散、不作为，不能简单归结为不努力。她坦言大学的时光，自己看起来开朗、乐观，但内心有个角落，始终被自卑主宰，"我个子不高，没有才艺，更没有特长"，"我不愿意将老师、同学带回家中，我害怕暴露真实的自己，引来同情的目光，勾起内心的压抑和自卑"。

从小到大引以为傲的成绩，大学期间不再是丈量个人价值的唯一标尺，正敏的茫然，看似具体，但又如此虚无。

对正敏来说，她大学期间所处的精神困境，源于一名年轻人独立自主的意识增强后，对个人经验的清理、对生命来路的正视。只不过，落到她身上，聚焦到了如何直面千疮百孔的原生家庭。在中学阶段，因为有大学目标的强烈牵引，年轻人的情绪暗礁，容易处于被遮蔽的状态，实际上，据我观察，很多孩子，尤其是女孩子，尽管到了大学，但她们并未化解掉中学时代留下的暗伤，以致大学毕业后，依然背负家庭的窠臼，在沉默中走向社会。而如何找到一个巧妙的契机，剥离掉这种负面的牵扯，让"大学"成为滋养年轻人成长的坚定力量，是我一直琢磨，但并未解决的问题。

我不知道正敏做课题的动机，是源于对妈妈的同情，还是有意突围自身的困境，或者仅仅只是学业的需求。但当她推开我办公室的门，坦诚和我说起她的意思时，那双急切、充满希冀的眼睛，让我看到一个女孩主动向外寻找支持的努力。我对正敏课题组的期待，除了按照结项的要求，完成规定的调研报告，更希望她在实地考察和交流之外，写一些感性的文字，比如非虚构作品，我知道她拥有大量的一手材料，同时也对调研对象投入了强烈的情感，写写自己的越南妈妈，已经水到渠成。

—— 无论如何，这次意外的邂逅，完全超出了我的预期。正敏通过与家人的重新链接，不但学会抛开个人的情绪，重新理解了爸爸和哥哥，也重新理解了背后的家庭在整个社会结构中的位置，看到了社会剧烈转型过程中，每个家庭成员正在遭受的流动性命运。

更重要的是，在和妈妈的直接交流中，正敏看到了她身处异国他乡一直被遮蔽的痛苦、辛酸和懊恼，也看到了自己在妈妈生命中"犹如重生"般的意义。负载于课题之需的母女交流，第一次，妈妈说出在茂密的竹林，自己差点被滚石砸死；第一次，妈妈说出离家出走的原因来自爸爸的轻蔑和冷漠；第一次，妈妈不再隐瞒外婆的去世是她终身的遗憾和痛苦。在一次次奔赴重庆看望妈妈的艰辛旅途中，正敏切身感受到了妈妈没有合法身份所致的无限恐惧，她从妈妈遭受的困境中，重新理解了自己的求学和她深刻的关联，理解了自己的成长给予妈妈的精神支持。

正敏由此萌生了对自我的坚定确认，一种内在的力量悄然滋生。

正是通过课题之需的调研，正敏看清了妈妈无人知晓的生命细节，在一种程式化的学术生活中，母女之间达成了真正的沟通和理解。最终，这种来自对家人的重新审视和体恤，让正敏获得了充沛的情感，并促使她拿起笔，以非虚构的方式写出了爸爸、妈妈、哥哥的生命史，在家庭成员的换位对视中，实现了对自己的真正接纳，避免了大学阶段陷入煎熬和虚空的危机。更重要的是，正敏赤诚的表达，通过新媒体的传播被很多人获悉，前面提到的三篇作品，《我的妈妈，是两千八百元买来的越南新娘》《忘记我名字的父亲，终于与我和解了》《无所事事的乡镇年轻人》，引起了很多讨论和关注，她由此感受到了书写和"看见"的神奇，感受到了坦然接纳自我的力量。

她对此深有感触："对我而言，我一直害怕自己的过去和经历会引来他人异样的眼光，我并没有意识到这种恐惧本身就是一种自我规训。我愈是想要逃离、摆脱'农二代'的身份，愈是容易与现实脱嵌，并陷入自我认同的游离状态。而赤诚地接纳自己，是人一生必经的功课。"

我无法说清这次课题对于正敏的意义，更无法说清一种接通生命经验的写作，对一个孩子成长的价值，但通过和正敏的交往及观察，我真切感受到，在大学阶段，接纳真实的自己，是一个人成长的开端，下蹲的人生姿态，有助于年轻人滋生最原初的生命力量，迸发出难得的创造力和直面生活的勇气。而写作，也许是一个孩子激活与家人关系的契机，他们也许能从个体的困境，看到更为庞大群体的命运，而这种廓大的看见，对年轻的个体而言，是增强他们抵挡人生困境的可靠方式。

——作为教师，我时刻意识到，在应试教育将孩子们架空的漫长过程中，如何引导年轻的个体落到踏实的生命境遇，如何让他们在各自的成长中获得内心的安宁，是当下考核常态化、管理表面化的教育语境中，一直无法解决的问题。我少有的写作课堂，最大的企图，也无非想通过有限的写作训练，去尽力达成这种效果，但唯有正敏，让我看到了结果，见证了包裹在写作中的生命实践所产生的可行性。

而这，也是我在教学中，格外重视非虚构写作的原因。

作为正敏大学时光的见证者和介入者，她身上所发生的变化，让我看见了一个年轻人的成长和蜕变，也激发了我很多思考：以前，我总是从原生家庭牵绊的角度，去理解他们成长的困境，更倾向于认定原生家庭对他们根深蒂固的影响，并对坚硬的现实感到无能为力，至于教育到底能否改变这种状态，我并无坚定的认知。但现在，通过正敏带给我的近距离观察，当我意识到，"上大学"事实上是他们人生最大的依仗和机会时，如何激活个体的能动性，比之简单地体恤他们的难处要更为重要。

正敏的家庭，是我接触到的学生家庭中，极为艰难的类型，但她的成长和转变，让我坚定了教育的要义，正在于给年轻人提供摆脱原生家庭负面影响的机会，并让他们在具体的契机中，滋生内在的力量和勇气。在铁一般坚硬的群体固化趋势中，个体的努力，依然是撕开命运的裂缝、摆脱原生家庭的羁绊，获得更多发展的秘密。

课题结束后，正敏进一步确信了自己对于文字的热爱，她决定通过考研，从人力资源管理专业跨向新闻传播专业。2019年，她调剂成功，顺利入读西南某大学的硕士。妈妈的命运，因为女儿勇敢而真诚的书写得以改变，来到中国三十年后，终于获得了合法身份。越南新娘这个隐匿多年的群体，也因为正敏的书写，被更多人看见。

　　2022年，正敏硕士毕业，和男朋友落脚南方，和我在同一个城市寻梦。

　　我想起家访过程中，正敏和我描述的人生梦想：买套两房一厅的小房子，养一个妈妈，养一只猫。我还想起正敏透露给我的，妈妈最大的梦想，是以合法的身份，早日回去探望日渐老去的父亲。

　　我相信，这些曾经的蓝图，不会仅仅停留在纸面。

四、"海里种田人"

村庄与庭院

从阳春回广州没多久，罗早亮无意说起，过几天准备回家帮妈妈收割红薯。我悄悄问他，如果跟随同行，是否会影响父母的正常生计？

早亮此时正是大三，尽管我给1516045班持续一年的专业课早已结束，当班主任的缘故，我和班上学生的联系并未减少。他们周末有空时，偶尔会结伴来我家，闲聊过后，我会带他们在老城区的骑楼下吃甜品、吃濑粉，然后去文明路的鲁迅纪念馆逛逛。聊天过程中，早亮提到，从他有记忆以来，父母从来没有长期外出打过工，尤其是妈妈，结婚生子后，更没有离开过村庄。早亮提供的信息，激起了我的兴趣，事实上，我教过的农村学生，能够上到大学，父母几乎都有外出打工的经历，他们不是将孩子留守家中，就是将孩子带着外出，像早亮父母这样，坚定选择留在家中的情况并不多见。

早亮告知爸爸妈妈我想去他家看看的愿望后，妈妈极为兴奋，爸爸也调整了出海的时间。这种热切和真诚，让我感受到一种久违的郑重。在我记忆中，身为中学教师的父亲，每年开学季前后最为重要的安排，就是抽空去学生家看看，他所收获的信任和沟通，让我对教育环节中的"家访"保持着神圣、亲切的印象。只不过，我任教的阶段到了大学，"家访"并不像中小学那么便捷，但得益于学生大部分来自本省，利用假期或周末，我的家访计划，都能顺利进行。

莫源盛家如此，张正敏家如此，罗早亮家也如此。

2017年12月15日，我和早亮约好上午十点左右，在芳村客运站见面。事实上，国庆假期，早亮刚刚回去帮助家人种植了红薯，因离家不算远，交通也还方便，念大学后，碰上季节性的农活，早亮都会回去，这次回乡，刚好碰上红薯收割。地铁一号线特别快，我们几乎同时到达坑口站，从 B 口出，即到芳村客运站，很快，我们买好了广州开往台山小江的票。

早亮的家，在一个临近峡湾的海边村庄，算得上典型的海边人家。

十二点不到，汽车从广州芳村出发，很快进入佛山南海，经过九江大桥后，不久便到达鹤山。台山位于珠三角西南部，属江门地区，南部毗邻海洋，属于典型的侨乡。一路上的风景，和去正敏家截然不同。巴士经过开平时，著名的碉楼群赫然出现，一种穿越时空的奇妙感，在古老建筑所凝固的历史旧影中油然而生。开平的碉楼，数量非常多，几乎遍布全境，随处可见凝聚在建筑之上的异域细节：绚丽的颜色、圆形或拱形的欧式造型、屋顶牢固的十字架。隔着岁月，也能感知这一片土地在时代的变迁中，历经的辉煌与喧嚣、骚动与沉寂。车过开平，一路穿行蚬冈镇、金鸡镇、那扶镇后，很快便到达我们行程的终点站深井镇。

早亮家离镇上还有十几里，爸爸原本在巴士到站后，开摩托来接我们。因他临时有事，让我们先在镇上逛逛。深井镇的建筑，大都由石头和泥砖建成，延续了开平的风格，色调呈现出怀旧的灰色，老房子在岁月的淘洗中，愈发坚固而沉默。

早亮一下车，话就多起来。他学前班就读深井镇，看到一辆三轮车，几乎脱口而出："我妈妈不会骑单车，当年她骑这种三轮车送我上学。"随后，他又兴冲冲地将我带到顺景药店，"小时候，我经常在清明前后采金银花，晒干以后，拿到顺景药店卖，二十元一斤，金银花晒干后，几乎没有什么重量，挣二十元，要花好长时间。我很少吃零食，家里几乎不给零花钱，如果实在忍不住，就会找妈妈死缠烂打，得到五毛钱买一包辣条。以前买葵花子，每次都会抽奖，我最期待'再来一包'的字样，总是盼望中奖。"可以想象，在早亮的童年，"顺景药店"给他带来了多少期待和惊喜。离开药店后，早亮带我穿过一条遍布海鲜、鱼虾的街道，来到一处简陋的菜市场。多年来，妈妈一直在镇上卖豆腐，她的固定摊位用两块大大的瓷砖铺成，收拾得极为干净、整洁，赶集的时间一般在上午，此刻的菜市场空无一人。

爸爸戴着安全帽，不久便来到了小镇。我和早亮坐在摩托车后面，经过几排斑驳的古旧建筑，转入一条村级公路，二十分钟左右，一栋生机勃勃的房子，便出现在我眼前。

从广州出发的时间算起，加上在深井镇的逗留，四个小时的旅程，我便见到了早亮的家人。

早亮的妈妈，穿一件粉紫色的夹棉背心，笑容极为甜美。看得出来，她是一个热情、亲切的女人，散发着充沛的生命元气，丝毫没有艰辛劳作带来的愁苦与沧桑。

踏入院子，一种久违的活力和烟火气扑面而来。

院子不大不小，到处是走来走去的家禽，在以鸡鸭为主的禽类队伍中，有五六只鹅，鹅们长长的脖子，高高的身材，自带一股身高优势带来的傲慢与霸气。傍晚时分，一群动物围着院子的女主人，要吃要喝、热闹非凡，一派农家的兴旺和殷实。在农村，早亮家一看就不是那种有板有眼的家庭，院子里遍布各类稀奇古怪的机器和农具：有一台拖拉机，用来耕田；有一架抛秧机，用来替代烦琐的插田；有一辆板车，用来拖东西；有一个庞大的蒸汽锅，用来做豆腐；有一架斩草机，用来铡猪草；有一架劈柴机，用来处理木头。在琳琅满目的农具房里，甚至还有一个探照灯 —— 专门提供夜间爸爸上山喂猪的照明。遍布的农具，凸显了早亮家生计的丰富，也显示出海边村庄的开放及与外界密切的关联，虽然拙朴，却充满现代气息。

村庄里的房子，大都依山而建，早亮家左右两侧，都是依次排开的民居。比之源盛大山里的内翰村，早亮所处的小江村，人气要旺很多。尽管村里难以看到年轻人，但壮年人还是不少。村庄田地多，随处可见外省来租地种菜的村民，在早亮家东头大树掩映下的一块地里，一名江西农妇，正在侍弄香芹和西洋菜，她显然和早亮妈妈极为熟悉，哪怕见到我，也会微笑示意。

在离家五十米的西头，有一所废弃的小学，小学的主楼极为气派，命名为"华源教学楼"，"严勤活美"的四字校训，在教学楼上赫然可见。在首层一间教室的黑板上，有一条粉笔书写的标语，"热烈欢迎校长、主任、老师光临毕业班茶话会"。从崭新而气派的铝合金窗可以判断，这栋式样时髦的教学楼刚刚修建不久。一楼的走廊上，堆满了村民的木材、鱼篓和油桶，操场上密布台风过后的树枝、树叶和无序的杂物。我无法预测学校废弃的原因，早亮在这所小学待过几个月，但很快就离开了村小前往深井镇。也许，和正敏的小水小学一样，哪怕处在并不闭塞的渔村，孩子们的流失，终究会导致学校被弃的命运。

早亮家的房子，是一栋两层高的楼房。外墙素面朝天，屋内却极为便捷。客厅不大，紧凑、舒适。靠东面的墙角，摆放着妈妈喜欢的木头沙发，沙发前面有一个茶几，放着海边人家喜欢的工夫茶具，液晶电视就在沙发对面，大大的冰箱放置在进门正对的墙边，靠近厨房的过道，有一个搁物架，妥帖地安放一些常用的东西。二楼的客厅，添置了石头茶几，每间房都装好了空调。和我熟知的农村楼房外墙豪华、里面简陋不同，早亮的家，与此形成了鲜明对比。妈妈有她的打算，"外墙的装修容易过时，等早亮结婚时再弄。"

当下，她正在考虑，是否要听从早亮的建议，装上网线，开通宽带，也方便自己玩微信。

妈妈来自四川，村庄离重庆很近。她1970年出生，家里有五个兄妹。大哥大她三岁，二哥大她一岁，下面还有一个小两岁的妹妹和一个小七岁的弟弟。十八九岁时，她跟随庞大的川军队伍南下广东，在打工期间，经人介绍认识了早亮爸爸，并于1992年结婚。说到选择丈夫的原因，她坦言："我拣老公不是看他长什么样，是看他老实勤俭，不赌博。早亮爸爸说话不骗人，话不多，很实在，他家里是什么房子啊，什么耕田啊，一点都不夸大，不是那种说话很飘的人，骗人让人不舒服哦。"

婚后第二年，早亮大姐出生，妈妈从此不再外出打工。随后几年，她又生养了三个孩子。对于童年在四川的印象，妈妈最深的记忆就是穷，"我小的时候，每次吃饭，那个碗很大很大，盛的都是番薯，我妹妹就哭，她不肯吃。"丈夫家的日子，也没有比娘家好太多，除了一栋三间屋的旧房子，没有什么值钱的东西。1992年3月，早亮妈妈与爸爸结婚后，8月就被要求分家，爸爸几兄弟关系虽然和睦，但房子紧张，夫妻俩没有获得房子的产权，家人给了一艘船，两人依旧挤在逼仄的旧居中。

早亮妈妈始终记得第一次在丈夫家过年的情景，"老太太仅有一口锅，家里只有一只鸡、一只鹅"。早亮爸爸认为自己属于"本地人，种田人，贫苦人"，也即台山方言里的"海里种田人"。在他记忆中，结婚几年后，孩子们年幼时的生活又闹又穷：一家几口挤在楼上的小卧室里，旁边堆满谷子，下面的厨房又要吃饭，又要养鹅，"一边吃一边闹，家里穷到要死"。早亮出生在楼上的小卧室，一直长到十几岁。上初中后，目睹大伯家建了新房，两个叔叔出海打工，也在江门供了房子，早亮郑重向父母提出："我们家里能不能建栋楼房？"初三那年，家里养猪卖了两万元，这笔钱坚定了妈妈建房子的决心。"早亮爸爸反对建房，当时手头实在紧张，我和他说，没有人是准备够钱才建房的，根据手头状况，我们一年盖一层，总算将房子建成。"

到早亮念高二，全家人搬进了新居。妈妈对目前的生活状态还算满意，"不挨饿，有饭吃，中意什么就吃什么"。确实，如她所言，当天下午，早亮说换一种口味，她便麻利地从庭院抓了一只母鸡，很快便变成了我们的晚餐，真的是"中意什么就吃什么"。对于早期贫穷的记忆，在我们彼此的回忆中，随着岁月的流逝，仿佛是与自己没有太多关系的事情。早亮妈妈和我大姐同一年出生，她年龄和我大姐相仿，微胖的身材和我大姐相仿，甚至童年吃番薯的细节，也和我大姐的叙述如出一辙，她所说的贫穷过往，并非一个家庭的特例，而是共同的时代印迹。大姐婚后和姐夫回到了故乡的小镇，经历了下岗、喂猪、做小生意、跑运输、做甜酒等诸多营生，她除了养育的孩子比早亮妈妈少，其他方面都极为相像。

我讲台下的早亮，和我在浙江念二本的外甥，昭示了一个个最为普通的家庭，如何在流动性的社会中，通过父母的劳作和教育提供的通道，撬动家庭的命运变迁。

与早亮家人饭后一起聊天，让我想起半年前在章韬家闲聊的情景，说起来，2017年的家访，也只是在他们两家才见到了父母双方。早亮妈妈带着四川女子的热情和果敢，难掩性格中的直率和天真，土生土长的台山丈夫，不时抬起头，看着喜欢说话的妻子，满是宠溺的神情，两个性格相异的人，通过偶遇的婚姻，获得了一种巧妙的平衡。闲聊的话题始终围绕孩子，妈妈1993年4月生下大女儿，1994年7月生下二女儿，1995年9月生下三女儿，1997年1月生下早亮。有意思的是，妈妈的婚姻轨迹，是从四川嫁到广东，大女儿打工期间认识丈夫后，则从广东嫁往了四川。二女儿因计生政策的影响，满月就被送往娘家，目前在四川成家立业。三女儿技校尚未毕业，因不肯念书，留在江门一家手袋厂打工。相比早亮留在身边的确定性，三个女儿让妈妈牵挂不已。

提到女儿，一个绕不开的话题，是计生政策对家庭的影响。爸爸在四兄弟中排行老二，大伯家有一个男孩，三叔和四叔也有男孩，从四川远嫁过来的妈妈，前面三胎都是女孩，这让封建、古板的奶奶颇为不满，千百年来，海边村庄在生育观上对男孩的渴望，也逐渐让这个异地女子生出认同，直到生下早亮，她的心愿才算达成，但不得不将襁褓中的二女儿送往娘家寄养，却成了她一生的遗憾。

嫁到广东二十年，妈妈回过娘家三次，早亮陪妈妈去过一次，爸爸从未踏足过。妈妈三次回四川，一次是给母亲做寿，一次是大女儿出嫁，一次是二女儿结婚。妈妈心目中，大女儿最聪明，学东西很快，但性格叛逆，不好管，初中毕业后，夫妻俩将她送往一所技校，学习网络维护与电脑技术，实习期间认识一个男孩后，从此便无心念书，随后跟随男方回到宜宾大山的家，婚后很快生了两个孩子。结婚那天，妈妈从广东来到四川，女儿偏僻的家，勾起了她对故乡说不清的牵念，离开的时候，妈妈躲在车上哭了很久，有对女儿天遥地远的担心，也有对女儿嫁回山村的不甘。大女儿目前开了一家淘宝店，同时也在镇上充话费、卖手机。母女平时通电话，妈妈反复交代的就一句话，"管好两个孩子，让他们多读一点书，你才有出头之日"。二女儿结婚时，妈妈也从广东赶往了四川。多年来，襁褓中的女儿，全靠母亲和哥哥养育，尽管不在身边，牵挂却没有少半点。所幸女儿受到了细心照顾，也获得了好的教育资源，她从一所医科大学毕业后，顺利入职一家医院。有时，妈妈从朋友圈看到二女儿外出澳门旅游的消息，会以此鼓励老三和早亮好好念书。

老二和外婆的感情很好，也跟随外婆来过几次台山，妈妈待她如客人，去年来的时候，妈妈毫不犹豫地装好了全屋空调，唯恐女儿不习惯广东的湿热。结婚时，妈妈给二女儿送了一条项链，表达了缺席养育的歉意。让妈妈欣慰的是，老二不但念了大学，有本科文凭，而且有好的工作，嫁的婆家也让人满意。

在妈妈心中，老三为人灵活勤快，没有读书的心思。小时候，女儿喜欢采金银花晒干售卖，喜欢去海边寻找蚌壳到镇上换钱。现在，她打工休假每次从江门回家，都会给爸爸买两瓶酒、买一条烟，有时也会接济家里一些钱。

拉开时空看，尽管早亮妈妈结婚后就不再外出，没有到处奔波迁徙，但她嫁往广东本身就是南下打工的结果，她的整个家庭，伴随孩子们的长大，事实上一直置身社会的频繁流动之中。在四川和广东之间，横亘着一个普通家庭两代人的迁徙和命运流转，无论是婚姻、计生政策还是教育与职业选择，只要置身当下急剧变化的时代，任何一个要素，都足以影响各自的人生。

对我而言，正是早亮妈妈三十年前南下的举动，才让我拥有机会在课堂上遇到早亮，并通过早亮，走进这个海边村庄。

"海里种田人"的一天

第二天一早，因为妈妈昨天没有做豆腐，一家人难得拥有半天空闲。爸爸决定带我们出海，趁退潮的机会，去看看滩涂的养蚝基地。结婚生子后，妈不再外出打工，爸爸也尽量不跑远路。台山经济还不错，除了传统种田作地的农业，还拥有渔业优势。和黎章韬爸爸一样，做副业成为早亮父母的重要选择，除了种田、种地等传统农活，爸爸的副业是养蚝、修船、出海帮工；妈妈的副业则是做豆腐、养猪崽、喂家禽。

从地图上看，小江村靠近台山，处在南海的一片狭长海湾附近，是典型的依山傍海村庄。因为靠海近，涂滩开阔，海面平静，小江村因而拥有了得天独厚的养殖条件。村庄离海边极近，爸爸骑上摩托，经过东头村、湾水村后，不到二十分钟，便载我们到达了海边。触目所及，湛蓝的海水和黛绿色的山影就在眼前，各类船只停靠岸边的锚位，在狭长的滩涂，随处可见竹子搭建的蚝场。不少村民，在冬日的海风中，躲在一个个屋顶遮盖的角落，不停地忙碌。

爸爸带我们在海滩蚝场四处察看，这是他目前出工的地方，也是他曾经创业的地方。养蚝工序的复杂程度，远远超出我的想象，对一个在内陆乡村长大的人而言，我怎么都无法理解早亮爸爸在风中向我叙述的养蚝过程。妈妈尽管也来自内陆，但二十多年的海边生活，将她变成了一个真正的台山人，对养蚝的程序，她早已烂熟于心。有空时，妈妈也会来蚝场打短工，参与穿蚝的工序，穿好一串，可以拿六毛钱，复杂一点的工价是八毛，若手脚麻利，一天可以赚两三百元。此前，我一直以为幼蚝像螺类一样，自由地生长在水中，到了蚝场才发现，幼蚝来自大蚝的繁殖，无论是大蚝还是幼蚝，都要镶嵌在一块块水泥板上，镶嵌好后，再细心地悬挂在海水蚝场基地的蚝柱上，或者放置在竹扎的蚝排上，等待蚝苗缓慢地生长。

对于养殖户而言，养蚝的工作强度，主要来自繁重的扎排工序、蚝板的制作、蚝苗的镶嵌及分离；最让人费心的事情，是对潮水涨落的把握和处理。早亮曾在早上五点的凌晨和烈日当空的中午，跟随爸爸去看潮，以便及时掌握蚝场的状况。

　　我们站在海边，放眼望去，滩涂的水面上，到处都是竹扎的蚝排，蚝排分布得极为整齐，在蔚蓝海水的辽阔中，显出一种整饬的美感。在宽阔的海面上，高大瘦削的爸爸登上一艘木制的机动船，当他走到船头，眼神瞬间变得坚毅而镇定，显露出对底下水域掌控的自信。机器开动，我们在海平面迅疾前行，两边的青山依次后退，一行行白鸥在水面低飞，天空中不时掠过它们轻盈的身影。早亮爸爸将我们带到他正在照看的蚝场，熟练地从蚝排上拎起一挂幼苗，告知它们的生长情况。

　　台山确实是一个天然的养殖基地。就算我没有任何海边的生活经验，更没有接触过真正的养殖业，光看被青山围合的狭长滩涂所拥有的宁静，都能感知到老天的恩赐，给当地村民带来的庇护。爸爸带我们在海里巡游一大圈后，再次回到岸边的蚝场，不少人正忙着挖蚝肉，一颗颗白色的蚝肉放置在干净的水中，漂洗过后就会用独立的真空袋精心包装，几个小时后，珠三角便捷的交通，就能将这些上好的海鲜，送到广州、深圳、香港的高档餐厅。

　　养蚝风险大，利润也高，在台山一带，不少养殖户由此获得了可观财富。二十年前，爸爸也曾将希望寄托在养蚝身上。结婚四年后，随着孩子们的增多，为了改善经济条件，他独自经营过一片蚝场，可惜1997年6月到7月间的持续暴雨，将蚝场的海水冲淡（蚝苗必须养在海水中），加上台风搅起的泥沙对蚝苗的伤害，导致幼苗大量死亡，爸爸投入了全部身家的蚝场以失败告终。

　　养蚝失利后，爸爸用分家获得的那艘老船跑了两年货运，常年奔波在阳江和珠海航线，直至货船破败不堪，难以承担维修的成本，才不得不放弃短暂的自主经营。在妻子的建议下，他决定利用技术优势，出海帮别人修船或者扎蚝。妈妈也打定主意寻找副业，娘家的哥哥借了她七千元，在丈夫外出修船的同时，她准备做乡村常见的白豆腐生意。

一个上午很快过去，爸爸带我们在蚝场跑一圈后，回到一个朋友那儿。朋友的家，就在海边搭建的两间屋子里，名副其实地临水而居，船锚定在屋旁的大树上，仿佛随时都会出海作业。两口子接到电话，匆匆从海里回到岸上，湿漉漉的船舱里，拎上来两筐刚刚捕捞的海蟹。早亮每次回家，爸爸都会找老朋友弄点新鲜的海味，"这是我朋友，他们没空去集上，我答应来他家买一点螃蟹，我们经常彼此帮衬。"拿到一筐螃蟹后，爸爸骑着摩托，带我们来到深井镇的一家黄豆批发店，妈妈要利用这难得的空闲，去老朋友店里购买原材料，"这是我最好的朋友，我做豆腐的黄豆都是在她这儿买的，早亮生病时，她曾借我一千元。"可以看出，早亮父母的厚道，让他们在当地拥有极好的人缘，朋友之间的情谊，从这些普通的交易就能看出。

拉回黄豆和螃蟹，已近中午。早亮快速做好午餐吃完后，全家人稍稍休息了一下。妈妈下午通常还有别的事情要做，有时候是去摘当季的蔬菜售卖，有时候是去收拾地里的作物。可以说，自从养蚝失败，面对超生所致的计生罚款，加上孩子们各项开支尤其是教育费用的增加，夫妻俩人的日常生活中，再也没有"轻松"和"休息"的字眼。就如章韬爸爸对自己的要求是"一天都不能在家耽搁"一样，早亮父母事实上也没有半点工夫拿来休闲。

妈妈侍弄好家里成群的鸡鸭鹅群，马上要和爸爸筹备当天剩下的重头戏：做豆腐和喂猪。家里的鸡不少于五十只，大多为母鸡，黄杂色的一大片，咯咯声中，始终围着归家的女主人；鸭子为灰黑色的水鸭，哗啦啦一大群，身材颀长流畅，毛发干净闪亮，一看就是南方的品种；鹅的数量不多，但也不少，也有五六只，洁白的羽毛，长长的脖子，淡定的步伐，永远是院子里的王。妈妈信奉散养，宁愿院子里的粪便多一点，清扫麻烦一点，也不愿意白天将它们圈起来。喂完这群会走、会飞的把戏，妈妈要尽快出发，去收割离家不远的红薯地，而这也是早亮此次回家的重要任务。准备好晚餐的食材，我们扛着锄头，拖着板车，去往东边的自留地块，继续收割昨天傍晚没有完工的红薯垄。

算起来，家里一共种了七亩田地，这是全家主要的经济支撑。除了种植水稻，夫妻俩还要根据季节，兼顾地里的其他作物，尽管种地赚不了几个钱，但养猪肥料多，只要肯下力气，多少都有产出，父母因此舍不得浪费半点空地。前几年地里杂草多，妈妈拔草都是依靠手工，这几年体力跟不上，感觉太劳累，她开始使用除草剂，同时请村里人犁田，甚至买了一台收割机。尽管童年贫穷的记忆和吃红薯有关，妈妈对种植红薯，依然怀有别样的热情，事实上，她种的红薯很少售卖，大部分都自己吃或者送人，妈妈甚至要求早亮带一些薯仔到大学宿舍，给舍友煲一些应季的糖水。

红薯地不小，昨天收割了一半，绿色的藤蔓，看起来依然大大的一片。爸爸妈妈分工明确，一人负责一垄，早亮则麻利地将红薯藤割断并整理好，堆到差不多能抱起来的重量，就用稻绳捆好。早亮干活的麻利超出了我的想象，课堂上，他话不多，一派文弱的书生模样，算不上特别引人关注的学生，我怎么也难以将讲台下腼腆的男孩，和红薯地里"干农活的好手"对接到早亮身上。

太阳逐渐隐退，在天色黯淡、即将断黑的时分，一大片红薯已被挖出，枝枝蔓蔓的红薯藤也已收拾妥帖。早亮拉着板车，爸爸不时帮推一下，妈妈扛着锄头，一家人拉回了满满的一车。

天色已晚，对于忙碌的农家而言，晚餐是一家人最为放松的时刻。上午买的螃蟹，到了享用的时候。早亮去到隔壁，挨家挨户将伯伯、叔叔请来，全家人准备品尝深秋的美味。除了四叔在台山，爸爸其他几个兄弟都在小江村，倒是很容易相聚。晚餐持续了两个小时，一家人有说有笑，家庭聚会的美好、温馨显露无遗。劳累了一天的妈妈，吃完饭就在客厅的木沙发上睡着了，早亮去厨房收拾，爸爸则去工具房，打开铡草机准备切割刚刚收割的红薯藤。家里三十几头活力爆棚的猪崽嗷嗷待哺，一刻也容不得主人的怠慢，他必须马上准备晚上的猪食。掺和好一切食料，爸爸戴上探照灯，来到山上的猪场，喂食、打扫、察看情况。回到厨房，还得见缝插针将黄豆泡好、将木材砍好，以备第二天凌晨，妻子早起做豆腐之需。干完这些看得见的活，每天都要忙到深夜十二点。

妈妈做豆腐的时光，是从早上两点多开始的。豆腐好吃，但难保存，赶在早场六点前，将冒着热气的豆腐拉到菜场，是妈妈铁定要守住的时间节点。做豆腐的工序极为烦琐，以前全靠手工，现在，为了节省体力，磨豆子和煮豆腐，分别被机器和蒸锅替代，但随时添加木材，随时掌握火候，依然需要一个专人打理。妈妈给自己设定的上限，是每天制作十板，待到豆腐出锅，一切收拾妥当，家人尚在睡梦时，她会骑着三轮车，来到镇上的集市，开始一天的售卖。

从1997年丈夫养蚝失败算起，做豆腐成了妈妈坚持最久的副业。以前她流动作业，推着三轮车售卖，现在有了固定摊位，每月只需五十元租金，既可免除日晒雨淋，也能获得更为稳定的客源。除了零散的客户，妈妈还有一些固定的客源。他们大都为广西、贵州、安徽、深圳等地来台山养鱼、养虾、养蚝的外地人，还有一些是在山上帮忙种树、清理林地的临时工。他们人多、需求量大，有时会直接买上一板两板，妈妈每天十板的量，碰上这种"大客户"，就很容易走完。这两年镇上外出打工的多，流动人口也少了些，通常一天只能卖掉五六板。上午八点，妈妈必须回家，还有不少别的家务，等着她在固定的时间料理，没有卖掉的白豆腐，她会抽空炸成油豆腐，等到料理完家里的杂事，下午骑着三轮车再去售卖一次。算起来，一板豆腐卖十五元钱，剔除掉劳作的四五个钟头，妈妈认为利润还可以，平均看，只要出工，一天可以赚一百多元。

事实上，妈妈也知道，卖豆腐赚不了大钱，她有她的盘算：做豆腐成本低，只要开工，不管多少，就会有现金收入，这让人踏实；另外，她发现，面对家里千头万绪的开支，卖豆腐能够最为巧妙地将各类生计盘活。在多年的实践中，她凭借自己的经验，甚至发现了"做豆腐 — 养猪 — 大额开销"之间的流通秘密。多年来，她和丈夫正是依赖卖豆腐提供的现金流，慢慢偿还了养蚝欠下的债务，并不时储备种地的肥料和养猪饲料的开支，以及日常的人情开销，而卖猪提供的收入，主要用来支付孩子们日渐增多的学费，以及建房、缴纳计生罚款等大额开销。整个家庭的运行，像一台精密而不停息的机器，夫妻俩必须打起精神，容不得丝毫闪失，才能保证一家人的正常生活。

亲历了早亮父母一天的基本劳作，我真切感受到唯有"海里种田人"五个字，才能描述他们的生存状态。在完整目睹了章韬父母和早亮父母的劳动、听闻正敏对妈妈劳作状况的叙述后，我再一次确认了一个事实：我的学生，他们来到大学的支撑，离不开父母田间地头、海里岸上、风里雨里、车间工坊的每一滴汗水。早亮妈妈每天的工作时间，超过了十五个小时，在任何官方的表述中，一个农村劳动妇女，她们边界不清的付出，都难以有清晰、确定的统计。

—— 与此同时，我再一次确认，恰恰是这群最普通的人，构成了整个社会的庞大底座，他们的孩子背负着家庭的希望，而这群孩子，也将和他们的父辈一样，在并不起眼的角落，成为社会运转的基本支撑。

我不否认，我在同样繁重的工作之余，一次次被这个群体吸引，并竭力寻找机会走近他们，除了对同龄人生存状况的好奇，内心更为隐秘的动机，是想通过自己的实地抵达，通过自己的亲眼所见，通过和学生父母的直接交流，去勾勒这个群体的状貌，让更多人看清我讲台下年轻人的来路和根基。

独特的育儿经

我和早亮妈妈的闲聊，大多伴随她每天必须完成的劳作。事实上，我后来注意到，去往学生家，家长几乎没有额外的时间，来接受学术界命名的"访谈"，尽管去学生家，我抱有了解更多情况的目的，但我从没有刻意准备所谓的访谈计划和提纲，更不会拿出一个本子，让他们接受询问。他们的日常劳作，不会因为客人的额外来访，因为陪同的需要而减少半点。更多时候，我们之间的有限交流，类似日常生活中熟人的家长里短。只不过，因为职业的敏感，在聊天过程中，我会对家长无形中施与孩子的家庭教育格外留意，会对他们的育儿经多一些思考。尽管在"望子成龙"这一点上，早亮妈妈和我见过的其他家长没有差异，但我发现，在历练孩子如何"成人"这一点上，她比一般的妈妈更为坚定，和章韬爸爸对儿子的要求极为相似，日常生活中，早亮妈妈对几个孩子的教育，同样有着明确的原则和底线。

结婚后，妈妈从自己兄妹不同的命运轨迹，发现了两个关键点：其一，家庭要有盼头，必须重视教育。她大哥因为有文化，在社会上的打拼，就比自己轻松了很多，而自己之所以放心将二女儿托付给娘家，也是因为有大哥慷慨的分担和托底。其二，孩子出生后，带好孩子比外出赚钱更重要。她的二哥，早婚生子后，常年在外打拼，没有时间管教孩子，孩子发展不好，给二哥留下了不少遗憾。两相比较，妈妈很快得出结论，并迅速和爸爸达成了明确目标：两人尽力留在家中陪伴孩子，不外出打工，尽力开拓副业提高收入，以保证孩子们的教育投入。

显然，早亮妈妈留守家中的想法，渗透了她对生活的思考和观察，她极强的现实感，让她懂得从别人的遭际中获得对生活的判断和感知。联系我课堂上的学生，我早就发现，父母在外打工的留守孩子，和父母常年陪伴长大的孩子，尽管都有可能考上大学，甚至出现在同一课堂，但从他们的状态看，那些缺乏陪伴、独自成长的留守孩子，性格往往更为内向、不自信、容易紧张，而那些父母陪伴长大的孩子，性格上则要舒展、自信和从容很多，李沐光如此，黎章韬如此，罗早亮同样如此。在学校教育越来越同质化的今天，随着我实地了解的家庭越来越多，我更加深刻地感知到，家庭教育的差异给孩子们施加了完全不同的影响。

　　早亮爸爸养蚝失败后，有段时间迷上了六合彩。原本两人一起做豆腐生意，妈妈负责生产，爸爸负责售卖，但他迷上六合彩后，总是忍不住拿售卖豆腐的收入，在朋友的吆喝下去镇上喝酒，甚至赌博。目睹丈夫的消沉和懈怠，妻子深知养蚝失败对他的打击，她知道丈夫是一个讲义气、爱面子的人，在小镇熟人的氛围中，极易在跟风的盲从中陷入生活的泥坑。妈妈果断接起了去镇上售卖豆腐的任务，增加了生猪的养殖数量，鼓励丈夫调整心态，先安心在家里干活。她反复强调做人要"安分守己，要勤快"，面对困难，她挂在嘴边最多的一句话，就是"不怕的""不怕的"。

　　在管教孩子上，妈妈最大的原则为，"不能娇生惯养，必须学会做饭"。妈妈记得，"早亮小时候想吃好菜，我叫他和姐姐先回来将鸭子杀好，待我忙完地里的活，他们连毛都挦好了。"两个孩子到底如何在纷乱的鸭群中抓到鸭子，并磨好刀具、烧好开水完成宰杀的过程，妈妈并不知情。孩子们很小时，妈妈会教他们煮饭放多少水，到地里种菜时，会带上他们一起栽培。妈妈还记得，早亮收到大学录取通知书仅仅一天，第二天她依然叫儿子去插田，邻居看不下去，帮早亮说了句话："考上大学不用插田喔！"妈妈的回答是："考上大学还要吃饭呢。"她亲眼看见村里一个女孩，考上大专后，被父母愈发娇惯，夫妻俩哪怕在田里劳作到下午两点，待在家中的女儿也不主动做饭。女孩大学毕业后，辗转东莞、珠海、湛江，甚至远赴湖南、黑龙江，始终找不到合适的工作，在早亮妈妈看来，女孩的结局，完全来自父母的娇惯，"娇生惯养就是害孩子喔！"她忍不住感叹。

确实，早亮的成长经历，最能印证妈妈独特的育儿观。

早亮尽管是独生子，在养育方式上，和两个姐姐并没有什么不同。妈妈喂养家禽都信奉散养原则，在养育孩子上，她将此贯彻得更为彻底。在早亮记忆中，童年时，做得最多的事，是和年龄相仿的三姐，去河里钓鱼、去地里玩泥巴，或者堆窑烤红薯。和姐姐不同的是，早亮因为好动，总是受伤，他记得家里老房子前的院子，有一棵很高的龙眼树，中秋前的一个中午，他爬上树，抓着树枝攀上一个枝干的尾端，哪料树枝突然断裂，他摔下来，软组织受伤、胳膊脱臼，家里就他一人，他挣扎着爬起，回到房间憋着哭涂了点药油，妈妈回家后才将他送去医治。还有一次，早亮跟随小伙伴，在番石榴树上跳来跳去，摔下来后，腿上缝了七针。显而易见，作为家中的唯一男孩，早亮并未得到过额外的宠爱。在妈妈要求下，他从七岁开始就学着做饭，大姐上初中后，他和三姐轮流，一个负责午餐，一个负责晚餐。更重要的是，作为男孩，家里放鹅和放牛的任务，一般都由早亮独自承担。

妈妈去地里劳作时，会将早亮带在身边。收割蔬菜的季节一到，早亮要负责铲草、拔菜，还要拿到溪边清洗，往往天黑才能回家。回到家，早亮负责做晚餐，爸爸要去喂猪，妈妈要绑好洗干净的菜，以便第二天一早，到镇上售卖豆腐时顺便拿去卖。最晚的一次，全家人忙到深夜十一点才吃上晚饭。对早亮而言，从小陪伴父母干活，自己也参与其中，是他童年生活的常态。他从来没有想过，自己的生活和同龄的城里孩子有什么差异，他只知道，父母生养了姐弟几个，一起和家人承担生活的重担，是理所当然的事情。他常年跟随父母耕田作地，手上堆满了用锄头的老茧，他插田的速度，甚至超过麻利的妈妈，传统的农活，除了犁田和打农药父母不让干，其他的活儿，早亮都干过。作为家中唯一的男孩，某种程度上，早亮算得上家里的主要劳动力。

南方的夏天雨水多，尤其是海边，天气更是千变万化，大雨说来就来。所有农活中，早亮感觉晒稻谷最让人劳累。爸爸出海多，妈妈常要去镇上卖豆腐，每年晾晒稻谷，都是早亮一人负责。近几年采用收割机后，季节一到，稻谷进门，就要晒几十包，家里没有地方晾晒，门前的马路，成为村民晾晒的场所。最多的一次，早亮照料过五十包。

爸爸出海前，会提醒早亮将马路打扫干净。早上起来，等雾气散尽，早亮会将谷子铺开在地上，剩下的任务，就是观察天气变化以便随时应对突发情况。看到天上有黑云过来，早亮会用最快的速度，将谷子扫成一堆，让人发愁的是，黑云来了，但没有下雨，他必须快速将刚刚堆好的谷子立即摊开，一旦摊开，风向一变，貌似大雨可能落下，早亮必须再次将谷子堆拢。之所以要如此细心照料，是因为稻谷一旦被雨水淋湿，在夏天湿热的环境下，要晾干会变得极为麻烦，碰上高温，哪怕只堆放一个晚上，稻谷都有可能发烫、发芽、发酵、发臭，一年的心血，因为一个环节出错就完全白费。为了减少麻烦，妈妈从镇上买回了三卷长长的塑料薄膜。天气好时，虽可免除阴晴不定带来的折腾，但翻晒稻谷必须用脚试探温度的程序，让早亮对又烫又扎人的情景心有余悸。中午时分，妈妈卖完豆腐、料理完家里的杂事，匆匆午餐后，会和早亮一起翻晒稻谷，两人分别轮流小睡，在最疲劳的时候，更加要警惕天气的变幻莫测。

熬过几天，晒干稻谷，留下基本的口粮，卖掉剩余的库存，一年之中较大的一笔收入，将成为看得见的现金。

妈妈知道农活的辛劳，也知道一家人的生计离不开田地，她会趁机告诉早亮，"一定要好好念书，不要像我们这么辛苦"。

除了农活，早亮在爸爸忙不过来的时候，还要随他出海。养蚝和农活一样，都有时间节点。活来了，最累也要顶上。到了大蚝产幼蚝，而幼蚝繁殖到极为密集的时候，就必须手动将幼蚝取出、分开，重新固定在蚝板上，如果有外地人来买蚝苗，还要负责将蚝板拎上船，然后再运到岸边，再拎到车上，保证蚝苗运输过程中的安全。

天气热的时候，早亮会下到海里泡泡澡，一个季节下来，他的脚板底早已黑黢黢一片。

父母经济压力大，早亮几乎没有零花钱，孩子嘴馋的天性难以抑制时，如何从生活中获得零钱，成为他劳动的重要目的。和三姐一样，早亮赚取零花钱的方式，无非去河里抓鱼摸黄沙蚬，或者上山采金银花。夏天一到，村庄小河的水闸打开后，躲在水底的鱼儿会放出来，有一种手指头大小的黄沙蚬，因是淡水所养，味道极为鲜美，在镇上可以卖到五块钱一斤。摘金银花也是早亮的"营收方式"，金银花晒干后，能到顺景药店换一些现金。尽管一年所获不过几十块，因是劳动所得，早亮总能感到一种异样的快乐和满足。

来自家庭的各类劳动，从不会因早亮处在不同的学习阶段而有所减少。哪怕上高三，应季农活的律令一到，早亮还得和家人一起，投入共同的劳作中。念大学后，早亮的日程表，依然会铭记家里种植、收割红薯的节点，会铭记家里稻谷晾晒的时间。父母从来没有意识到要求孩子劳动包含了高深的教育观念，早亮也从来没有想过，自己从小亲历的、与密集的课堂知识完全不同的生活实践，对自己的成长到底有什么意义。作为教师，在家访中获得他大量参与劳动的信息后，我立即想到本·萨斯在《拒绝成年》中的叙述，"干重活，参加体力劳动，去农场或牧场锻炼本身就是一种教育，其目的在于养成热爱劳动的习惯，发现工作的意义。"显然，早亮通过劳动受到的家庭教育，让他获得了"成人"所需的宝贵滋养。他幸运地因妈妈坚持"不让孩子娇生惯养"的理念，意外避免了"工作与家庭的分离，不仅对经济产生长远影响，同时也给社会和家庭带来巨大变化"的后果。

回到早亮出生、长大的地方，我发现课堂上文弱、缄默的男孩，自然流露出野性、张扬的一面，他在红薯地里的麻利，他在厨房快速制作出一只美味鸭子的过程，让我领悟到一个事实：在一些与自己有关的地方，早亮的生命活力被神奇地唤醒，一种罕见的野性得以复苏。早亮的变化，让我意识到，相比家庭教育和社会历练的丰富、复杂，学校教育终究有它孱弱、程式化、同质化的局限，某些时候，我甚至怀疑，如果不是学校的教育能够提供一张被社会认同的文凭，为年轻人进入社会提供一种身份标签，其真实的功效可能要大打折扣。现实中，这些来自乡间的孩子，身上潜藏了有机性的一面，但不可否认，他们的优势，在工业制式般的职场评价体系中，更多时候处于被遮蔽的境地。

如何让他们的优势转换为职业素养，是学校教育要解决的问题。

不可否认，在早亮家，我获得了对他的新认知。

这种经历如此微妙，也如此宝贵，足以消解我此前对这个群体的过度担心。

从求学到就业

回想起来，去早亮家，我最大的感受就是自在和踏实，没有半点生分。这种踏实，一方面，来自我与早亮妈妈年龄相仿，有同龄人之间的共同语言，另一方面，也来自早亮家庭氛围的放松。和他家人的几天共处，让我彻底理解相比班上其他学生，早亮为何从来没有背负过太大的压力。追踪早亮毕业以后的境况，更能看清这条隐藏的脉络：他活色生香的童年岁月、从小和田地的亲密交道、日常参与的丰富劳动，父母传递的质朴价值观，这所有来自生命经验的渗透，都变成了早亮成长的养料，并事实上助他更好地锚定社会，更快地获得内心的安定，进而整体上变成他人生的重要支撑。

用世俗的标准衡量，早亮父母对孩子们的教育，并未获得特别的成功，和他们聊天时，两人均表露了不少遗憾，但早亮考上大学，还是让他们感到教育带来了希望。妈妈毫不掩饰，"早亮考上了本科大学，村里人都觉得我有了出头之日，我也感觉生活有了奔头"。从她的表述中，我再一次感受到，不少人眼中普通的二本，对父母而言，都是整个家庭，甚至整个村庄的大事，也是他们深感自豪的事情。

在妈妈眼中，早亮记忆力好，读两遍就能将教材上的唐诗背下来，更重要的是，他很小就开始放牛、做饭，尽管好动，但还算懂事，始终没有被娇生惯养。她记得早亮将鹅丢在田里吃草的场景，也记得早亮嘴馋，跟随姐姐回家一起宰杀鸭子的样子。她对儿子抱有特别的期待，这种期待来源于大女儿没有将技校念完、小女儿上完初中就不肯再上学、二女儿虽然念书不错但很小就被送养带来的遗憾。

妈妈对孩子的教养方式非常直接，让他们参加高强度的、复杂的体力劳动，然后在劳动的艰辛中，告诉孩子不好好读书的后果。进入高中后，妈妈告诉早亮，"你的成绩如果只能上本科 B，我们就没有办法供你，你只能去上大专，你如果考上了本科 A，就帮了家里大忙，我们怎么样都会供。"早亮考上广东 F 学院后，妈妈舒了一口气，她坦诚儿子每年五千六百八十元的学费及住宿开支，她和丈夫供起来不算费力。每年开学季，她习惯性地将家里的生猪变现几头，就能凑齐给儿子的学费。想起来，在孩子们出生后，父母基本实现了当初的目标：不外出打工，尽力陪伴孩子，通过多种劳作获得收入，保证他们不因经济原因辍学。

概而言之，劳累、忙碌、经济压力大，确实是这个最为典型的多子女农村家庭，最为基本的底色。

懵懵懂懂中，早亮认定自己的求学过程算得上非常顺利。从小目睹父母的辛劳，他深知大人的不易，心疼他们的付出，对父母充满了理解和感恩，"爸爸妈妈通过劳动，给我提供了基本的物质保障，他们希望我走出农村，不要回农村耕田"。

早亮学前班时期，曾在村里废弃的教学楼里待过一个学期，随后便转往小江小学。他小学阶段的成绩很一般，最好的一次，是二年级时，语文考过九十九分。初中时，他申请进了当地一所不错的寄宿学校，从家里到学校，要坐一个小时的大巴，他分进了重点班，教室里有一个投影仪，其他普通班则没有，早亮留意到，"没有投影仪的课室，学生比较调皮，他们的成绩不是很好"。和小学比起来，早亮初中的成绩还不错，"全级排名十一二名的样子"。初三时，他被保送进了华侨中学，"中考"这件决定人生命运的大事，早亮始终处于置身事外的懵懂中，"当其他同学告诉我，我被保送去了侨中，我记得自己一脸茫然。"

高中阶段，青春期的叛逆还是在早亮身上露出了头角。他从初中开始偷看网络小说的习惯，到了高中并没有收敛。在紧张的学习中，他与其他男生偷偷结伴去镇上玩游戏，他从妈妈给的伙食费中，省下钱来买阅览器看电子小说，"在网络小说的虚幻中，才能摆脱高中生活的压抑，才能感受到与现实不同的世界"。比之初中，早亮高中的成绩并不稳定，"好的时候，可以考到全级十几名，差的时候，可以考到两百多名。"保送进高中的学生并不多，班主任对早亮始终抱有特别的期待，在班上，他几乎是被老师叫去办公室最多的学生。因偷看网络小说，他整天迷迷糊糊，睡眠不够，"如果不是高中课堂上睡那么多觉，我不可能仅仅考到 F 学院。"高考结束，早亮总分五百六，差十七分上一本线，原本报了工商管理类专业，分数不够，调剂到了文学专业。

早亮念大学，整体节奏比较松散。舍友很少集中精力去看书，他们有的看电影、有的煲剧、有的玩游戏，早亮则延续了从小爱动的天性，喜欢踢足球。他始终难以理解，在初中忙碌的学习中，自己对课外阅读拥有强烈的兴趣，到了大学，自由时间多了，反而没有了阅读热情。直到大二，早亮坦言自己始终处于很蒙的状态，喜欢一个人独处，喜欢独处时胡思乱想，只有打球的时候，才会去找小伙伴，"我的时间观念不强，也没有太多想法，目标不明确，对以后的就业，也没有清晰的打算"。大学期间，很多同学倍感焦虑和压抑，背负了太多压力，早亮不以为然，"我不觉得有太多压力，可能我没有放在心上，因我平时的生活都比较随意"。

提起求学阶段的遗憾，早亮在意的地方有两点，其一，生长发育高峰期，伙食不太好，童年和小学阶段吃肉不多，他弥补的方式是和姐姐去溪边钓鱼，实在忍不住，才会向妈妈提要求。上到初中，因为寄宿，伙食粗糙，老是吃汤拌饭，给肠胃留下了隐患，高中时候，常年吃食堂，谈不上均衡的营养。其二，因父母手头紧，他从小到大没有零花钱，随着社交的增加，在同学面前，他总感到底气不足，也隐隐约约体会到家境普通带来的尴尬。有一次，他将压岁钱藏在谷堆里，被爸爸发现后，他没有争辩，只感到无地自容，早亮从来没有意识到，哪怕对孩子而言，拥有一定的经济支配权，也并不过分。

当然，回想起来，在整个求学阶段，早亮也有值得庆幸的事情。比如，从初中到高中，妈妈发现他玩电子产品后，强行对他进行了限制。早亮承认自控力不强，如果不是妈妈严加管教，他到底拥有多大的机会考上大学，很难说。而考上大学，对早亮而言，无论如何，都算得上人生中特别重要的事情。

整体看来，早亮大学毕业后，找工作的过程还算顺利。大四秋招时，早亮正在备考研究生，待到第二年春招，已错过了找工作最好的机会。春招期间，他参加了中国银行的招聘，笔试过了，体检也过了，却没有接到入职的通知。和源盛一样，早亮随后陷入了漫长的求职过程。他先是去了琶洲一家定制家具场馆，学了一个月，小氛围不好，走了；随后一个朋友介绍他去佛山一家地产公司当编辑，给新楼盘写文案，因表现不错，朋友又介绍他进了腾讯大粤网的房地产板块，可惜公司代理运营权到期，这份工作没有持续太久。

2021年2月，在广佛辗转一年多后，早亮决定回家考编，"想换一个离家近一点的地方，找一份更稳定的工作"。为了获取信息，他关注了八九个相关公号，每天的任务，就是筛选信息、有目的地准备考试。考完省考，接着考军队的文职，"基本上，能考的事业单位都考了"。文职考试失败后，他又参加了一次事业编的招考，随后便进到了现在的小学任教。

我想起在早亮家与他妈妈聊天时，妈妈反反复复强调，希望孩子找一份稳定的工作，其中就有教师这个选项。至于是否一定要留在大城市，不但父母没有期待，早亮也从来没有强烈的愿望，大学期间的兼职经历，让早亮对广州的"挤"和"快"始终心有余悸。

从这个角度看，早亮的职业选择，满足了妈妈的心愿。

和源盛获得理想中的编辑工作一样，早亮获得这份教职，顺利得让人不敢相信，一年多的奔波劳累，在疫情横行的就业环境下，算是一个让人心安的结果。尽管学校条件算不上太好，但隶属的江门地区重视教育，学校老师还算安心，早亮的收入，比之在广州、佛山给楼盘写文案，要好很多，加上农村的补贴，让他颇为满意，"踏踏实实做好手头的工作，是我目前的最好选择"。早亮的专业是中文，但校长根据学校师资情况，给他委以重任，让他接下了数学课程。

学校旁边就是一座立交桥，孩子们每天都要从桥下经过，早亮目前最想做的事，"是呼吁交通部门修个红绿灯，尽快消除立交桥底学生过马路的安全隐患。"

在我眼中，早亮从求学到就业的经历，最能折射数量庞大的农村大学生的成长路径。让我意外的是，早亮对于自己的返乡，表现出少有的接纳和坦然。也许，相比我以前对讲台下学生的过度担心，在现实的摔打下，他们的心态比我调整得更快，也更容易适应社会的变化。我从来没有想到，2018年暑假写完《我的二本学生》后，世界会遭受如此巨大的变故和挑战，持续的疫情，几乎冰封了年轻人求职的通道，现实的冲击和改变，也促使我不停地调整和思考。

我深深意识到，面对并不乐观的趋势，年轻人将遭遇更多的不确定性，在危机来临之前，像早亮这样，心甘情愿接受普通的机遇，发自内心放低姿态，蹲下身子，踏踏实实干好眼前的事情，这不是向现实妥协，而是为以后机会的来临，储备力气和能量。

2018年—2019年

一、潮汕之行

在《我的二本学生》中，我曾提到，广东 F 学院有很多来自潮汕的学生，我尽管和他们交往很多，对潮汕怀有特别的兴趣，甚至去潮汕市区玩过两次，但真正让我触动的景观，是每次旅途中，当火车或汽车穿越潮汕大地时，窗外不时掠过的厝，它们规整、稠密，屋顶呈现出统一的灰色，屋脊勾勒出鲜艳、统一的线条，在一种典雅、整饬的美感中，传递出某种不容置疑的威严。在疾驰而过的火车上，这惊鸿一瞥的偶遇，足以让过去的时光在我心头驻留。我的童年，曾在家族聚居的大屋场度过，离我家乡几十公里的地方，依然留存不少古老的民居，其中张谷英村最为典型。让我遗憾的是，我熟悉的不少传统村落，在后来房屋的大拆大建中，早已七零八落、消失殆尽。潮汕地区能够如此大规模保留自己的古老村庄，这一举动不但让我震撼，也让我不解。

找个机会去看看潮汕传统的自然村落，成为我多年来的强烈心愿。

曾和我同行去正敏家的蔡礼彬是同一课题组成员。他来自潮汕陆丰，当时我们约定，从正敏家回广州后，再找机会去他家看看。2017年下半年，在给1516045、1516046两个班上课时，专题讨论中，吴浩天的课堂发言让我印象深刻，他提到村里的"将军府"原本保留了精美的壁画，但壁画在特殊的年代遭到了致命破坏。在《我的二本学生》中，我曾叙述过走访浩天村庄的若干片段。事实上，在同一时间段，我除了去浩天家，还去了礼彬家，我期待已久的潮汕村落之旅，在浩天和礼彬大三那年的寒假，终于实现。

回想起来，在所有的家访中，2018年1月的潮汕之行，是我近五年不定期的漫长行程中，最为接近旅游感觉的一次。家访提供的便捷，不但让我走进了古老、原生态的潮汕村落，师生关系带来的信任，也让我接触到了很多难以有机会见面的人。我和浩天的养父母、亲生父母、堂姐，以及村庄的老人有过直接交流，也和礼彬的父亲、父亲的朋友及礼彬年少时代的伙伴，聊过一些事情。

更重要的是，在四天密集的走访中，我沉浸于潮汕乡村的氛围，切身感受到了弥漫在日常生活中的潮汕气息，是如何持久而自然地陶冶人的性情。长久以来，我对潮汕学生清晰而无从表述的困惑，在几天的走访中，仿佛隐隐约约触及了某些隐秘的肌理。尽管通过短暂的走访，我只了解到了潮汕文化的皮毛，但实地的抵达，对我跃出课堂的局限，去理解学生的成长与背后村庄或禁锢或滋养的关系，已是极大补充。

吴浩天：家庭工坊、老村庄及牛田洋

吴浩天是我第二次当班主任的1516045班的学生。他曾和罗早亮、莫源盛、罗益鹏一起去过我家，在一堆男孩叽叽喳喳讨论毕业去向时，浩天只是腼腆地坐在一边，不时笑笑，沉默不语。当其他三人明确表示，毕业以后会离开广州，选择更小的城市或回到故乡时，浩天终于说出："我毕业以后，肯定会留在广州。"他的坚定让我惊讶，也让我好奇，尽管当时我没有追问理由，但找机会和他聊聊，是我一直记挂的事情。

2018年1月中旬，学校已放寒假。我和浩天联系，询问他是否有别的安排。我记得他曾提起，每次寒暑假，他都会去外面打工，家人也觉得假期应该少回家，应寻找机会多做一些兼职。浩天告知，他刚回到家中没多久，准备先陪父母几天再说，并邀请我去他们村子看看。

这样，从罗早亮家回来一个月左右，我又获得了一次去班上学生家的机会，并实现了多年来去潮汕传统村落看看的心愿。

2018年1月18日，我从广州东站出发，登上了九点多的D7501。动车经过东莞、常平、坪山、汕尾、陆丰、潮阳几个站后，三个小时左右便到达潮汕站。车过坪山进入潮汕地区后，珠三角的平原逐渐消失，山地明显增多，潮汕的氛围慢慢浓郁，一种笃定、缓慢的气息弥散开来，和途经东莞、深圳感受到的忙碌、嘈杂构成了鲜明对比。不远处正在施工的高架桥，显示了珠三角与潮汕地区加快联系的密切步伐，桥墩上印制了醒目的红色口号"敢打硬仗 争创一流 战之必胜 干之必优"。

放眼望去，收割干净后的田野，耸立着高高的电塔，周边的村庄，愈发散淡与整洁。越来越多分割清晰的蓝色水域出现在眼前，水域绵延不绝、开阔宁静，从若隐若现的白色界网，可以判断这是海边渔民的养殖基地。火车疾驰驶过喧嚣的珠三角，仅仅一个小时，就来到了潮汕广袤的大地和海边，就算在冬日，海里岸上依然可见不少忙碌的身影。在动车带来的快速时空折叠中，从珠三角来到潮汕，我感觉自己像是穿越了两个不同的时代，它们彼此渗透，又相互隔膜，但终究紧密关联。

浩天的家，离潮汕站二十多分钟车程，陪伴他来车站的是堂姐，一个二十出头的女孩，热情、开朗，我在感叹高铁的便捷时，她非常兴奋地赞同："这个时代真好啊，我们没有吃过任何苦，没有坐过慢车，现在去哪都是高铁。"临近中午，堂姐急着赶回家照看几个月大的孩子，她开车将我们送到镇上后，没有留下来一起吃饭。浩天熟练地将我带进一家"潮汕粿条"店，店里人不多，牛肉粿条很快端上来。我忽然发现，相比对黎章韬、莫源盛、张正敏、罗早亮的熟悉，我与浩天以前的交流极为有限。在班上，他算不上活跃，喜欢坐在教室的后排，碰上我与别的学生说话，他总是安静地站在一旁，脸上始终挂着笑容，仿佛有话说，又仿佛找不到说话的契机。

想起来，我与浩天少有的两次交流，一次是前面提到的，他和几个舍友来我家玩，我得以知道他毕业后想留在广州；另一次是2017年5月，在一次课后的闲聊中，浩天与陈建林聊到了专业学习上的困惑。建林来自法律系，常来班上旁听，他提到自己不喜欢跟随大流去考证，但又不知道该干什么，"不跟大家一起走，其实也不知道该往哪里去"。事实上，置身广东 F 学院浓厚的考证氛围，我讲台下中文专业的学生，到底面临怎样的抉择，也是我一直关心的话题。我问浩天，是否有建林相同的困惑，让我意外的是，在大部分是被调剂过来的队伍中，浩天是少有的主动报选中文的学生，大二进入专业课学习后，他愈发坚定了当初的选择。浩天最大的困惑，是不知道自己的写作水平怎样，他总怀疑所写的东西极为幼稚。

随后，我从他们闲聊计划生育的细节中得知，浩天是二伯家的孩子，因奶奶的要求，几个月就过继给了叔叔，一直处于两个家庭左右为难的夹击中：妈妈要他多回家，说是因为奶奶的坚持，她不得不将浩天送给叔叔，养母则对他说，不要听这么多，自己就他一个孩子，一定要安心。浩天有三个兄妹，哥哥就读于广州一所重点理工大学，姐姐从一所三本大学毕业后，在隔壁县一家私立学校当老师。

至于浩天别的成长细节，在来到他家以前，我头脑一片空白。

浩天出生的村庄，坐落在潮州市潮安区龙湖镇。我们就餐的粿条店，位于镇上的一条街巷，店里的生意说不上太好，饭点已过，就我们两人。浩天边吃边向我有一搭没一搭地介绍潮汕的情况，他突然很认真地问我："老师，你知道我为什么不愿回老家，毕业后想留在广州吗？"联想到他的过继身份，我的第一反应，这个问题与来自复杂家庭关系里的财产纠纷有关。没想到他很认真地说："不是，因为我和别人的感情取向不一样。"我颇为诧异，但随后镇定下来，没想到一向腼腆的男孩如此坦率。浩天随后提到整个高中阶段身份认同的痛苦，提到高三那年向父母坦陈真相后，"爸爸崩溃了，妈妈崩溃了，而我不能崩溃"的理智和自救。

在古老的村落，他过继给叔叔，本身就背负了传统的责任，但无法逾越的事实，让他陷入了难以自拔的困境。

浩天难以理解庞大家族中一些既定的人生程序，"我一些亲戚，堂姐、表姐什么的，本来好好的，突然相亲，然后很快就结婚了"；也不能接受姐姐二十八岁前，家人不断催婚中的价值判断，"长这么大还不嫁人，挣那么多钱有什么用，最后还不是找不到人家"；更不能接受姐姐对传统价值观的顺从，"我一直以为姐姐很开明，后来与她聊天，才发现因为晚婚，她总觉得对不住父母，感觉丢了他们的脸。"在浩天看来，"潮州这边的风俗、思想行为比较封闭，待久了，感觉生活就像一张网，它会把你捕获进去，待得越久陷得越深，越不容易跳脱开来。"

我突然明白，在学校的时候，浩天为何始终愿意跟随别的同学，一起找我聊天，他可能一直期待老师能有更多的关注和追问。在大学的时光中，他内心潜藏了一个巨大的秘密，必须面对，又无法独自面对。

我突然发现，我对学生的关注，仅仅局限于一个常规的世界，局限于他们就业、买房、升职加薪、结婚生子等世俗的维度，我对学生或者青年话题的理解，也往往停留在一些看得见的层面。相比对年轻群体的整体观照，若聚焦到个体，则意味着一个个幽暗、丰富、隐秘的角度，需要更多看见。显然，像浩天这样有着不同情感取向的年轻人，他所面临的烦恼、痛苦和挑战，需要更多的接纳和包容。

我突然意识到，如果不是浩天的坦诚和勇敢，年轻人情感世界的丰富和复杂，可能会在我单向度的对焦中，遮蔽为更多盲区。尽管浩天的困惑，我无法给出实际的帮助和建议，但他让我意识到，每个年轻人波澜壮阔、翻江倒海的心灵图景，需要更多人不带偏见、心存敬畏地理解和正视。

吃过粿条，我与浩天聊了两个多小时。他的堂姐，那个活泼的姑娘，再次出现在我眼前，她刚刚哄睡了孩子，抽空开车过来，准备接我们回去。事实上，小镇和村庄很近，就算步行，也费不了太多时间。也许，在堂姐眼中，能少走一步就少走一步，能多享用一下汽车就多享用一下汽车，就是她眼中"好时代"的明证。

五分钟不到，我还没有反应过来，堂姐已经带我们来到了村庄。一棵巨大的榕树，出现在修整一新的湖边，新旧交错的房屋，统一刷成了白色，掩映在浓密的树影下，朴素、典雅，让人安静下来。"银湖村"三个辨识度极高的字，显露出乡村建设如火如荼的时代气息。我从村庄的介绍材料中了解到，"银湖村"是一个古老的村庄，以吴姓为主，他们从宋末元初就已定居于此。村庄因为入选了省级新农村建设的主体村，获得了不少政府资助，在生活污水处理、饮水工程、文体广场、鱼塘整治、村道硬化等方面，有了极大改观。从地理位置而言，村庄因靠近潮汕市区，处于厦深高铁经济开发区的"第二线"，在产业上颇有自己的底气，其中花圃种植、珠绣晚礼服、民营玻璃、陶瓷深加工，成为村庄主要的经济来源。

在堂姐热情的带领下，穿过几条巷子，我们很快便到了浩天的家。他家的房子是一栋两层高的楼房，外观装修看起来颇为时尚。从村庄密集的房屋可以推断，银湖村的土地极为稀缺，浩天家的房子，和任何人口密集的潮汕村庄一样，占地并不宽敞。

浩天的爸爸，一个清瘦、温和的男子，面容极为亲切，他身穿一件黑白相间的毛衣，笑容满面地看着我们。浩天的妈妈，面庞圆润、满脸笑容，收拾利索的小卷发，衬出潮汕女人的精致与讲究。尽管离晚餐的时间还早，一进门，爸爸便告知，已约好家里的亲戚，晚上去隔壁村庄的牛肉店相聚。我刚坐定，妈妈便将工夫茶泡好，不断招呼我喝茶，一种独特的潮汕家庭氛围，在客厅弥漫开来。堂姐将几个月大的男孩抱过来，一家人说说笑笑。浩天的爸爸，很认真地开玩笑："农村的差距比起城里，更容易看出来，住大房子的开小车，住破房子的开摩托车。"他戏称自己只有摩托车，住的房子也不算大，在村庄算是穷人，但客厅高高的挑梁，室内时尚但不花哨的装饰，无不显示出日子的殷实。

浩天爸爸一直在本地当建筑工人，跟随当地工程队或者包工头干一些活。妈妈的职业则不固定，多年前，她会以散工的形式，做一些临时业务，近些年，随着银湖村珠绣晚礼服业务的扩张，她的主要工作是钉珠，而浩天亲生父母的家庭工坊，给她提供了最灵活、最有保障的兼职。爸爸提到，村庄人多，以前的住房都有限制，人均不能超过二十平方米，在没有结婚以前，他三兄弟跟随父母，五个人分到了一百平方米的地基，在潮州乡村连绵不绝的"厝"中，按照统一规划，修建了住宅，一家人拥有了立足之地。伴随兄弟各自成家，他们早已从曾经居住的"厝"中分散开来，或进城打工立足城市，或留守村庄延续古老的生活路径。村庄以前执行的分地标准，早已不再严格限定，更多的人流向深圳、广州、东莞、佛山等珠三角地区，很多人在外开办工厂，做生意建别墅，村庄的老房子，不少面临废弃。

在隔壁村庄的牛肉店吃过晚饭，浩天爸爸带我们来到他哥哥家，也就是浩天的亲生父母家，因急着赶货，他们当天没有参加聚餐。两家相隔很近，不过几十米距离，就如浩天描述的那样，"一家炒了一盘菜，分一半出来，送给另一家还在冒热气"。我们进去时，只见一楼的工坊摆满了布料和珠子，大家忙得热火朝天。

浩天称呼生母为"婶婶"，称呼生父为"二伯"，和任何过继的孩子一样，一旦离开原生家庭，称呼也会随之变化，并在变化的称呼中，不断强化和确认新的身份。婶婶看起来极为利索，二伯则和浩天爸爸身材和面容相似。以前我总是好奇，那些夸张、绚丽的演出服、戏服和礼服，到底来自何方，进到工坊我才知道，潮州保存完好的古老技艺，在任何一个角落开办的工坊，就能满足这一需求。多年来，婶婶和二伯开的工坊，主营业务就是定制此类服饰，其中最为烦琐的环节，就是钉珠。在广州的流花服装批发市场、新大地服装城、白马服装批发市场，到处都有潮州人开的档口，二伯也不例外。档口的主要功能是接单，拿到订单后，村庄的工坊则负责设计、制作、加工等流程，产品做好再拿到档口交货。

　　二伯早前曾在汕头打工，从那时起就接触服装行业，工作中经常接待香港客户，他观察到香港人不喜欢讲普通话，为揽到更多业务，自学了很多语言，能够在不同客户间随意切换，"普通话，粤语，潮州话，有时候还要讲一两句英语。"在汕头坚持了几年，老板经营不善，公司最终倒闭，"没有办法，决定自己回来做加工"。曾有学生说过，潮汕人宁愿自己做老板，也不愿在外面打工，进到二伯家的工坊，我更深切地感受到这一点。家庭工坊最大的好处，是能就近解决家族内部富余劳力的就业问题，就如浩天妈妈所说，"这样上班，时间自由，乐意就做多一点，不乐意就做少一点"。工坊提供的报酬按件计算，妈妈在料理完家务感觉闲暇时，如果想多一些收入，随时都能走进工坊"钉珠"，这份便捷和随意，客观上为妈妈提供了一份可靠又灵活的薪水。

尽管非常忙碌，我们到达工坊后，二伯迅速收拾好茶台，熟练地将工夫茶泡好，婶婶也停下了手中的活计，不断用潮汕话"呷、呷、呷"，招呼我们饮茶。在聊天中，她很自然地提到，家庭工坊虽然自由，但也辛苦，行情好时赚钱快，行情不好亏起来更快。为了稳定经营，他们从不敢贸然将工坊扩大，始终坚持现有规模，力求稳扎稳打。她还提到三个孩子，女儿在一家私立学校当老师，几乎不用家人操心，做IT的大儿子，大学毕业已三年，一直坚持创业，家人更期待他进入国企。对于浩天，尽管已过继给兄弟，婶婶没有任何生分，同样要操不少心，"我们的思想比较保守，就是希望孩子们工作稳定、少走弯路"。

　　第二天，浩天爸爸决定带我们去村庄老宅逛逛，他已约好几个老人一起聊天。浩天从小在古老的村庄长大，熟悉的景观在他心中激不起任何波澜。当我跟随父子俩穿过古老的巷子进入深深庭院，往日火车上一掠而过的潮汕村落，终于显露出神秘的容颜。尽管"乡村文化""传统文化"早已成为课堂上我脱口而出的词汇，但置身潮汕的村庄，我还是被眼前的庄严和郑重深深震撼：一种渗透于细节的精致、典雅，弥散着亘古的气息，从密集的牌匾、石制的门楼、坚固的廊柱、灰色的墙体、炫目的彩画、拙朴的瓷雕中散发出来。村庄的房屋算不上高大，但修建得极为精美，哪怕有些墙体年久失修早已坍塌，却不见一丝一毫的破败。随处可见的茂盛古树，发达的根须倔强地伸展、成长，连同触及的土地，一直滋养着主人不在的时光。

　　冬日下的屋顶，密布高瘦而又枯萎的花秆，一派凋零中，让人忍不住怀想花儿盛开的模样，一种红色的球状花朵，仿佛忘记了季节，在屋顶绚烂地绽放。与此形成鲜明对照，村庄墙壁上、门廊上叠加了不同年代的标语，繁体字的庄重与简写毛笔字的敷衍扭曲一起，"迎紫""银湖州爵流徽""诉庆公祠"的匾额随处可见，"自力更生""兴无灭资""下定决心不怕牺牲排除万难去争取胜利""农业学大寨要学根本学路线学方针学政策！"的口号层出不穷。一栋铁门紧锁的民居，门廊上雕刻的"大夫第"牌匾，叠加着红色颜料书写着"没有一个人民的军队，便没有人民的一切"。

浩天课堂发言时的叙述，一一在我眼前呈现。

村庄极大，我们边走边逛，十几分钟都没有走出它的边界，浩天特意将我领到一栋老房子前面，告知这是他家的祖屋，家人早已搬离，但每有重大祭祀活动，依然会回到祖屋进行。

村庄的绵延，老房子作为物质载体，依然具有别样的意义。

我正在疑惑，地主的房子有什么特别之处，爸爸拐进一所深宅大院，我留意到，整整穿过七重门，我们才算到达后面的庭院。穿过庭院后边的天井，四个老人正在一处茶室聊天。大宅的墙壁，在岁月的淘洗中，早已斑驳不堪，高高屋顶上笔直而粗壮的木檩，木檩架构空隙中精巧的木雕，破旧中彰显出往日的气势。一位老人提起，他目前居住的房子，来自当年银湖村最大的地主，房子的功能非常齐全，很多设计都着力保障人身安全，"你们看，紧邻第七道门后的这间房，墙体有三十厘米厚，只有一扇很小的窗，屋顶上还有铁天棚，方便守夜的人巡逻"。新中国成立后，地主成为专政对象，房子分给了贫民，老人搬进来时，尚为青葱少年，如今已八十有五，子孙繁衍，家族一脉接近三百人。

另一位老人提到，明清时期，银湖村被称为"小香港"，到1949年前，已聚居了很多富人，光是大地主，就有七八位。几十年前，村里的建筑非常漂亮，"如果那时候你来看，会看到很多好东西"。"破四旧"时，很多老物件遭到了破坏，"太可惜了，那个时候，不能拜神，不能拜祖宗，说是迷信，原来屋脊上、廊柱上都刻着动物啊、花鸟什么的，都被搞掉了"。大集体时期，地主的宅子公社化，多数都成为做工的场地，在随意地拆毁中遭到了极大破坏。地主的后代，在数次斗争中四处逃跑，不少到了新加坡、马来西亚、泰国和中国香港地区，也有一部分远渡重洋，成为潮州侨民中的一分子。

　　四位老人边听潮剧，边饮茶，不断招呼我们多喝几杯。来银湖村两天，我观察到，"工夫茶"作为一种基本的生活方式，与这片土地水乳交融，它承担了与人交流的作用，更承担了日常礼仪中教化孩子的功能。无论在自己家、二伯家，还是老宅茶室中，浩天作为后辈始终谦让有礼，他细心地照顾家里的长辈，及时地添加茶水，收拾茶桌，留意到别人的各种需求，此时此刻，一种长幼有序、温存谦让的气息自然滋生。

　　作为老师，我通过对浩天近距离的观察，仿佛洞悉到了潮汕学生拥有共同气质的秘密。来广东二十多年后，我一直隐约直觉，在经济的开放中，南方对传统习俗的尊崇要好过北方，来到银湖村，这种直觉变得更为清晰、坚定。我切身感到，各种绵延的历史惯习，尽管受到过多次冲击，但一直顽强地流淌在潮汕人的血脉中，哪怕在剧变的现代社会，这个群体始终保留了特有的精神印记。也正是置身这种环境，目睹眼前规整的老宅包蕴的秩序感，以及由此传递的律令和庄严，我才真正理解了浩天的话，"生活就像一张网，它会把你捕获进去"。

——我后来才知道，浩天也是第一次跟随爸爸和老人聊天。这些老人恰似古老的村庄，以前只是作为一种背景出现在浩天的视野中，直到我的家访真正达成，讲台下的浩天才在一种郑重的寻访中，将目光落到身边的老人，并在父辈的引领下，走近另一个群体。浩天和父母之间的话本来就不多，有一次，爸爸问他："你的人生理想是什么？"浩天的第一反应是："我觉得他可能是电视看多了。"到广州念大学后，他最大的梦想是租来一间房，养只宠物，拥有精神生活的空间，有一份收入过得去的工作，物质上稍稍体面即可，"比如买得起像样的衣服"。这次村庄之旅中，浩天坦言："爸爸以前说的理想，没有特别复杂的含义，其实就是指祖辈传承下来的一些东西。"

坐在老宅中，喝着工夫茶，听老人细声慢语，我恍惚中感觉到了时光的停驻。老人说起以前种田作地的生活，最大的感慨就是台风，"台风多，台风来了，就没有收了。"我猛然想起文学史上的作品《牛田洋》，便问他们是否听说过这个地方。一位老人补充，"牛田洋很近，离银湖村仅仅二十公里"。他还提到，当年牺牲的四百多名解放军中，大多为湖南人，因为不会游泳，无法自救，导致灾难的加剧。对于这些意外的细节，我自然无法从任何一本书中获悉。得知牛田洋和银湖村近在咫尺后，我当即和浩天商量，下午租一辆车，一起去牛田洋看看，算是此次潮汕之行的一段意外插曲。

牛田洋距离银湖村确实很近，根据导航，半小时不到，我们便到达汕头市西郊的莲塘。相比曾经围湖造田的壮观，这里早已恢复为部队管理的水产养殖基地。冬日的牛田洋，找不到当年数万解放军和学生改天换地的任何踪迹，自然，1969年7月28日，因遭受台风、暴雨、涨潮所致的灾难，随着岁月的流逝，痕迹也早已被时间之手抚平。我登上旁边的山坡，俯视山下宽阔的水域围合的养殖基地，内心被一种剧烈的反差冲撞，一方面感受到时光的无情，另一方面，也确认了记录的必要和迫切。在来牛田洋之前，浩天并不知道，离故土二十公里的地方，曾经发生过如此惊天动地的事情，他没有意识到，在学校的课堂讨论中，故乡并不久远的历史，本身就是文学史的重要部分。

课堂上，我曾竭力鼓励学生调动个体的观察和经验，用生活中的实感，去激活死板的教材，以便在有限的课时内，寻找建构历史的感觉。不可避免的是，在快速流转的时光中，90后的孩子，无法对他们未曾亲历的事情产生真切理解，恰如我对父辈会有深深的隔膜。

我不知道牛田洋的半天考察，是否对浩天回到课堂的学习有所帮助，但在我宝贵的潮汕之行中，这也是链接村庄、链接浩天成长的重要部分。

蔡礼彬：陆丰、小镇青年与奶奶

在浩天家的村庄逗留两天后，1月20日，按事先约定，在回广州的途中，我去了蔡礼彬家。

下午两点左右，D3339次列车从潮汕站出发，半小时左右便到达陆丰站。从大的范围看，潮汕包括汕头、潮州、揭阳、汕尾四市，我的学生经常强调潮汕内部的差异，我记得建源曾提醒我，潮州、汕头、汕尾确实都算潮汕地区，但它们很不一样。建源来自澄海，他对潮汕地区内部的不同十分敏感。作为外省人，无论他们怎样强调内部之间的差异，无论1990年代的行政区划怎样人为地将汕头、潮州和揭阳分开，我依然能明显感到，我所有的潮汕学生，都有一个牢固的、共同的"潮汕人"身份认同。在长长的学生名单中，只要他们出现在我的眼前，单凭直觉，我就能区分哪些孩子来自这一片神奇的土地。

礼彬的家，位于汕尾市陆丰县湖东镇。湖东镇是一个海边的渔港小镇，西邻碣石镇、东北毗邻甲子镇、北靠南塘镇，离陆丰高铁站三十五公里。礼彬与正敏是同班同学，同为越南新娘课题组的成员，他平时话不多，为人极为谦和，是正敏大学期间，少有的能理解并暗中帮助她的朋友。

三点不到，动车准时抵达陆丰站。礼彬早已在出口等候，同行的小叶，阳光满面，他是礼彬的初中同学。陆丰高铁站低调、质朴，没有夸张的建筑，也没有艳丽的颜色，像大多数小城高铁站一样，安宁而又笃定。拐过空旷的长廊，我们上车后，小叶很快便驶入了338省道。

我几乎还没反应过来，夺人眼球的横幅便扑面而至。近一年来，因去学生家，我到过广东不同的地方，一个整体的印象是，交通发达的广东省，很少在公路上设执勤点。但这次从高铁站驶入省道没几分钟，"陆丰市公安局缉毒检查执勤点"几个字便赫然出现，公路两旁，巨大的横幅和夸张的漫画，搭配了主题明确的标语："谁的房屋制毒，就拆谁的房屋，谁的土地制毒，就收回谁的土地""制毒贩毒，家破人亡""从正业，走正道，坚决不走制贩毒邪道！""开展禁毒斗争，消除毒品祸害"，路旁的荒草丛中，甚至冒出了"无毒邻里称颂，涉毒家破人亡"的标语。省道两边式样典雅的宫廷风格路灯，搭配了同样的宣传内容，"珍爱生命，远离毒品""吸食毒品害人害己""认识毒品危害，提高抵御能力"。

眼前直白的标语，让我立即想到了远在湘北的故乡，想到近十几年来，我的两个表弟在广州打工期间，租住白云区塘厦村，深陷毒品漩涡给整个家族带来的长久伤害。

我突然意识到，我对"海丰陆丰"从未明朗的想象，隐含了我来礼彬家的朦胧动因，也包含了我对潮汕丰富性的确认。

沿着338省道前行一个小时，便到了礼彬家。礼彬家在湖东镇买了商品房，爸爸妈妈早已搬离奶奶的老宅，来到小镇生活。姐姐因为临产，妈妈一早就过去陪伴即将为人母亲的女儿了，爸爸正不紧不慢地准备晚上的大餐。爸爸个子不高，有着和浩天爸爸相同的亲切面容，我们一进门，他便告知晚餐邀约了最好的朋友，"他是湖东镇的一个校长，喜欢写东西"。礼彬也趁机邀请了自己的伙伴，除了下午同行的小叶，还有初中的同学小钟。当天晚上，我吃了有史以来最多的海鲜，也喝到了最正宗的甜品。爸爸在礼彬心中，是那种不出手则已一出手就会放妙招的大厨，而礼彬在小叶心中，一直是中学年代羡慕的对象，"我们都踩单车上学，礼彬则有爸爸骑着摩托接送"。

陆丰的名声，在1990年代末期的"毒品"漩涡中蒙尘。爸爸坦承当地居民不重视教育，"我们这儿，哪个学校便宜，就读哪个学校"。礼彬补充说："我上大学后，有同学想来我家玩，他们父母竭力反对，害怕陆丰的治安不能保障孩子的安全。"在整个少年时代，与毒品相关的隐秘传闻，构成了礼彬一代的成长背景，很多孩子初中没毕业便辍学，小叶坦承："辍学后外出打工年龄太小，只能放在社会混，我们这儿吸毒的人多，家长整天提心吊胆。"他随即郑重地强调："以后我如果有孩子，真的不能放在老家带。"

小叶高中毕业后，没有继续求学，他辗转在各地打工，很长时间都驻留在隔壁的深圳，也许是进入社会早，他有着与年龄极不相称的稳重。初中时候，礼彬在重点班，成绩一直很好，小叶则在普通班，"心理素质差点的，像我一直就读烂班，就会想着怎么读都没用，大多会赌气不认真读书。"出生汕尾地区，长期辗转于深汕两地，小叶最大的感慨，是深圳的异军突起对汕尾的可怕虹吸，"好多人以为深汕合作，汕尾占了便宜，事实上，深圳的发展，将我们这里的血抽空了，直到近几年，才有一些回流。"

小钟因为要值班，在我们晚餐快结束时才赶过来，饭后的甜品让他开心不已，看得出来，因为彼此的密切交往，小叶和小钟早已是礼彬家的常客，他们和礼彬爸爸的关系也极为亲近。

小钟出身医生世家，从爷爷辈开始，姑姑、姐姐、妹妹、弟弟都就读医药卫生学校，都喜欢并熟悉医疗行业，也都在医院系统就业。小钟在镇上的卫生院放射科负责 X 线拍摄，十八岁从卫生学校毕业后，就正式走向工作岗位，家人早已为他买好房子，和女朋友的感情也极为稳定，生活状态呈现出大城市罕见的安逸。小钟笑称自己"是一条晾在科室里的咸鱼"，他提起学生时代的封闭，"几乎从未离开过小镇，也不知道外面的事情"，他对现状非常满意，"对我来说，这个社会已经很好了，我们这一代真的非常幸福，家里再怎么贫穷，也不会饿饭，也没有干过体力活，算得上衣食无忧。不知道我的下一代会怎样？"面对小叶的漂泊和礼彬大城市打拼的艰辛，小钟坦言，"现在只要愿意回到小地方，日子都很好过，你还不要说回到农村，我觉得回到县级市就没有压力了，不过，前提是要有一个好工作。"事实上，镇上像小钟这样的年轻人并不多，"像我这种年龄，无论读书还是打工，都会去广州和深圳，我们这儿就算不识字的中年人，也会去大城市打拼，深圳潮汕人多，卖菜的都是潮汕人，就算说潮汕话别人也听得懂。"小钟没有买房压力，工资不高，但消费确实低，他的工种算特殊岗位，强度不大，每个月有额外的几百元补贴，日子过得颇为滋润。

　　—— 我后来才知道，礼彬大学毕业两年后，比他小一岁的小钟，二十四岁不到，已是两个孩子的父亲。

　　吃过饭后，礼彬爸爸和我们讲起了以前的事情。在爸爸记忆中，改革开放前，海陆丰的经济要好过潮州，"潮州那边人多地少，好多人出来打铁，几年都不回家，海陆丰因为靠海，有海鲜，打打鱼都过得去。"更重要的是，"八十年代，海陆丰的工业很出名，改革开放在深圳搞起来后，汕尾靠近深圳，本地人就往那儿跑了，最早跑过去的一批很快发了财，先富带后富，越来越多人去了深圳。"

　　爸爸出生于1972年，家中有六个孩子，他排行最小，亲生父母早已过世，十几岁时，他过继给了膝下无子的伯母。在爸爸童年的记忆里，自己没有遭受过饥荒，而年长他很多的哥哥、姐姐都有饿饭的经历。爸爸1988年初中辍学后，一直自主谋生。他先是进了一家自来水厂做工，同时在家"种田、种菜、养蟹、养虾、晒盐，什么都干"。这其中，种菜是最主要的生活来源，"我们湖东，以前所有人都在村里种蔬菜，蔬菜的种类特别多，苦瓜、白菜、芥蓝、吊豆，很多很多，以前主要供省外，现在供省内比较多。"爸爸还提到，汕尾离深圳只有几十分钟车程，他早年曾去深圳种过菜，后来还去过惠州，算得上最早的一批菜农。从经营情况看，"菜价好的时候，就能赚钱，菜价不好，就锄掉了"。对海边菜农而言，种菜最害怕台风，"台风一到，菜就浸没了，只能从外面调菜过来，菜价看着飙涨"。相比以前种菜的艰辛，爸爸对种植技术的进步颇为感慨，"现在可以用大棚，机器也很多，以前浇菜用水全靠挑，现在只需接水管，比以前轻松了很多"。

作为土生土长的湖东人，爸爸对家乡出品的海鲜颇为自豪，"世界上最好的海产品，出在南海，南海的水没那么咸，海鲜最好吃。我们这里有一句话，东边的鱼，西边的蟹，东边的鱼鲜嫩美味，西边的蟹，外壳硬度高，肉质更为紧密。"遗憾的是，因海边建起了电力公司，枪鱼和螃蟹生存的地盘，都被风电公司挖了，"好几种鱼虾，好几种螃蟹，都只能往外跑。"生态环境的改变，使得海底变得坑坑洼洼，也直接改变了以往便捷、可持续的捕捞方式，"现在最大的网，多达几千平方米，要用铅固定到很深的地方，收网的时候，要用船来拖"。

二十岁出头，爸爸妈妈结婚，很快育有三个孩子，礼彬排行老三。妈妈1974年出生，几个月就被没有生养的奶奶抱养，她没有念过书，也没有外出打过工。对爸爸而言，尽管结婚生子不过是村民既定人生程序的再一次重复，但相比其他初为人父的同龄人，他多了一份清醒，"陆丰治安不好，以前村里每天都有打架的情况，学生打老师的事情也很多，我只能对孩子们严加看管"。他很少打骂孩子，也很少出去应酬，只要有空，就尽量陪在礼彬姐弟身边，"我外出干活回来，礼彬他们听到我摩托车的声音，就会赶紧回到桌边学习"。礼彬始终记得，爸爸不准他们三个和无人管教的孩子玩耍，"怕我们跟习惯不好的同伴学坏。"相比小叶父母对孩子的放任，礼彬爸爸对孩子的管教，算得上他挣脱陆丰负面环境的主观努力。"爸爸用摩托车接送礼彬在海边公路疾驰"的一幕，早已成为小叶丈量家庭差异的隐秘尺度。让人欣慰的是，随着政府对陆丰制毒村庄的有效整治，湖东镇近几年的社会风气好转了很多，父母也比以前更重视教育。

奶奶居住的村庄叫后坑村，第二天吃过早饭，礼彬要去看望老人，邀请我一同前往。村庄的房子极为密集，正是潮汕地区常见的"厝"。比之浩天村庄精美的房屋，后坑村的民宅要简陋很多，屋脊的装饰也相对粗疏。远远望去，村庄白墙灰瓦，飞檐灵动，房子的布局十分规整，行列之间有笔直的村道，村道下面有排水沟。因和镇上相距较远，后坑村的人气和银湖村比起来，要冷清一些，除村口的小卖部聚集了几位老人，村里几乎看不到年轻人的身影。不少坍塌和脱落的墙体，显露出风雨侵蚀过后的沧桑，我无法断定房屋的建筑年代，听礼彬说，二十世纪二十年代彭湃在海丰领导武装起义时，海边的后坑村，曾是呼应革命活动的重要据点，由此推断，这个古老的村庄，至少也是民国时期所建。密集交错的房屋，在穿越时空的今天，不难让人想象后坑村鼎盛时期的人气，置身其中，我特别理解历史上轰轰烈烈的农民运动，为何在海陆丰这片土地点燃。

奶奶七十多岁，个子不高，穿着一件红色的棉袄，光脚趿着一双凉鞋，正在院子里忙碌。老人将院子收拾得干干净净，墙角养着一盆红花，院墙上供奉着"天地父母"的牌位，牌位两旁刻有"天高呈瑞色，地大焕祥光"的对联，牌位上面是"致中和"三字，在潮汕的乡间，如此庄重的供奉随处可见。奶奶见到礼彬，笑容吞没了双眼，她没有多说话，转身出门，利索地从外面采摘了一把薄荷，在一个大大的瓦钵中鼓捣起来，几分钟后，三碗味道浓郁的擂茶便冲泡而成。

比之银湖村让人过目难忘的古树，后坑村让人印象深刻的是古老祠堂。在一百米范围内，有一座"孟房祖祠"，祖祠里面设有"孝思堂"，不远处，还有一座旧的"蔡氏家祠"，家祠虽然规模不大，但后厢的"裕后堂"，装饰得极为繁复炫目。让我没料到的是，仅仅相隔几十米，竟然又修建了一座新的"蔡氏家祠"，新的家祠规模更大，簇新的装扮，只能用"雕梁画栋、花团锦簇"来形容。为了庆祝祠堂的落成，戏班已请来，"陆丰市春晖白字剧团"的横幅，已在天蓝色幕布的戏台中挂起。相比后坑村房屋的老旧及整体上的破败，簇新的祠堂，与之形成了鲜明对比。显然，作为一个古老的海边村落，在坚守传统的价值认同上，后坑村有自己的方式。事实上，在村庄的外围，整个小镇正沉浸在"恭迎妈祖圣驾暨晋殿庆典"中，就如我湘北的故乡，每到春节或元宵，都会玩龙舞狮甚至扎故事一样，礼彬的家乡，更有独属于他们的文化传承与精神密码。以我粗浅的考察，相比内陆，海边的村庄，天然弥漫着更多对超越性神灵、祖宗的尊崇。

告别奶奶，礼彬开车带我顺便拐到了海边。我没有想到，湖东镇和后坑村离大海如此之近，当我清晰感知到后坑村算得上典型的海边村庄后，我立即理解了这里房屋低矮、窗户狭小、没有大树的原因。

海边的公路旁，平摊晾晒了很多海鱼，显露出浓浓的生活气息，与近在咫尺的洁白沙滩所营构的浪漫气息，构成了有趣对比。礼彬告诉我，湖东镇的海湾，是天然的避风港，每到涨潮或台风来临，外出的船只，就会如期返回。放眼望去，海边不远处，排列着整齐的风力发电机组，白色的机组与蔚蓝色的海面，随便组合，就是一幅宁静、秀美的画面，和我去过的海滨景点比较起来，陆丰的海景虽然低调，却足够亲切和迷人。

靠近岸边的巨型风力发电机组，周围都是宽阔涂滩，涂滩上，几十位修网的妇女散落四处。我留意到，她们好像在织同一张网，网边缠有密密麻麻白色的圆形浮标，也许，就如礼彬爸爸所描述的那样，在海里铺开的大网，需要特别的制作程序。

短短一天之内，我在后坑村和湖东镇，不断切换于传统中夹杂着开放，古老中渗透着现代的场景，各种强烈的对比就在身边，它们水乳交融，但又参差相异，既让我惊讶，也让我着迷。

"潮汕因素"作为教育资源

算起来，此次潮汕之行，我在浩天和礼彬的故乡，一共待了四天。去别的学生家，我会格外留意学生成长与家庭之间的关系，但去浩天和礼彬家，我对滋养和孕育他们的"潮汕场景""潮汕因素"更感兴趣。

在我眼中，课堂上走过的庞大潮汕学生群体，相比其他地方的孩子，显然有着共同的地域特征。在同质化的学校教育中，此类我无法叙述清楚但能明确感知的东西，事实上包蕴了年轻人成长过程中，一些被忽视但又真实发生作用的资源。作为家庭教育和社会教育的客观存在，"潮汕因素"到底在怎样的层面，作用到我学生的"长大成人"，一直是我心中的疑团。

显然，在几天的走访中，"传统中国"在潮汕日常细节中的保留，给我带来了极大的冲击。相比我故乡对传统村落的大规模破坏，潮汕古村落的留存几乎随处可见，无论是浩天家的银湖村还是礼彬家的后坑村，还是我一年后到访的普宁溪南村，以及三年后在饶平晓静家看到的古老船形村庄，都是明显的例证。在家访带来的便捷中，我流连于各类原生态村落，一次次感知到"传统中国"的血脉，就留存在学生的日常生活中。村落作为一种牢固的物质载体，我在短暂的逗留中，仅仅以外人的身份，都能感受到其中的气息和滋养，对于从小耳濡目染的潮汕孩子而言，其深入骨髓的影响可想而知。

与建筑保留完好相对应的，是潮汕一带传统生活方式和民风民俗的传承。在我印象中，潮汕的孩子懂事、懂礼，也懂得人情世故，气质里温柔笃定的成分更为明显。这固然与潮汕人浓厚的家族、家庭观念有关，比如愿意生养更多孩子，客观上保证了80后、90后，甚至00后，大都在多子女家庭中长大，但更为无形的因素，则来自日常生活中弥散的教养、观念、方式和习俗的熏陶。当独生子女政策带来的诸多顽疾，多多少少剥夺了孩子年幼时更为丰富、复杂、自然的人际交往机会，并客观上稀释掉了他们融入社会的意愿，我观察到，潮汕的孩子，往往更能认同家庭协助中产生的劳动、实干的观念，更有集体和团队意识，也更懂得合作和谦让。"彬彬有礼、温文尔雅、轻言细语"，是我和潮汕学生交往多年后，几乎脱口而出的叙述词汇。"工夫茶"、与祖辈的相处、和父辈共有的劳动经历、妈妈的耐心教导、兄弟姐妹之间的谦让和妥协，这所有习以为常的日常，对潮汕孩子而言，都蕴含了目前教育语境中极为匮乏的真实场景和滋养，都在帮助孩子"成人"上，依然发挥着学校教育无法抵达的功能。

当然，落实到个体，比如浩天和礼彬，在考上大学离开故乡的那一刻，客观上就必须直面另一重现实的挑战：面对村庄来自家族的庇护和传统的"羁绊"，如何直面以个体竞争为主的城市生活的诱惑？我留意到，"传统中国"作为宝贵的教育资源，固然滋养了一批批潮汕孩子，但依赖家族认同所派生的重人情、重关系的现状，也直接导致了远离故土求学的年轻人，对家乡不同程度的情感疏离。尽管我的潮汕学生中，不少人兜兜转转回到了故乡，但更多的学生明确表示不愿意回家，更愿意待在珠三角，愿意待在广州、深圳等开放城市。一个有趣的对比是，留在故乡发展的年轻人，比如浩天的堂姐，真心认为"这个时代真好啊"，礼彬的好朋友小钟，也对生活发出满意的慨叹，"我们这一代真的非常幸福"，但对于浩天、礼彬和晓静而言，他们都希望留在更大的城市，能够去一个拼本事、不看关系的地方。这让我从另一个层面，窥视到年轻人在接受高等教育后，在现实的对比和选择中，更容易遭遇精神上的困惑和挣扎。

我突然明白，多年来，我之所以对"潮汕学生"和潮汕村庄，一直持有浓厚的兴趣，是因为在我的教学视域中，一直纠缠着传统和现代、求学和命运、个体成人和就业工具等各种无法廓清的追问，而对"潮汕学生"个案的聚焦，会多多少少给我提供不同的视角，丰富我经验以外的教育资源。

二、向日葵地

　　于魏华是广东 F 学院法律系 2015 级的学生。有一天，我在食堂吃饭，教工食堂人多，我就拐去了五楼右边的学生食堂。一个戴着眼镜、看起来特别机灵的男孩，很大方地和我打招呼，"老师好，我是于魏华"，我坐下后，他很自然地和我聊起来，仿佛认识了很久。

　　也许是因为没有教过他，魏华在我面前，没有班上大部分学生的害羞和拘谨。他胆子大，也挺好玩，和其他老师的交往也很坦然。和魏华认识后，有时，他会悄悄在我办公室门外放一盆多肉植物，有时会给我发一张向日葵的照片，有时会给我看一张获奖证书，有时会突然出现在我的课堂上。临近毕业时，在一个不是任何节日的上午，他放了一束很大的花在我办公室桌上，同时很急切地提醒我收拾花束。我在校园偶遇他时，他总是背一个双肩包，脸上洋溢着精神抖擞的笑容，一副匆匆忙忙、兴致勃勃的样子。

　　随着和魏华交往的增多，空余时间，他会断断续续和我讲一些自己的事情。我后来才知道，在学校，魏华算得上风云人物，但也伴随了极大争议，他延续了从小锻造出来的特立独行，在大学时代，做了很多别人不会做的事情。魏华的经历，让我看清一个应试教育语境下长大的孩子，要保持个性、要独立思考，要一意孤行地去行动、去实践，这其中所遭遇的挑战和冲击，也让我思考学校教育、家庭教育和社会教育三重要素，到底怎样介入了他的成长，并最后促成了自我教育在他身上的实现。

在我眼中，魏华就是一株拼命寻找阳光、雨露，期待顺利长大、期待灿烂开放的向日葵花。或许，对更多学生而言，家庭是其生命的底色，在各自成长的关键时刻，都离不开家庭决定性的庇护和支撑，但魏华向我呈现的成长图景，却让我清晰感知，家庭对他而言，只是人生剧目的一块幕布，他的成长，凸显了年轻人的主观能动性，彰显了生命的内在动力，丰富了我对教育的理解，也增加了我对二本学生的认知维度。

正因如此，不像去别的学生家，我更期待看到陌生的东西，2018年1月30日，去魏华东莞的家时，我好像特别期待印证他成长的足迹。

从兴宁到东莞

魏华1996年出生于梅州兴宁的一个普通村庄。在他眼中，"兴宁是粤东北很穷的一个市，在广东的版图中，算得上贫困地区，我老家的村子，就是一个省级扶贫村"。

家里两个孩子，妹妹一岁左右时，爸爸妈妈外出东莞谋生。妈妈是四川长寿人，南下打工时，在一家手袋厂认识了爸爸，随后在南方结婚成家。据妈妈说，1995年12月回娘家后，家里得知她要和一个外省人结婚，非常反对，原因是离娘家太远，而在魏华看来，"除了远，主要是穷"。魏华爸爸也承认："当时广东有改革开放这一概念，外地人认为广东好，这帮助不少广东人娶到了老婆。"显然，从宏观层面看，中国近几十年剧烈的社会转型，已成为促成社会流动的核心动力，但从微观层面看，这种随处可见的城乡迁徙，已从整体上影响了我学生家庭结构的变迁。我在广东F学院第二次当班主任时，留意过1516045班的情况，感受尤为强烈。我粗粗算了一下，本书中出场的学生，源盛的妈妈是广西人，早亮的妈妈是四川人，魏华的妈妈是四川人，后面提到的晓静妈妈，同样来自外省，是广西人，她们有着相似的人生轨迹：外出打工，在不同的工厂认识了孩子的父亲，随后嫁入广东地区。

确实，频繁的社会流动，导致外省妈妈成为我学生家庭中的一个常见现象。

魏华父母结婚后，并没有打算长期待在老家，和莫源盛家类似，生完孩子不久，爸爸妈妈便离开了村庄。怀上魏华时，夫妻俩曾外出东莞卖过一阵水果，妈妈回忆，"后来实在受不了外面的环境，才回去生孩子、带孩子，直到魏华妹妹出生。魏华小时候不好带，女儿就比较好带，女儿一周岁后，我和丈夫才再次回到东莞"。

爸爸妈妈去东莞打工后，魏华和妹妹留在兴宁老家，由爷爷奶奶照顾，成为短暂的留守儿童。夫妻俩想念孩子时，会叫爷爷将孩子带到东莞住上一段时间，到了农忙时节，再将孩子带回去，

"就这样，一直在两边来来去去"。魏华印象里，爷爷是个特别爱干净的人，他朦朦胧胧的印象是，爷爷早年毕业于汕头大学，生活和村里的老人没有任何差异。唯一让魏华感觉自己和其他孩子不同的地方，是爷爷奶奶会将他和妹妹收拾得干干净净，以致经常听到邻居的夸赞声。除此以外，爷爷还会教他写毛笔字，这个习惯，一直持续到了魏华回到父母身边，"我良好的书写，就得益于爷爷打下的底子"。

跑来跑去的日子持续了七年，在爸爸看来，"和孩子分开的时间算不上太长"。魏华在村里读了一年小学后，2004年，八岁刚过，就被父母接到了身边。

从此，魏华开始了从兴宁到东莞，然后又从东莞回兴宁的历程。

算起来，到2018年魏华父母离开兴宁已近二十年，这二十年，他们从未离开过东莞。魏华记得，直到考上大学前，家人先后在南城区、莞城区的袁屋边、周西、白马等城中村住过。东莞此时正处于快速城市化进程，边缘处的城中村在珠三角一带极为常见，它保留了城乡杂糅的特色，给外来务工人员提供了便捷、便宜的安居之地。对魏华而言，这些城中村算得上他童年的乐园，因流动人口多，他的小伙伴也特别多，钓鱼、偷水果、挖红薯、打架，在窄窄的巷子结伴骑车，成为他与小伙伴常干的事情。

家里租的房子，始终比较狭窄，父母最为看重的是划不划算。出租屋一般有一个卧室、一个厨房、一个厕所，随着孩子们的长大，有时候会多一个小房间，"说是小房间，其实就是杂物间"，无论搬到哪里，魏华都会记得家里始终有一个高低铺，或者一个房间并排放置两张床的场景。

2015年，魏华考上广东 F 学院，家里搬到了沙田镇穗丰年穗隆村。大三去他家时，他给我发的定位，还是这个地址，魏华反复和我确认过一些细节，再三交代："老师，你虎门站下车后，打车到穗丰年综合市场附近，离我家很近。"

从广州南站到虎门，坐高铁只要十七分钟，这种极短的旅途，让我去魏华家时没有任何家访的感觉。一路的风景太过熟悉，在珠三角一带，城市和乡村之间的边界，始终难以廓清。熟悉的城市风景、熟悉的都市景观向工业地带的延伸、熟悉的厂房和混杂的民居，说不上美感，但始终焕发出蓬勃的生机，显示出南方嘈杂中的活力。

按照魏华给的定位，我从虎门站下车后，很快就到达沙田镇穗隆村 —— 一个对魏华而言，邮件无法确切投递，但对父母而言，可以养鸡养鸭、种植蔬菜、种植生姜的地方。

爸爸妈妈在魏华考上大学后，决定改善一下居住条件。他们选择了很久，决定搬往现在居住的地方，"房东允许我们养鸡，帮我们最后下定了决心"。两三年过去，妈妈对新居颇为满意，"房租才三百，算起来，一间房一百元"。在穗隆村边缘处的一栋民房里，父母租下了一楼的三间房：两间大大的睡房，一间很大的厨房，加上宽宽的过道，面积有六七十平方米。魏华第一次拥有了独立的房间，他在铁床前面，支起了一张正方形的桌子，桌子上摆着他正在画的思维导图，导图被他用比桌面还宽的白纸制作，长达几米。宽宽的厨房里面，有一张铺设整洁的床，供妹妹偶尔回来居住，妹妹大专毕业后，在一个教辅机构当助教，平时工作忙几乎很少回家。

整体看来，妈妈将房子收拾得干干净净，尽管出租屋条件简陋，但还是讲究地铺了地板，鞋子也按照季节分类，整齐地摆放在不同区域。一楼的周边，有一块四周环绕沟渠的空地，父母将空地围成一个院子，妈妈养的鸡、鸭、鹅叫个不停，浓郁的生活气息，让我立即想起了早亮家更为热闹的庭院。

一月的天气，哪怕在广东，都非常寒冷。魏华闲不住，带我在村里闲逛，爸爸妈妈则开始准备午餐，两人要到下午才开始上班。沿着城中村干净的道路，我们很快来到了一座巨型立交桥下面，一个庞大的基坑正在开挖，旁边还有一个随时会消失，但一直用来给城里人休闲的水塘——从水塘的标语和设施看，在立交桥没有修建前，这里是城郊一处风景优美、安静休闲的好地方。在魏华看来，东莞的变化尽管比不上广州，它的城市建设也没有省城气派，但临近深圳的地域优势，给它注入了无法遏制的野性及活力。他记得刚搬来穗隆村时，到处一派田园风光，仅仅两三年，周围就矗立了不少高楼群。和龙洞一样，只要搭上城市快速发展的列车，任何一片郊区，说不定哪天就会汇入城市中心。

魏华承认，他们的租房史，正是伴随城市的快速扩张，一点点从东莞市中心被迫搬迁郊区的过程。如果不买房，能在穗隆村住多久，他们心里也没有底。

魏华在东莞最重要的人生经历，是念小学。

学费贵，是魏华对小学阶段的第一个印象。没有户口，他只能入读普通的民办小学。魏华念的第一所学校叫东源小学，感觉不适后，爸爸很快将他转去了长虹小学，在长虹读了一个学期后，因教学质量差，父母决定想办法让他再次择校。魏华成绩优异，参加完阳光第四小学的招生考试后，不但顺利入围，还考出了少见的高分。学校为了留住他，答应妹妹也可以一起入读，这样，对父母而言，接送就变得更为方便。从2005年开始，魏华始终记得，不管读什么学校，每学期的学费，最少都要一千八百元，他和妹妹加起来，远远超过三千，就算父母收入还过得去，也是一笔很大的开销。这种情况持续了三四年，伴随学费不断上涨，和源盛一样，魏华越来越清晰地感知到，借读生的身份，给父母施加了不少经济压力。

魏华对小学阶段的第二个印象，是2008年前后，一起玩耍的小伙伴消失得特别突然。六年级左右，魏华发现，以前随便呼唤就能聚在一起的小伙伴，突然找不到了。对一个小学生而言，魏华意识不到2008年与全世界经济危机的关联，但小伙伴的突然消失，却成为现实趋势对他的直接影响。后来他才知道，那些消失的小伙伴，要么被父母送回了老家，要么随父母回到了老家，要么早早辍学流入社会进了工厂，要么逃脱父母的管教沉迷网络出入游戏厅，当然，也有一部分被父母送往了各种各样的兴趣班、补习班。魏华一个人踩着单车，一个人玩，他从小不喜欢看电视，也不喜欢玩游戏，没有了同伴，这让他很不习惯，"2008年是一个节点，我第一次感受到了孤独"。

魏华辗转的学校多，接触的同学也多，他很早就看到了同学之间的贫富悬殊，这构成了他小学认知的重要维度，与此相关，从很小开始，他也意识到了民办和公办学校的差异。在他眼中，东莞普通的民办学校教学质量都不好，"从我读书的时候我就知道，你要奖状啊，一堆的，不管你情况怎样，学校都会想方设法地给你发，但含金量不高。"他在民办学校的成绩，始终名列前茅，但后来考入公办小学后，才发现自己是井底之蛙。

公办学校的生源，分层很厉害，一部分是外来打工人的孩子，一部分是小老板的孩子，还有一部分是本地家境不错人家的孩子。有钱人家的孩子，打的游戏叫梦幻西游，QQ游戏都开始玩穿越火线，也经常充Q币，"而我连Q币是什么都不知道，连网络是什么都不知道，我家里没有电脑，我也没有充过Q币"。同学之间的贫富差距，导致彼此难以交流，魏华刚进第四小学时，被班上有钱人家的孩子嘲笑，"干吗来我们学校读书？"他的回应方式是，"老子是考进来的，是你们请我来读的。"隐藏在贫富悬殊背后，魏华发现了一个夹缝，这个夹缝，也隐藏了他的秘密。从小学开始，他就拥有自己的小金库，小金库的来源，是因为成绩好，经常帮同学抄作业。每个学期，他通过这种流行的隐秘兼职，都能存下几百元，这一点，他的父母都不知情，但也正是这个秘密，给他带来了直觉的焦虑，让他意识到了小学教育的缺失。

也正是从小学开始，魏华发现自己喜欢提问，并由此招致了老师的不满。他从小好动，"我闲着就难受，闲着就郁闷，无时无刻不在思考要搞事情"。课堂上，他喜欢刨根究底追问老师，有些问题老师答不出，感觉丢面子，就会找借口惩罚他。魏华提到，有一个学期，他坐在窗边，风吹过打开的窗户，晃动窗帘影响了教学，老师没有留意到外面的大风，想当然地认定是魏华故意所为，用戒尺狠狠地惩罚了他一顿，他感到冤枉，和老师大吵了一架，多年以后回忆往事，魏华依然愤愤不平，"他批评我，主要是因为我喜欢提问，问倒过他，他借机打我，我就会反抗。"

六年级结束后，因没有户口，而魏华的成绩，又够不上东华中学这样的名校，权衡再三，爸爸决定陪伴儿子回到兴宁的老家，回到当地的公办学校，"爸爸的想法是，无论如何，家乡公办的初中，怎么样都会好过东莞的普通民办学校。"

魏华承认，尽管他调皮好动，但他自小就懂事，喜欢看书，喜欢琢磨问题，并无一般男孩开窍晚导致的懵懂。小学六年级，自从熟悉的小伙伴离散后，他感到自己的童年也随之结束。

这样，在东莞度过了漫长的小学时代后，魏华又回到了出生的兴宁村庄。

摩托车上的地摊经济学

魏华带我逛完村庄后，回来的路上，顺便去看了路边不远处妈妈侍弄的菜地。尽管是冬季，菜地却绿油油一片。搬到穗隆村后，妈妈喜欢上了种植生姜，走近一看，长长的一垄，远远超过家人日常的需要。显而易见，依托城中村的便利，爸爸妈妈最大程度延续了乡村的生活方式。和早亮家比起来，除了没有条件喂猪，魏华妈妈所干的一切，喂鸡、喂鸭、喂鹅，养猫养狗，开荒种菜，和任何一个勤劳的农家，没有任何差别。

回家不久便吃午餐。冬日寒冷，妈妈做了火锅。父母平时的生活非常简单，菜是自己种的，鸡蛋不用买，自产自销的青菜和鸡蛋根本吃不完，魏华不在家时，父母一天的伙食费，可以控制在三十元。爸爸喜欢的食物是猪腰，雷打不动一个星期买三次，妈妈喜欢的水果是葡萄，一到季节，她会买上几斤尝尝鲜，这算得上夫妻俩固定的额外开销。

对自己的生活，爸爸认为"还算节俭"，他看不惯当下年轻人的浪费习惯，魏华在餐桌上开起了玩笑："爸爸是节俭，但他有落后的农民思想，他没有在东莞买房，却在老家修建了不少东西，其中一件'丰功伟绩'，就是修了三个漂亮的祖坟。"妈妈笑着补充："每个祖坟，花了一万多元。"爸爸则坚持："这和节俭并不矛盾啊，这是必须修的。"魏华随后提到我们刚刚去看过的庞大基坑，爸爸当即表露了疑惑："东莞到处都在建房子，房子都修到这儿了，房价为什么那么贵？"他承认早些年房价低的时候，自己并非完全没有能力买房，当时主要觉得，买房就会越住越偏，"太偏僻，不方便"。魏华则认为，爸爸骨子里还是想回老家，压根没有想过在东莞扎下根来。

在魏华看来，父母尽管是普通打工者，过得很辛苦、很节俭，但家里算不上贫穷。父母在东莞最早的职业是摆地摊，前前后后持续了十几年，直到2010年前后才放弃。他们早期没有进厂，选择摆摊，是看中了东莞流动人口提供的机会。

最早的摆摊，从南城区繁闹处的菜市场开始，此后也常去工厂附近。东莞当年工厂多，流动人口也多，南城区作为人口最密集的地方，为摆摊提供了天然方便。售卖的物品，包括各类小百货和服装，也包括凉皮、蔬菜和禽类，另外，无论在哪，妈妈始终经营一杆体重秤。

和打工仔交往增多后，妈妈懂得了他们的喜好，对流行的时尚和款式也锤炼出了很好的直觉。每次进衣服，都能挑选到畅销的式样，因此很快出货，当时没有网购，便利店和超市也不像今天方便，工厂员工时间紧，在地摊上买衣服，成为最便捷的方式。除了卖衣服获利颇丰，夏天卖凉皮，也是摆摊收入的重要来源。

天气变热后，妈妈负责制作凉皮，爸爸会推着三轮车，蹲守在工厂门口，等着上下班的人群。

摆摊流动性大，随意性强，在早期并不规范的阶段，抢占摊位，成为最紧要的事情。旺季时，为占据一个好摊位，魏华亲眼看见爸爸妈妈凌晨三点就起床，有人甚至凌晨一点就在大马路上睡觉。一般而言，到早上五六点，摊贩会拿着一截绳子、一个麻袋去宣示地盘，六七点时，人流变多，摊位不知不觉中便摆起来了。父母一天摆两次，早上那一次，中午一两点收摊，晚上摆一次，收摊的时间不固定，一天累计出摊的时间不少于十个小时。

可以说，父母在东莞，一边需要摆摊赚钱获取经济收入，一边则需要照顾兄妹俩的学习及饮食起居。除了抢占摊位难，躲避城管，成为父母需要灵活应变的事情。魏华有一次随爸爸出摊，得到城管突袭的消息，父子俩匆匆中推着小三轮，撞倒了别人的一桶豆浆，泼了白花花一地。庆幸的是，相比其他地方的城管，东莞的城管越来越人性化，尤其是2008年后，检查前往往会故意放出风声，留出时间方便摊贩收拾。魏华后来才意识到，东莞地方政府对外地人态度的好转，同样和2008年有关。金融危机后，随着东莞爆炸增长的人流突然撤退，政府意识到了当地经济对外来人口的依赖，积分入户制度一年比一年规范，"新莞人"的称呼应运而生，"外地人"的叫法早已淡化。

父母忙不过来时，魏华只要有空，就会去守摊、收钱或者招揽客人，从年幼学会算数开始，他就留意到了地摊经济学的秘密。在外人眼中，摆摊流动性强，小买小卖，毫不起眼，在魏华眼中，小生意却蕴含惊人的利润，"一份凉皮五块钱，成本就一两块钱，只要能卖掉三四十份，可以赚上百元，事实上，在人多的地方，很容易卖掉一百份，一天纯利润就有三四百元，比进厂打工划算很多。再比如，指甲钳，进货价一两块，卖三四块，利润有一半，别人也不觉得贵"。魏华甚至还算过服装的利润，批发价和零售价之间的差额大，唯一的风险是不能存货，而妈妈会进货，一般都能卖出去，这样，在魏华看来，妈妈卖衣服，应该也能赚不少钱。当然，摆摊获益的最大秘密，是足够多的人流量，没有大量的流动人口，利润再高，也没有收益。魏华的父母，恰好抓住了东莞流动人口的红利，通过摆摊找到了一条生存之路。

摆摊服务的人群，是工厂的打工仔，对爸爸而言，他最担心的事情，不是抢占摊位、不是城管，也不是同行之间的竞争，而是工厂倒闭后客源的流失，"干多干少靠自己，特别不稳定，工厂一倒，你又得重新寻找地盘"。事实上，随着2008年金融危机的蔓延，东莞作为全球制造业基地，首当其冲受到影响，加上网购的流行，市场的规范，他们经营了十几年的地摊，终于失去了生存的土壤。2010年前后，随着东莞大批工厂倒闭，魏华父母终于不得不放弃摆摊，开始寻找别的出路。而他们的住处，随着东莞越来越快的城市扩张，不得不从南城区、莞城区撤退，以致越搬越远，最后来到了他们眼中极为偏僻的沙田镇穗隆村。

放弃摆摊后，父母的职业，转移到了快递行业。爸爸先后换了几家公司，此前在中通上班，因电扇太猛，他不能吹风，不得不离职，前不久，他应聘了韵达快递，在流水线上当了一名卸货工。妈妈腰椎突出，不能长时间保持一个姿势，常年只上夜班不上白班，在快递公司负责称重。

吃过午饭，爸爸要去上班。他所在的韵达快递，步行二十分钟即到。魏华给我找了一件多余的工作服，我们一起来到了公司的车间。据爸爸说，他工作的站点，是韵达在整个华南地区的中转站。从车间规模看，厂房很高，流水线密布，庞大的车间，凸显出物流行业的智能和发达，但一刻不停的传送带，也透出一股极度单调的压抑。爸爸的工作，是站在流水线边，按照邮寄地址，快速将货物分到不同区间。流水线的速度说不上太快，但也不慢，需要集中精力才能保证准确投递，有的货物太重，需要不小的体力才能胜任。我看到，不时有松散的腊肉从包装袋中漏出，年关将近，这些标注湖南或四川的寄件人，正是通过快递，将故乡的年味，传递给留守南方的亲人。

相比摆摊，在快递公司上班，说不上更辛苦，但收入下降了很多，爸爸在不休假的情况下，每个月能拿到四千元。妈妈的工作是称重，算不上特别劳累，但上班时间长，最少要干十个小时，算起来，她每小时的收入约为十元。公司以前隶属上海总部垂直管理时，运营状况比现在好，管理也规范很多，年假、奖金都能兑现，收入也更有保障。但现在，随着公司运营模式的变化，上海总部将一些烦琐的业务部门剥离出来，采用了外包的方式，公司在磨合中，出现了不少混乱，"整个公司看起来就像没人管的状态"。爸爸合法的年假，现在不能正常休，如果要休假，则要扣工资，根本找不到说理的地方。就如张正敏是人力资源专业的大学生，爸爸夜班时被机器轧断了手指，她明知是工伤却无法维权一样，魏华尽管学的是法律专业，面对爸爸的困境，仿佛也毫无办法。

对东莞二十多年的打工生活，爸爸说不上满意，"什么福利都没享受过，也没接触到它们的文化"，他最大的心愿是买齐社保，年龄大了有点依靠，但他又担心买不满十五年，"年龄大了，单位就会想办法撵人，社保容易断"。

魏华对父母的评价颇为复杂。

在他看来，一方面，父母摆摊的十几年，算是抓住了东莞制造业发达、流动人口爆炸式增长的红利期，不发达的网购、劳动密集的工厂、并不规范的市场，恰恰为父母的生存敞开了一条缝隙。他知道以父母的状况，如果像别人一样进厂打工，将会劳累很多，而摆摊从性价比而言，"在购买渠道匮乏、物资匮乏、信息也匮乏的时代，比进厂好一百倍"。魏华承认，是父母的勤勉付出，让他拥有了平淡安稳的生活，以父母的起点，算是达到了他们努力的极限，就算如此，魏华也承认，父母苦心经营的家庭，其实并不牢固，"一旦碰上什么大事，真的很容易垮掉，就像你书中所说，一人吸毒，全家崩溃"。

另一方面，面对工厂倒闭、客流萎缩，父母不得不放弃摆摊的结局，魏华认为，这是他们没有跟上潮流，没有及时转型的结果。他经常琢磨父母的生存方式，"我爸妈很勤劳，但没有克服困难去创造的冲劲"。他记得早几年，父母曾提过一次想在东莞买房，但终究没有行动，错过了城市化进程的最大红利。他还想起念高中时，自己拿出一心节约下来的助学金，鼓励家乡的大伯去承包土地种植橘树、茶树，但大伯前怕狼后怕虎，就是不敢迈出一步。魏华的结论是："我爸我妈我大伯这一批人，真的很容易被社会淘汰。"

有意思的是，尽管魏华抱怨父母没有冲劲，但爸爸节俭的习惯，对他影响深远，他很小的时候就习惯不乱花钱，喜欢将钱存起来。

父母的影子，终究投射到了魏华身上。

从东莞回兴宁

让爸爸和魏华没有想到的是，回到兴宁后，家乡公办初中的教学质量，比之东莞的民办初中更烂。爸爸一直担心，如果自己不跟随魏华回来，孩子缺乏监管必然跟人学坏，他回家后所见到的情形，印证了自己的担忧并非空穴来风，但除了放弃东莞摆摊的机会，除了花更多时间陪伴孩子养成好习惯，他也找不到其他办法，弥补乡村中学教学质量的低劣。

魏华坦陈："回到农村就是下到地狱，我的心理落差很大。"在东莞时，尽管全家人随着工厂的搬迁四处奔波，魏华也不断地变更学校，但一家人始终团聚一起，生活充满希望。回到老家后，魏华目睹就读的南亭中学，不少学生染头发、喝酒、抽烟、打架、迟到、逃课、偷东西，甚至有女生早孕，这些孩子，父母在外打工，身边无人管教，内心极度缺乏安全感。更让魏华惊讶的是，身边的同窗，经济上极度贫穷，"他们为什么跟着别人去抽烟、喝酒、打架？因为抽烟、喝酒不用花钱，他们为什么总是穿着拖鞋，因为买鞋对他们来说，是一笔很大的开销。"让魏华难以理解的是，这些同龄人对消费主义有着夸张的向往，"当时我就感觉，最怕的不是富二代而是穷二代，如果穷还不努力，自甘堕落，就非常恐怖。"事实上，魏华也承认，如果爸爸不跟随回来对他严加管教，自己会面临什么后果，谁也无法预料。

与校园乱象丛生相对应，学校的教学质量非常差。"它烂到什么程度呢？老师可以不上课，很多老师不上课。我的物理课，你知道怎么上的吗？老师一来，写完公式就走人，十分钟二十分钟就走人，剩下的时间就是放羊，学生该干吗干吗，根本不讲解。"语文课也是敷衍，"先让学生二十分钟内写几个问题，草草解答一下这几个问题，这堂课就算结束"。英语课因为是年轻老师教，稍稍好一点，但教学质量也不好，一百二十分的总分，七十分算及格，班上没几个能达到。此种情况下，整体而言，班上的成绩非常糟糕，魏华认为自己根本就没有获得正常的教育。

中学课堂上，魏华延续了小学阶段爱提问的习惯。有一次上历史课，碰到一道题，为什么英国军舰的舰长，会比中国军舰舰长的阵亡率要高？魏华看过相关资料，对老师提供的答案——"ABCD，什么政治腐败，什么经济落后，根本没讲清楚"——他提出了质疑，老师没有正面回应，只是生硬地要求他以后不要再问任何问题。老师的态度，让魏华很生气，他站起来，当场怼过去，从此以后，班上的同学开始孤立他，他变得越来越不合群，与他们的关系日渐隔膜和冷漠，"初一初二真是噩梦，对我的直接影响，就是强化了独立意识，不去追求别人的认同，开始忍受孤独，忍受寂寞，慢慢琢磨该干的事情。"

每天上学，魏华最担心学校管理混乱导致交通意外。校门口摩托车横行，最惨的一次，一车五个人全部出事，还有一次，几辆摩托车连环撞，一根竹子直接插进一个人的肺部。骑车的不遵守交通规则，学生也不遵守交通规则，"每年光是上课的时间，都会出几桩交通事故，一年比一年惨烈。"学校的口碑由此越来越差，能去镇上的去了镇上，能去城里的去了城里，生源锐减，学校被迫停办。

学校停办后，初中的一名老师，不忍心耽误爱读书的孩子，决定带着一批学生集体转学。父亲陪伴了两年之后，考虑到魏华已经独立，也回到了东莞继续摆摊。他临走的时候，交代魏华要适应环境，不要天天抱怨，魏华心里想的是，"哥根本就不是来适应这种烂环境的，我要改造环境，创造条件找到自己想要的东西。"多年后，当魏华有机会盘点自己的成长经历时，他发现初中阶段萌生的改造环境的意愿，一直影响到了他后来的很多习惯。遗憾的是，因基础太差，应届中考时，他没有考上高中，跟随老师转学的那批孩子，只有两个获得了升学机会。

这样，魏华不得不选择复读，他将目标定在了东山中学。

复读的日子非常辛苦，但他足够努力。魏华说服爸爸将他送去了大平中学，同时寄居在一个熟人家。见识了乡村初中的差劲，他感觉唯有考上一个好的高中，人生才有出路。复读那年，他将自己归为"能搞事情成绩又好"的类型，没想到，第二次中考再次失利，获悉分数那天，知道自己无缘东山中学时，"整个人都是蒙的，打击特别大"。庆幸的是，当时珠三角一带，比如深圳的中美中学全省挖人，兴宁一中多出了名额，给了魏华一个补录机会，这样，带着遗憾，他来到了兴宁一中，开始了自己的高中生活。

高二那年，奶奶生病，得了肝硬化，得知消息后，他觉得自己的前途相比奶奶的病情，根本不值一提。当时大伯不在家，就爷爷一人陪在奶奶身边，他立即请假，一个人带奶奶去了医院，陪着奶奶积极治疗，服侍老人住院一个月。魏华个子不高，年龄尚小，医生得知情况后，都很吃惊。高一时候，魏华获得过一笔补助，他悄悄存着，期待早日凑满更多钱，给奶奶买一个空调过夏天，他从来没有想到，这笔钱凑满后，奶奶病情突然恶化，很快就离开人世，"中考的滑铁卢，奶奶的病逝，成为我人生两个重大挫折"。

小小少年，独自扛下一切，独自消化人生的痛苦和悲伤。

奶奶的离去，让魏华深刻体验到了"心肝宝贝"一词的含义，"就是你哭到很伤心的时候，人在极度痛苦的时候，肝真的会痛"。熬过了最难的两件事，魏华发现，"经历过大挫折，以后遇到了别的事，就是个屁"。

初中四年，魏华过得极为压抑，中考的不如意，让他陷入了严重的挫败情绪，以致高中的成绩，始终难有起色。奶奶去世后，他意识到，"再不调整状态，就相当于消沉下来了"。他决定接受"努力了成绩依然不好"的事实，然后追问："如果就此放弃，我能干吗？吃喝玩乐吗？显然行不通。我只能学习，再怎么差，也只能面对，与其自我沉湎，不如好好想办法改进。"魏华得出的结论是，高三一年，"除了努力学习，别无选择"。

一旦认清现实，魏华的性格，变得阳光起来，内心因挫败郁结的不良情绪，也获得了极大释放。面对高中难度增大的现实，他意识到了学习上的症结所在，也逐渐明白为何自己喜欢向老师提问，"我记忆力不好，属于必须理解才能消化知识的类型，任何一个知识点，只有彻底弄透，才能真正掌握"。历史老师知道魏华爱发问，总是耐心解答他所有的问题，整体而言，相比初中阶段的有些老师，他对高中老师充满了感激，"就冲他们每月只拿三千元的工资依然愿意天天加班，教得再烂我都服。"

摸清自己的底子后，魏华决定从费时多但效果不佳的英语破局，他意识到，既然记忆力不好，除了付出更多努力，也找不出别的方法。魏华记得，高中的英语，一直到高二下学期，才及格了一次，高三临近寒假，他感觉时间越来越紧，如果不认真冲一下，拖后腿的英语将给高考留下巨大隐患。他决定从12月份开始，抓住一切空闲背单词，"我不管了，我带着手机，一有空，我就拿出来背单词，一有空，我就拿出来背单词，走路也背，上厕所也背，吃饭睡觉也背，体育课排队也背，就像着了迷，处于一种肆无忌惮的状态。"三个月后，魏华的英语成绩，"硬生生从80分边缘考到了119.5分"。

英语的进步，极大地鼓舞了魏华的信心，"你只要努力，只要比别人坚定一点，就能提高成绩。"他明显觉察，在他类似"疯狂英语"精神的带动下，班上的氛围改变了很多。以前的座位根据成绩排定，位置相对固定，班上氛围改变后，同学之间你争我赶，座位也形成了"动态分布"的局面。魏华用"渣渣正在努力向上跑"形容自己的状态，在老师眼中，"我就是那个从高中开始，一直很努力，但成绩一直很差，但还是一直很努力的学生，老师对我从不放弃的精神，非常佩服"。

回想起来，高三最后一个学期，魏华带着全班同学冲锋陷阵，效果说得上立竿见影，"想冲本科的，想冲重本的，都成功了"。他初中复读的同班同学，和他来自同一个村，因成绩不好一直想自我放弃，魏华鼓励他坚持下去，最后考上了济南大学，"他妈妈到现在都感谢我，让她儿子成为大学生"。魏华原本也可以上济南大学，因想学法律专业，他感觉去山东不如待广州，于是选择了广东F学院。

在魏华看来，尽管兴宁一中在他们那一届打了翻身仗，但客观而言本科率实际上非常低，"在我们村，哪怕考上专科，也叫上大学"。

不合群的创业者

经历过中考失败、奶奶去世、高考的艰难后，魏华坦言："挫折给我带来的负面影响，是无法和同学共情。"他总感觉同龄的同学，太多喜欢在小事情上纠结，而他只想抓紧时间，快速提升自己。进大学前，魏华做好了四年规划，并决定从三个方面提升自己：其一，专业技能；第二，处事能力；第三，执行能力。"我大学的目标，就是集中一切时间和资源，把自己的核心竞争力和业务能力提高。落实到行动中，大一时，我的阅读量全校区第二。"他因为常去图书馆，引起了很多人关注，更重要的是，中学时代因学习困惑所导致的质疑习惯，以及由此带来的不被理解，在大学的自由阅读中，找到了新的解决方式，魏华戏称，"老子的大学要自己做主，我就是想成为改变世界的人。"

魏华很少参与闲聊，舍友讨论是否接入网线时，他出了钱，但明确告知不需要网线，宿舍对他来说，只是一个睡觉的地方。他平时不逃课，不带手机，不看朋友圈，很少装 App，没有淘宝账号，也不懂太多社交软件，很长一段时间，甚至不知道表情包的用处，更不知道男女生之间，早已默认的"广撒网"的交友方式，"远离网络生活，加大了我和同学之间的距离，因为不知道彼此之间的动态，有时候会造成尴尬"。他承认自己只是因为忙，而并非同学眼中的"不合群和情商低"，他更多的时间不是在教室，就是在图书馆度过。

因为从小在东莞流动的出租屋长大，交往的孩子多，也因为常年跟随父母摆摊，他见识了很多成人的生存真相，魏华承认自己从小就有"慕强"心理，也观察到不少普普通通的打工仔，尚且都能通过努力在东莞立足，自己根本就没必要担心大学毕业后的就业问题。日常生活中，父母有时候会因琐事吵架，他能做的，就是帮父母解决问题，绝不参与任何抱怨，"你忘带钥匙，我就将钥匙递给你，而不追问为什么没带"。他尽管不喜欢和同学闲聊，但热衷与社会上各色人等打交道，乐意在与成年人的链接中，历练自己的办事能力和洞察能力。他喜欢打车，喜欢和的士司机聊天，下车前，一般都能和司机达成共识，"司机不收打车费，我承担他们所有的法律咨询"。这种有效的沟通，让他意识到知识的价值，也意识到主动交流的好处。

在和老师的交往中，魏华有两个习惯，第一个是看到老师，始终多说一声"老师好"，"这个习惯给我带来了很多正面反馈，很多老师愿意认识我"，我和魏华在食堂的偶遇，就来源于他在就餐的学生群中，主动和我说出的习惯问候。第二个是上课时永远多备一瓶水。在大大的教室，魏华总是坐第一排，他注意到，老师讲课时，偶尔忘记带水，就会很难受，这时他就会将备用的水递过去。当然，魏华的性格，也导致同学对他的误解，"他们觉得我很社会，很功利，而我只是想做有效积累"。

度过了大一的学习期，从大二开始，魏华着力聚焦学校的各类比赛。他一入校，就将学校的各类文件、制度研究透彻，对重要比赛的时间节点了如指掌。他很早就意识到团队建设的重要，在他心目中，理想的同学关系是彼此合作，互相成全，"三个人凑一起，应该搞点事情出来，而不是吃个饭"；理想中的大学是孕育出团队的雏形，"几个人组成一个团队，应该干一番事业出来。"大一时，为了寻求外界的认可，他对奖学金充满渴望，到大二，他认为通过市场竞争，获得持续性的动力，比之奖学金更为重要。而如何获得持续性动力，在魏华看来，在校期间的各类竞赛，可以为毕业后的创业助跑。算起来，大学期间，他先后参加过互联网、攀登计划、挑战杯等各类竞赛，也参加过学校组织的营销大赛。"挑战杯"两年一届，难度大、含金量高，他大一尝试申报过，以失败告终，到大三申报时，因为有清晰的目标、深入的思考和前期经验的积累，很快立项。

魏华从小就显露的质疑思维，在应试教育阶段，总因无法迎合标准答案，备受嘲讽和挫折，到大学时光，终于成为他创造力不断迸发的源泉，他学术思维的养成，也落实在项目的实践上。算起来，大学几年，魏华共完成国家级项目两个，省级项目四个，校级项目一个，到大四申请创新创业基金时，已对"标准化、规模化管理"驾轻就熟。

在广东 F 学院，法律专业学生的校内实践，模拟法庭是重要训练，魏华不满于此，一直想在现实中真刀真枪办一个案子，想在学生时代有一次真正意义上的实践。他早在大二，就留意到校门口快递公司收取滞纳金，不少学生因为假期收件不便，被迫额外支付成本，所有人都习以为常，没有人提出质疑，魏华查阅相关细则后，发现这种行为没有任何依据。大三稍稍充裕后，2018年4月，魏华收集好证据，咨询老师一些注意事项，向法院提起了诉讼。结果如他所料，快递公司4月收到起诉，"五一"假期就向魏华提出了调解。尽管调解的结果，快递公司没有在经济上遭受太大损失，但全校师生由此免除了违规收取滞纳金的困扰，在魏华看来，这就是胜利。他用行动证明了自己的专业能力和勇气，也通过行动确信了法律的力量。魏华后来才知道，这是全国第一桩起诉快递公司非法收取滞纳金的案例，在他大学期间诸多独一无二的行动中，这是他最为看重的事情。我办公桌上收到的花束，就是这次胜利后，魏华忍不住分享快乐的结果。

回想起来，大学期间，魏华做了不少独一无二的事情：他第一个申请专利"多功能文具袋"，这是他日常经验顺其自然的产物；他第一个提前结项国家级的大创项目，并获得了第二次申报机会；当然，最重要的，是上面提到的办案经历。

大四研究生考试刚结束，第二天，魏华就迫不及待注册了一家公司。他的合伙人是黎伟豪，来自金融系，也是我《大学语文》课堂上的学生。大学期间，他们一见如故，对早日进入社会实践，充满了同样的热情。伟豪在学校后门开了一家餐馆，至少有一年时间，餐馆是魏华的第二食堂，并带去了不少客源。

魏华观察到，现实中，大学生毕业进入社会后，在日常生活上会面临很多挑战，诸如租房时与中介或房东的交道，离职时公司故意拖欠工资，他希望同龄人拿起法律武器维护自己的权益，而不是延续学生时代的忍让和退缩，他的公司，将聚焦给大学生提供法律咨询业务。当然，魏华也希望通过给大学生做法务咨询，通过客户渠道快速给自己积累职业经验，在他看来，大学生面临的问题，也是自己可能面临的问题。据他观察，大学生维权，最大的难点，在于难以踏出实质性的一步，更多停留在理念和纸上谈兵阶段，而他的公司，会非常具体地给予诉讼指导、维权指南。他期待自己能将产品做到行业内最佳，期待更多的大学生，在遭遇社会过程中，能勇敢跨出一步，直面现实的挑战。

事实上，在我眼中，魏华的公司，更像他主动介入社会后，一场和同龄人关于勇气、决断与坚定力量的分享。

注册公司前，在别人看来，魏华的履历貌似光鲜、亮眼，事实上，他失败过很多次，只不过在大学匆忙的时光中，这些个人尝试，没有人关注，也不被看见。可以说，在我交往的学生中，魏华拥有最强的创业意识和现实感。2018年1月份去他家，他曾漫不经心告诉我他暗处的另类实践，当然，都以失败告终：

高一时，办过一个杂志，"弄出来了，不是很理想，但也没有烂尾"。

高二时，将原本给奶奶买空调的钱，给了大伯，鼓励大伯去养殖一些鳄鱼龟。大伯怕人偷，将鳄鱼龟养在楼顶，全部死光。

高三时，和父母养过小鸡，"两百多只，只存活了三十多只"。

大一时，再次和同学联合去老家承包土地，鼓励大伯种植橘树和茶树。大伯怕承担风险，没有搞成。他同学一个邻居，尝试种了茶树，茶籽油的收入每月超过一万元。

高中时，魏华"一直努力，一直成绩不好"，但他始终没有放弃；多次创业，早让他习惯了直面挫折，"要失败就赶紧失败，失败多了，成功自然来临"。和大多数懵懂、无所适从、"不知道要干什么，所以什么都不干"的同学不同，魏华的选择是，"不知道未来会怎样，但不管社会如何变化，知识技能不会过时，核心竞争力不会过时，而要提高竞争力，秘密就是在不知道该干吗时，将能干的事情先干了。"大学期间，品牌意识、时间意识，"花80％的功夫磨炼最后那20％的技艺"，早已内化为魏华的日常认知，并落实在具体行动中。

在我认识和教过的学生中，魏华是唯一一个郑重向我建议，如果有机会，一定要去重点大学任教的学生，"要和牛人在一起，自己才能变得更牛"。

我知道魏华的价值观，和当下流行的成功学并无差异，但他在食堂偶遇我时说过的话，"生活很不幸，我必须更加努力，硬件改变不了，就只能改变软件"，让我相信他持有的理念，更多来自生活的历练以及介入现实的热情，并非成功学的强行植入。

应届考研失败后，魏华没有放弃他的北大梦，决定二战，和广东 F 学院刚毕业的孩子们一样，龙洞迎福公寓，同样成为魏华短暂的栖身之地。与此同时，他也没有放弃工作。大四注册的公司，已顺利运转，尽管遭遇疫情，但从2020年起，公司业务量明显上升，运营状况比想象中要好，历经初创阶段的疫情挑战后，第二年实现了盈利。

与此同时，为了了解其他公司的运作情况，魏华一毕业，就接受一家公司的邀请，入职负责团队建设，他很快将大学期间做课题带团队的经验，发挥到淋漓尽致，"那种认真，那种霸气，助我快速脱颖而出，一下子就变成了团队的领导层核心"。他对公司运作提出了很高要求，尽力用"标准化、专业化、流程化"的模式来优化产品，实际上，这也是他对自己公司的要求。

创业和就业的同时兼顾，从多种维度帮助魏华更好实现个人的创业梦。

向 日 葵 地

说起来，和正敏、礼彬一样，魏华是我没有教过，但交往还算多的学生，本书中，即将出场的何健，《我的二本学生》中提到的大顺，也都如此。尽管前面的叙述，我更多想传递魏华目标清晰、执行力强、愿意付出、符合成功学画像的一面，但在我眼中，魏华还有另外一面。

魏华在学习累了的时候，喜欢在广东 F 学院闲逛，学校随势而建，高高低低，魏华则蹦蹦跳跳，满脸朝气，任何时候都看不到颓废气息。他曾很认真地和我讨论找女朋友的事情，并自嘲式调侃，"我太矮了，我不会将时间浪费在恋爱上，男人找不到好工作，没有硬本领，谈了女朋友也靠不住，我会将时间用在学习上。"但随后又狡黠地暴露小心思，"老师，我想到了一种找女朋友的办法，我去图书馆搜索，看书多的女孩，就进入我的选择范围。"他干过不少别人看来傻乎乎的事情：自己喜欢喝柠檬茶，就兴致勃勃地在教工楼后面种起了柠檬树，只可惜柠檬树结了一次后，再也没有挂果；自己喜欢向日葵，就在教学楼前面的空地上，种植了一大片，最后因为工地整改，开得正艳的向日葵，被挖土机粗暴地折损；更让同学不解的是，他见不得北校区沟渠边的沃土浪费，一次次买下蔬菜种子散播，仿佛仅仅为了还原妈妈在东莞经营的菜地。

魏华尽管不愿浪费时间闲聊，也能自觉屏蔽电子产品对自己的消耗，但他并非所有的时间都被书本、课题、活动塞得满满当当，他在宿舍偷偷养过狗、在阳台上养过兔子，并在去图书馆的路上，常常带着小狗一路前行；魏华尽管对自己的父母、大伯有一些来自个人标准的认知，诸如认为他们没有闯劲，容易被社会淘汰，但这些亲人，恰恰是他内心最为柔软的角落，他一毕业就给爸爸买车，仅仅因为父亲不能承受冬日的寒风，他从高中就暗中积攒助学金，鼓励大伯买鳄鱼龟，一心想带领大伯通过创业摆脱贫困；魏华自认为不合群，被同学归为功利、冷漠的类型，但他就算与舍友产生了不可调和的矛盾，依然帮他打官司，维护舍友的利益；他看不惯课题组其他成员的敷衍、潦草、不认真，但依然耐心拉着他们创业、说服他们接受各类挑战，始终作为团队核心"关键的微量元素"而存在。他尽管知道社交媒体的变化，早已改变了男女生之间的交往方式，但他依然相信青春的直觉，坚持一些实在而老土的情感方式。

魏华的身上，弥散了对现实的清醒认知，"极度的懂事"与"内心的浪漫"构成了表征，作为教师，我见过他在葱茏之地中的灿烂笑脸，也看到过他心爱之物被毁难掩的悲伤，他如此真实、率性，不掩饰自己的野心和目标，也不回避青春的迷茫和挑战。他创造力背后的行动力，他过早体验和目睹的挫折、辛酸、人间真相，让他在内心留存了宝贵的少年义气和充沛的情谊。

毫无疑问，魏华的另类特质，足以颠覆我在课堂所获对二本学生的直观印象。我知道，置于广东F学院整体的学生群中，他算是并不多见的特例，但他蕴含的丰富性，给我透视各类教育资源的融合，提供了一个观察窗口。

从教育资源的角度梳理，魏华大学以前的求学经历，算得上一个喜欢质疑的孩子，遭遇低质量基础教育的隐痛过程。他从小喜欢提问，在应试教育的语境中，一直遭受打压和质疑，直到高三遇见历史老师，才得以疏解心中的郁结。很多人会用公平性为应试教育辩护，但却忽视了一个基本事实，哪怕对底层的孩子而言，横行的应试标准，为了成就那一丝丝光鲜的数据，也只会强化对他们的伤害，并消解更多孩子的发展可能。礼彬的初中同学小叶、我后面将提到的境军，他初中的同窗明哥和万胜，无不是基础薄弱的乡村中学，在应试催逼下被迫分班的牺牲品。

正因为意识到了现实的残酷，魏华对父母一直在条件允许的情况下，尽力给自己寻找好的教育资源心怀感激。在他看来，父母"虽然不懂教育原理，但却懂得教育"。他记得爸爸对他的用心：从小逼他练字，不允许书写敷衍潦草；从小立下规矩，不准作业没做完，就玩耍看电视；魏华好动坐不住，为了培养他的耐力，爸爸下班再苦再累，每天都会陪伴儿子学习两个小时。更重要的是，从东莞回兴宁念初中时，爸爸毅然放弃东莞的摆摊生意，回到故乡整整陪伴了魏华两年。这种陪伴，对别的家庭而言，极为常见，但对一个外出打工、不断漂泊的家庭而言，显然需要对教育的坚定信念。

去魏华家时，我曾当面问过爸爸，为何始终将孩子的教育视为最重要的事情？他陈述了一个事实，村里一个和魏华年龄相仿的男孩，初中辍学后，只能去当洗碗工，既不会与人交流，也胜任不了其他工作，灿烂的青春，只能浸泡在看不到尽头的洗洁精和成堆的碗山中，这是他作为父亲不想看到的结果。而要摆脱这种命运，除了抓住教育这根绳索，两代人并无其他选择。

事实上，魏华早就深深觉察到，教育给他家族带来的改变：他高三的成绩好转后，家里的氛围有了明显改变，"我爸妈仿佛有了盼头"；妹妹大专毕业顺利进到一家教培机构，比之父母风里雨里的工作，还是轻松了不少；大伯尽管贫寒，但年幼的堂弟特别懂事、喜欢读书，也让家人"看到了希望"。在魏华看来，不论大学毕业后的工作怎么难找，教育依然是普通家庭最重要的事情，"就算我们家现在很穷，但我们始终充满希望"。

在梳理于魏华的成长经历，并理解他的个性特点时，我总是忍不住将他和罗早亮进行对比：两人年龄相仿，都是1996年出生，同为广东F学院2015级学生；妈妈都来自四川，都是打工时和父亲相识，随后在广东结婚定居；家庭谋生的方式也有相似之处，早亮妈妈贩卖豆腐，魏华的父母则从事摆摊。两者最大的不同在于，早亮妈妈生完四个孩子后，再也没有外出打工，而魏华妈妈在女儿一岁后，和丈夫去了东莞。

从家庭收入而言，早亮父母养蚝失败，很长时间都处于负债状态，但夫妻俩后来从事多种经营，经济状况有了很大改观；魏华父母则抓住东莞作为世界工厂的时代红利，在并不起眼的地摊生意中，积累了较好基础。与此形成鲜明对照的是，不同的环境，造成了两个孩子不同的金钱观。早亮曾说自己"从来没有零花钱"，魏华的表述则不同，"从小到大，我从来没有缺过钱"。也许，两人的性格和此后不同的职业设想，和幼年时期与金钱接触方式的差异有关。商业环境的浸润和农耕环境的熏陶，在孩子的成长中，终究打下不同烙印。

有意思的是，因为父母对教育都极为重视，加上共同劳作中的言传身教，早亮和魏华都养成了踏实、认真、有担当的品行。在两人多少有些遗憾的学校教育之外，恰恰是朴实的家庭教育和丰富的社会教育，给予了他们成长过程中最为宝贵的滋养。

在我眼中，无论是早亮在一所小学踏实地教书，还是魏华心怀"老子就是来改变世界的"宏愿，他们都是通过二本大学的文凭，承载各自良好的家庭教育，顺利进入社会的年轻人。

——通过家访，我对家长群体，获得了更多感性、丰富的认知。能够将孩子送往大学的父母，就算活得再卑微，都有来自生命经验的见识和底线，都能在养育孩子过程中，将对教育的理解、重视，落实在平凡的日常中。他们竭尽全力的付出，更让我意识到，哪怕我讲台下的孩子，都只是普通的二本学生，对父母而言，其所承载的希望，依然是整个家庭最灿烂的光芒。

2021年，魏华将他在学校种过的向日葵花照片发给我，我立即想起了魏华带我在广东F学院新修的教学楼前，触目所及的金黄。我突然记起，他邀请我去东莞穗隆村的家时，在巨型立交桥旁的菜地里，也有一棵高高昂起的向日葵，我还想到，在黎章韬腾冲的院子里，同样有一片灿烂的向日葵。

—— 对于讲台下的年轻人而言，灿烂的向日葵，依然是他们最喜爱的植物。

零散的花盘，跨越腾冲到东莞到广州的距离，尽管开在祖国不同的地方，但足以在我的脑海中连成一片。

三、懂事的人

在理解于魏华的成长经历时，我一个最直观的印象，就是他超乎寻常的懂事。在对何健有了更多了解后，以我的成长经验，"懂事的人"四个字，用在何健身上要更为贴切。显然，相比魏华，何健身上来自传统大家庭的痕迹要更为突出。我和大部分90后的年轻人交往，多多少少都有点代际隔膜，但与何健交往，就没有这种感觉，他好像早就洞悉了成年世界的人情冷暖。

何健的父母和我是地地道道的同龄人。爸爸生于1971年，妈妈生于1973年，他们所承载的家庭责任和我及我的父辈没有任何差异。也许，作为农业社会真正意义上的最后一代，在精神结构上，就算面临社会转型的剧烈冲撞，这种来自祖辈的精神链接依然坚不可摧。

实话实说，何健如王国伟一样，至今让我感到遗憾。在我眼中，何健热爱读书、学术素养好、喜欢思考问题，是做学问的好苗子。大三下学期，得知他经过艰难抉择确定考研后，我暗暗开心并相信他一定可以成功。我从来没有意识到，二本大学的第一学历，事实上成了何健考研路上的现实阻力，他复试失败后，好长一段时间，我都难以接受这个事实。有意思的是，在何健妈妈眼中，儿子考研失败算不了什么大事，他没有让父母操心就能考上大学，这已经很让她欣慰。儿子虽然考研失利，但他懂得早早创业，并在初次的尝试中，将喜欢的古典文学成功转化为了商业利润，在激烈的市场竞争中，意外找到了立足社会的方式，完美验证了她当初劝何健"不要去北方"的预言。

何健的成长，再一次印证了我的某种直觉：如何在主动或被动中，给孩子提供更多自主成长的机会，显然比起单纯的文凭、成绩，更能让他们获得成长的持续动力，当然，若进一步追问，何健自主性的习得，显然离不开尚未瓦解的大家庭，从祖辈到父母、再到自己，一脉相承传递的责任感，离不开大家庭成员互相守望滋生的温情。

从日常角度理解，"懂事的人"往往意味着更充盈的情感，更多的责任、担当和勇气，意味着无论肉体、精神还是心灵觉知，都已脱离懵懂状态，实现了真正意义上的长大成人。

绿皮火车上

何健2013年入读广东F学院，和我接触到的其他安徽学生一样，身上弥漫着一股浓浓的文艺气质。我没有给他上过课，丈夫担任了他们那届的班主任，给他们上了一年专业课，并经常提起何健，我因此对2013级的情况并不陌生。临近大三，何健与丈夫班上的贾慧君约好，两人互相监督一起考研，他们经常找我咨询一些事情。何健目标明确，"要考就考中山大学"，现在想来，我与何健交往的机缘，就来自他的中大梦。

考研结果出来后，何健接近四百的高分，在师生间引起了轰动。只可惜，进入面试后，他以一个名次之差遗憾出局，我劝他认清现实，抓紧调剂，何健不甘心，放弃了调剂机会。考研失利后，我们的交往反而多起来，毕业前夕，他和慧君约好，一定要来我办公室聊聊天，贾晓敏那天刚好也回了学校，他是我2010级导师制的学生，机缘巧合，三个外省青年因为共同的备考经历，又都遭遇过考研的失利，很快就聊到了一起。

与何健一样，在广州念书的孩子，都有一个中大梦。我平时看学生作文，发现他们最羡慕的事情，就是高中同窗顺利考进中大，成为他们眼中的名校生。晓敏早何健、慧君三届，从大三起，拼命备考了一年，目标也是中大，可惜并未成功，他没有二战，立即选择了就业，对2010级的学生而言，考研耽误的秋招，并不会影响第二年春季找工作的进程。晓敏很顺利地入职了小米公司，小米营业点撤销后，他又无缝对接地进了珠海一家银行。毕业三年后，他以师兄的口吻，告诉两个师弟，"不要选择那些让你一眼看到十年的工作，一定要留在珠三角，尽量不要回老家"。晓敏来自山西，早已习惯了南方的自由和湿润。在得知慧君、何健就业的目标在东莞时，他表达了对东莞前景的乐观，"东莞应该很有潜力，深圳那边的产业要外迁，东莞最受益"。

慧君也觉得"东莞环境优美，经济发达，都挺好的"，他早就签约了东莞一家银行，但应父母的要求，同时回老家考了公务员，笔试成绩还不错，他正在犹疑和纠结，是否要回去参加面试，毕竟，相比南方的湿热，他坦陈："更喜欢北方凛冽的清新。"和晓敏一样，我也希望慧君留在南方，希望他能在珠三角一带立足，仿佛是为了降低他回老家的意愿，我附和着晓敏对南方的看法，强调公务员工作的刻板和沉闷。何健在一旁略显沉默，他还沉浸在非中大不考的坚定中，就算二战，目标也绝不妥协，但他不想再让父母供养，想一边兼职一边备考，他的权宜之计是先到东莞一家培训机构待着。

2017年的夏季，南方的蓬勃，并未显露即将到来的危机，尽管对毕业季学生而言，他们面临的机遇，早已不能和师兄师姐相比，但珠三角发达的经济，总会给他们安心的托底。我眼前三个考研失利的年轻人，就算曾遭受失败的挫折，但丝毫没有沮丧的情绪。我们都没有预料到，巨大的风险、挑战，两年后不期而至，蔓延几年的疫情，几乎影响了所有人。现在想来，我当时对公务员工作的评价，充满了不合时宜的任性和傲慢，我没有想到，就算是县城或小镇的公务员，对于艰难就业季中的学生而言，都是可望不可即的目标。

——欣慰的是，晓敏、何健和慧君，在时代一闪而过的夹缝中，都找到了自己的立足之地。晓敏转型去银行后，因为自己的踏实、机敏还有阳光的外表，在职场颇为顺利；何健尽管投身了两年后惨遭风雨洗礼的教培行业，但因为尊崇本心和兴趣，只做国学这一块，侥幸躲避了随后的行业风暴；慧君最终还是选择了回乡，陪伴在女友身旁，当了一名公务员，安心地工作和生活。整体看来，他们所干的工作，差异极大，但都凭借大学的教育经历，顺利融入社会，成为二本学生中去向还算安稳的一群。

分手时，我曾和他们约定，一定找机会去各自老家看看。没想到，几年后，疫情横行，要出省非常麻烦。倒是2018年春节前夕，与何健偶然的一次电话，促成了去他家的行程。

　　这样，去魏华家仅仅十天后，春节来临之际，我与何健，踏上了开往安庆的绿皮火车。

　　何健的家，在安徽省怀宁县高河镇。2018年2月8日，我们从广州东站登上了K309次列车。临近过年，天气颇为寒冷，火车站到处都是急着回家的外地人。火车十点半左右出发，卧铺车厢的乘客将行李安顿好后，显露出春节假期的闲适，聚在下铺一起聊天。最开心的是回家过年的孩子，零食成堆，有吃有喝，雀跃不已。对面中铺的一个男孩，从上车就拿着手机，一刻都没有停止游戏，另一个男孩，从车厢这头跑到那头，不停地问："爸爸，妈妈在哪个仓库啊？"孩子看起来只有六七岁，在他眼中，车厢和仓库颇有几分相似，爸爸的回答也很拉风："妈妈在15号车厢12卡位。"

　　和高铁车厢的隔绝、沉默比起来，绿皮车厢多了一份热络，也多了一份漫长旅途带来的淡定。大家七嘴八舌落到了打游戏的孩子身上，一个中年男人说，现在的小孩太舒服了，要什么有什么；还有一个男子说起自己的童年，一到夏天，就拿个方便袋，拿个铁丝，套一个网兜，拼上一根竹竿去网知了。从相似的方言和神态判断，我所在的车厢，和春节时的任何车厢一样，几乎都是归途列车上的安徽老乡。他们说着同样的话，有着同样的从容、礼节和深藏不露的雅致，和我回家途中，京广线上的河南人、武汉人、岳阳人、衡阳人有着不同的气质。我对安徽人的印象，来自我为数不多的学生，以及历史书上的胡适、陈独秀这样一些名人，眼前，和我同一个车厢的陌生旅客，再一次强化了我的既定认知。

一位安庆大姐，坐在我对面的下铺。大姐浓密的短发、洁白的牙齿，怎么也掩饰不住的热情与活力。在得知何健从广州一所大学毕业，正在东莞工作后，她的话题，立即聚焦到了儿子身上，开始讲起了家里的事情。

大姐说她七八岁就跟随别人做过生意，从小就知道商家缺斤少两的伎俩，她对此非常痛恨。结婚后，家庭经济状况不好，"五毛钱都拿不出，小孩子买馒头吃都没有钱"，随着两个孩子逐渐长大，家里的开支越来越多。三十八岁那年，大姐将孩子寄养在老师家，决定南下捡起做馒头包子的老行当，"刚到增城，从做馒头开始，夜里两点钟起来，生怕跑掉一笔生意，很累，挣的都是苦钱。"几年下来，靠卖馒头包子，大姐送出了两个大学生，儿子学美术，已从中央美院毕业，目前定居北京，女儿大专毕业，也在一家公司做事。

大姐最大的烦恼，来自儿子婚后的婆媳矛盾。从媳妇怀孕起，她就被叫去北京，现在孙子一岁半了，婆媳关系始终无法调和，她一气之下，又跑回增城，干起了老本行。婆媳争论的焦点有两个，一是媳妇整天捧着手机，不上班，不干家务，也不好好带孩子，好几次，她在厨房忙着，眼见孙子从床上摔下来，媳妇好像若无其事，更让大姐伤心的是，儿子也从不在中间调和关系，家里氛围沉闷，让洒脱惯了的她颇为压抑；第二个争论的焦点是，媳妇怪罪婆婆，没有给他们在北京买房，婆婆根据老家的惯例和自己的经济实力，早已在村里修好了住房，甚至在县城给他们准备了婚房，媳妇对此并不满意，总认为应该给一笔钱让他们在北京购房，而北京的房价，在大姐看来，完全超出了家里的能力。更重要的是，大姐认为儿子的收入不低，在通州做美术培训，年收入有七八十万，要买房，也是他们两个的事情，她开起玩笑："我特别后悔让儿子读了那么多书，他要是跟我做包子就好了。"

大姐始终放心不下孙子，"经常生病，养了不看长，还要缩"，但又不愿回到北京。她一个人多次历经"增城—广州南站—北京西站—通州"漫长的折腾，到达儿子家后，还要像用人一般忍受挑剔。她现在的打算，是趁还能做事，坚持在增城再干几年，"卖一天包子算一天，想通一点，快活一点"。她学会了用智能手机，学会了玩微信，也经常去跳广场舞。

年关将近，回到村里的家，回到"有院子、有菜园、有自己水井"的家，大姐的神情，变得雀跃起来。

绿皮火车上，最适合家长里短。安庆大姐说的事，很多家庭都会上演，换一个角度，可能是另外一番情形，代际的冲突，在日常生活中最为常见。我没有想到，从广州去安庆的漫长旅途，是大姐的爽朗，给我们一帮偶然相遇的乘客，带来了愉悦和放松。

两年以后的"五一"节，我还接到过大姐的邀请，让我去增城吃她做的包子和馒头。

火车外的风景，和我每次回家的旅途没有任何差别。越往北走，气温越低，大地逐渐变得苍茫和萧瑟。龙川、信丰、赣州、吉安、南昌，一个个熟悉、陌生的站名，在闲聊中漫不经心地闪过，迷糊中，火车经过了宿松、天柱山两个车站。

凌晨三点多，何健宣告：安庆到了。

彻夜深聊

何健的一个表弟，来车站接我们。

二十多分钟后，我们便从安庆西站到了高河镇，何健家三层的楼房，在凌晨三四点的马路边，显得格外颀长、安静。妈妈留着长发，身形微胖，全身裹着长长的羽绒服，站在寒风中的门口，等着我们的到达。她给了我一个深深的拥抱，满脸的笑容，和早亮的妈妈极为相像。

天气异常寒冷，直到站在何健家门口的那一刻，我才意识到，我们已经离开了广东，来到了真正的冬天。

进到屋后，妈妈麻利地拐入厨房，热锅热灶地煮起了夜宵。随后，便催促大家快点补觉。此刻，凌晨四点，正是冬夜最为彻底的时刻，高河镇和我的家乡一样，冬日并没有特别的供暖。她怕我冻着，想都没想，便拉我走进她的睡房。在身遭凛冽的寒气侵入的时刻，再也没有什么比温热的被窝，更能让人感到安心。

我们两个，竟然像久未谋面的朋友，没有半点生分。她的爽朗和热情，让我感受到一种彻底的信任和温情。她在孤身一人等待儿子的寒夜中，早已没有丝毫瞌睡，而我在旅途的兴奋中，也没有半点倦意。所谓的补觉，不过熬过寒夜，等待天亮的托词。就像和安庆大姐自然地聊天一样，何健的成长背景，也在妈妈深夜的叙述中，显露出清晰的脉络：

我第一次去何健爸爸家，何健奶奶站在门外。奶奶做饭油放得少，特别好吃，清淡，就是把菜倒进锅里，用热水烫，放一点点盐，奶奶对我说了一句话，"姑娘，有日要当没日过，晴天要拌着雨天用"。何健的爷爷，想穿一件的确良衣服，村里人说他这一辈子都穿不上，一辈子都爬不起来。

我在娘家的时候，看不得妈妈和别人换工。我怕妈妈受气，自己学会了犁田。别人说："这个姑娘，像个伢儿一样，都学会了犁田。"其实我是家里的唯一女孩，性子急躁，不能受气。

何健爸人缘好，十六七岁就在路边修轮胎，认识很多司机。我们村里很多人看重他，媒人便介绍我们认识了。他是老大，下面还有好几个兄妹。结婚后，他一直在路边修轮胎，我在家里种田、喂猪、养鸡，一起维持生计和开销。

1999年，何健爷爷去世，家里压力骤然变大。你知道整个村子的人怎么说？"他家老爷去世了，他家的大势就跟老爷走了。"我知道家里穷，老二没讨到媳妇，小的弟弟才十几岁，还在念书，但我不认同村里人的说法，为什么？我虽然没有大力气干活，但最起码，要和丈夫将这个家维持起来，不能让它散了，对不对？

当然，如果不管这些，我与何健爸爸带一个小孩，日子倒是轻松不少，但老的不管，小的也不管，人生在世，光顾自己日子好过，算什么事呢？将来老二讨不到媳妇，是不是我们的负担？老小读不成书，得了神经病，是不是我们的负担？老太太想不开，寻死了怎么办？儿子儿媳的名声怎么逃？我想得多，总是想到最坏的结果，然后就不怕了。当时就觉得，安顿好老的，照顾好小的，不能让一个家散了。同一年，我种了八亩地，养了三头大肥猪，还养了几十只鸡，我知道，办大事，栏里没有猪，根本撑不住。猪没有吃的，我忙不过来，亲戚他们都支持我，他们在田里帮忙割花草，割好帮我们挑，拿着车子拉回来，我煮熟后，就有了喂猪的料。

真的是，那个日子苦。

那时面临的最大挑战，是何健爸爸路边的轮胎店要拆迁，如果想继续做生意，必须想办法将店铺的地皮买下来，当时要一万元。一万元，对于我们这个家，是天文数字。他爸爸想放弃，说算了算了，别想了。我说这个地皮是个机会，你需要弄。他说，上哪儿弄？我说只能想办法。要想想哪个能借我们一点，我就去借。何健爸爸白天修轮胎，特别劳累，晚上需要休息，我就一个人琢磨，上哪家去弄个千把几百块钱。

第一个，我去了小姨家，她是我妈妈堂妹，一直喜欢我，那时是十一月底，冻得打哆嗦，我骑着摩托车哎哟那个冷，进门就直接说，小姨，我想在那个路边买一些地皮，我没有钱，你能不能支持我一点？我小姨父就讲，哟，那是好事情，要多少？我不敢开大口，就说借两千块，第二天就拿到了钱。然后我又去隔壁娘娘家借了两千，找爸爸、大伯、三爷分别借了两千，总算将地皮买下来了。

那一年，算上老爷生病的几千块医药费，还有安葬费，欠了一万多元的债务。一万多，真的好多很多了，感觉压得翻不了身。

欠债，意味着年关难熬，但年关总会来临。在何健妈妈二十年后的回忆中，因债务所迫不得不向父亲求助的细节，算得上刻骨铭心。

29号过年，我爸爸28号才从外面回来，他在部队做木匠。

29号一早，我骑着摩托车回娘家，一进门就说，爸爸回来了，我来看一下，其实就是想借钱，又不好意思和爹妈说。妈妈28号杀了年猪，给我煮了一碗汤，我没有吃，吃不下，心里烦。爸爸晚上坐长途车熬了夜，我去的时候，他正在睡觉，听到我的声音，就起床了。我看着他，没说什么话，也没吃东西，和他对视了一下，扭身就走，眼泪都快止不住，心里特委屈、太难受，好想抱着爸爸哭一场，但还是憋回去了。走十几米，我回头又看了爸爸一眼，扭头又走。我听到爸爸跟妈妈说："我看到闺女要哭了，她心里肯定不好受，这个年不好过，压力太大了。"

几分钟后，爸爸叫妈妈拿了八百八十块钱，塞到我包里。我说不要，好像过年回来，就是找家里要钱。爸爸走过来说，我知道今年老爷过世了，你又买了地皮，做了大事，马上要过年了，唉，这是爸爸借给你的。我听他这么一说，扭头跑得飞快，一边跑一边哭，不敢回头望，其实我知道爸爸一直站在身后。我们家前面有一条废弃的铁路，我爸就站在那个铁路上，我知道他也在哭。他说什么，我就嗯嗯答应，脖子当时就硬了，讲不出话。

回到家，拿着八百多元，我立即办好了年货。老爷死了，老太太在家哭，你说那个日子怎么过？猪早就杀了，卖了还债。还剩两只鸡，过年就宰了两只鸡，那一年日子真是太苦了。

过完年，理顺好家里的关系，何健父母的核心任务摆在眼前：还债。他们仔细算过，单靠种田作地、喂养一些家畜，不但累，也赚不了几个钱，何健妈妈决定做点副业，跟一个师傅学做卤菜。2000年前后，乡村酒席主要依靠私人做，卤菜的生意有市场。生意好的时候，一天有三四家预订，妈妈的主要工作，就是准备原材料。"我整天杀鸡、拔鸡毛、处理干净，切割好，包装好，单子写好，户主写好，一户一户整理清楚，天亮的时候，等何健爸起来，让他挨家挨户送货，然后按单子上的数目，将钱收回来。"做了五六年，还掉了一万多元债务，还积攒了一万多元。随着小镇饭店的增多，私人办酒席的情况越来越少，卤菜的生意一落千丈，"人家做大事办酒席，都喜欢到饭店去了"。权衡再三，妈妈决定放弃做卤菜，开始寻找别的出路。

与此同时，随着何健爸爸年龄的增大，路边的轮胎生意也越来越难，"他个子本来就矮，有时轮胎比他还高，推动轮胎都非常吃力"。外出做手机生意的二弟，不忍心哥哥嫂嫂的劳累，一心想将他们带出去。这样，从2006年开始，爸爸妈妈跟随二叔，就开始了随后多年在隆林、贵阳、兴义等地的辗转奔波。

盘点起来，作为长兄长嫂，何健父母所承担的家庭责任，远不止养育何健、赡养父母那么简单。帮二弟成家后，随后两年，夫妻俩又贷款将小妹风风光光嫁人，然后便是最重要的事——送最小的弟弟念书：

我结婚时，小弟十一岁。何健刚出生几个月，小弟开始上初中。家里离学校远，父母年龄大，他每天放学，回到家已经很晚很晚，第二天，天不亮，又要家人送到学校来。我们在路边修车，离初中近，为了免除小弟路上的折腾，我就建议他和我们一起住。家里只有一张床，他跟他哥睡一头，我跟何健睡一头。

他喜欢艺术，第一次中考，考了黄梅戏学校，我和他哥哥陪着笔试、面试，最后面试没通过。没考上怎么办？小弟不愿在原来的学校复读，只得找人，送他去另一所学校再读一年。

那时候家里穷，何健爱生病，一个星期不去医院都不行，三天两次一感冒一咳嗽，只能抱在怀里这样靠着，一放床上就喘不过气来。奶水不足，又没钱买奶粉，全靠喝维维豆奶。喝过两袋三鹿奶粉后，算来算去嫌贵，开始喂他吃鸡蛋拌稀饭，同时想办法炖鲫鱼汤，灌到奶瓶给何健补钙，有时也买一点黄鳝用小罐煨好，将肉刮下来，拌在稀饭里当补品。

这种情况下，丈夫觉得压力大，想送小弟去学手艺，我说不行，他是读书的料子，你给他做别的事情就可惜了。复读一年，小弟考上了安庆黄梅戏学校。

正月一到，小弟开学，要学费，怎么办？年初不好问人家借，必须在年前将钱搞到位。我找爸爸借了八百多元办好年货后，马上去借高利贷，因为急用，别人一分五的利息提高到两分，贷了两千块，备好给小弟报到。那个日子苦的唉哟，现在想起来都辛酸，后来每年都这样。送他去上学，开学前还得买点洗发精，要买好一点的，我记得都是潘婷，海飞丝，自己都没舍得过，过后什么毛巾啊、香皂啊、肥皂啊、盆盆桶桶都给他买好送去。为了省伙食费，老太太就在家里整点咸菜，拿油烧好装好，带一点腊肉，每个星期让我给他送过去。

毕业后找工作，别人原本答应了。想着感谢人家，过年了，家里杀了猪，我们提一个腿子送过去，哪料不肯开门，就把东西放在门口了。正是寒冬腊月，我们清晨送去的，下午再去看，东西没了，门还关着。那种感觉……自己家种的大米，跑了几十里送人家，长途电话费打了好多钱，说好了的事，答应了的事，东西送过去了，米没了，电话都没回。人家拖了又拖，到最后拖不起了，工作没找成。

大舅让小弟到乡下一所中学代课。代了一年，工资不多，年龄越来越大，眼看要娶媳妇儿了。二弟当时在北京做木工，就将小弟带过去了，从发报纸、送传单做起，后来进了海淀一家进出口公司干贸易，最后又辗转到东莞一家活动中心当老师，总算安定下来。

结婚后，小弟一直将我们家当自己家。

何健十二岁那年，生活迎来了极大的变化。爸爸妈妈经过激烈的思想斗争，最终决定跟随叔叔外出谋生，将家里的轮胎店处理好后，父母背负沉重的生活压力，将何健一人留守家中，第一站去了广西隆林县者保乡。父母在外的生活，何健并不知道具体情形，他只知道叔叔外出多年，在售卖手机方面积累了丰富的经验，爸爸妈妈要做的事，无非就是按部就班找好门面，开店卖货，顺利回款。他根本就不知道，对父母而言，在外打工，最难熬的居然是生病经历：

开业没多久，丈夫胃出血，者保乡地处偏僻，交通极为不便，房东人好，立即开车将他送去了县城医院，花了七八千元。为了养病，丈夫折回老家，病好后，才回到隆林。算起来，外出第一年，根本没有挣到钱。

2009年，我们在二弟建议下，决定换一个地方，到了贵州兴义，第一年，倒是很太平，第二年，就不太平了。有一天，我在房间拖地，莫名其妙，一只手骨折了，骨头凸出来，胳臂肿得很厉害，根本动不了。我们待的那个镇，地处偏僻，镇上的人，生病就在当地看，我也压根没想去大医院，别人给我介绍了一个骨伤医生，在当地颇有名气。骨折的手，接了几次没接上后，医生调配了一种药酒让我喝，喝到第十天，骨折还没好，却引发了其他病。

发病当天，我脸色发白，呼吸上不来，一喘气，整个排骨撕心裂肺地痛。丈夫感觉不对劲，赶紧告诉二弟，同时咨询老家有经验的医生。医生根据症状，判断是胰腺炎，建议立即送去最近的大医院，越快越好。二弟在大街上慌忙拦了一辆车，陪丈夫将我送去了医院。一进医院，手脉都不跳了，只有主脉还在动，很快就被确诊是坏死性胰腺炎，直接进了手术室，第二天就下了病危通知书。医药费很高，我朦朦胧胧记得，二弟拿出了所有的积蓄，做手机生意的老乡、亲戚，家里只要有余钱的，都很爽快地将钱拿出来，发誓一定要将我救活。

经历这次从鬼门关走一趟的大病后，我感觉自己确实从来没有喘息的机会，迷茫的人，是真的不知道该往哪儿走。但生病也让我想通了很多事，看清了很多人，获得了很多安慰，我没有想到，何健爸爸这边的亲人对我这么好，没有想到，遭难之际，整个家族这么讲情义。如果不是他们帮忙，我这条命也丢了。我现在再也不会像以前那样，将自己逼得太狠了，我知道，很多事情单凭一个人的力量办不到，顺其自然做好眼前的事情，比什么都重要。

寒夜里，何健妈妈沉浸在往事的回忆中，我原本以为，她会给我讲一些店铺的经营细节，没想到，她却和我讲起了夫妻俩的生病遭遇。妈妈的讲述，让我意识到一个巨大的疏忽，我知道我的不少学生，父母都在外面打工，但我关注的焦点，始终聚焦在他们如何劳动、如何获得收入，如何养育孩子，如何支撑孩子的教育，而从来没有意识到，他们在外面劳累奔波，也会面临疾病的侵蚀，遭遇身体的痛苦。

我记得魏华曾和我提起，爸爸不能吹风，但我压根就没有多问一句背后的原因。以前，我总是认定，只要外出打工，就一定可以挣到钱，但从何健妈妈的讲述中，我强烈感到他们在不断地奔波迁徙中，面临了很多额外的、未知的风险。魏华说自己的家非常脆弱，何健的家，又何尝不是如此？只不过，对何健而言，当"家"这艘脆弱的小舟遭遇不确定的风险，并未瓦解的大家庭，依然是庇护小舟的重要支撑，妈妈生病危机的化解就是明证。显然，这种关系延续的前提，离不开爸爸妈妈作为长兄长嫂的担当和付出，他们和小弟的关系，同样验证了这种良性循环的有效性：多年前，妈妈坚持要送小弟念书，多年后，何健考研失利面临就业的现实，在东莞打下根基的小弟，通过给侄儿提供方便，实现了对家庭的回馈。

作为大家庭的一员，彼此的付出、担当，终将化作细密的力量，传递到每个人身上，当然，也传递到了何健身上，并内化为他自主成长的重要滋养。

寒夜中，我与何健妈妈，像两个熟识多年的闺蜜，没有任何隔膜和生分，也不需要任何客套，讲起了各自几十年的人生经历。在彼此的共同体验中，我第一次感知到，我课堂上的学生，他们背后站立的家长，其实就是我的兄弟姐妹，他们和我一样，来自同样的村庄，看见和承受过同样的困境，也感受过亲情的羁绊和温馨。

独自留守的村庄

第二天，吃过早餐，我们决定回何健出生的村庄看看。

他们现在居住的房子，建在当初花一万元买下的地基之上。和正敏家一样，因为隔壁要建房子，父母不得不将建房提上日程，但手头实在没钱，于是和邻居沟通好，将后面的地基免费给他们做生意，请他们垫资帮忙搭起房子的框架，花费的成本慢慢偿还。说起来，搭框架花费的六万多元，何健父母直到2016年才还清，房子的一楼，仅仅收拾好了一间厨房，二楼和三楼一直处于毛坯状态，直到何健考研结束，房子才装修好。我到达何健家时，房子刚刚清理干净，所有房间显露出一股新装修后的簇新气息。屋前十米左右，是繁忙的G206国道，连接威海和汕头，途经何健熟悉的安庆。和我故乡的107国道一样，历经多年的极度喧嚣后，伴随全国高速网的达成，G206已显露出不易觉察的沧桑和疲态。临近春节，四车道上的车辆来来往往，国道两边，到处堆满废弃的粗壮轮胎，扑面而来的乡村工业风，让人想起往日修理店扎堆的盛况。

何健出生的村庄，叫高河镇方家祠村，离现在的住所仅仅两三公里，距离不远，我们决定步行。天气非常寒冷，路边密布没有融化的雪堆，空气倒是清冽得让人神清气爽，何健妈妈裹得比昨晚更紧，围巾、长羽绒服、棉靴，冬天穿得再多，仿佛也不过如此。

在我们脚下，是一条干爽的水泥路。

2018年，正是国家"精准扶贫"工程的冲刺阶段，路边标语营造的氛围，无不让人感到扶贫政策的坚定，"大户带小户，共同进一步""先富帮后富，共走小康路""下绣花功夫，施精准之策"。公路旁的山丘上，不时看到开挖的红土裸露出来，与精准扶贫相关的工程，正如火如荼推进，何健出生的方家祠，正处于桐城到安庆国道的改建范围内。

一路前行，熟悉的稻田、熟悉的乡村公路和交通工具，给我一种回到湘北故乡的错觉。折上一条机耕路后，前行几百米，很快便看到了村庄。村庄聚集的房屋前，田野不算开阔，闲置的稻田种满了蔬菜，到处绿油油一片。让我惊讶的是，菜地的间隙，竟然散落了几座坟墓，何健指着其中的一座，很自然地告诉我，"爷爷就埋在这"。

1999年，爷爷因脑梗在田里去世时，何健才五岁。他对爷爷模糊的印象，停留于两个场景：要不在门口磨剪子，要不在树下给别人做推拿。爷爷的大哥，何健的大爷爷，懂得写毛笔字，曾捉住何健的小手，耐心地教他临摹。妈妈补充，爷爷去世时，何健不准别人将爷爷封在棺材里，家里吃饭，爷爷的座位，谁都不能碰。根据风俗，爷爷只能在三年后下葬，老人的棺材搁在村庄，何健将奶奶给他煮的鸡蛋，不时供奉给爷爷，"我对爷爷感情最深，他去世时，我还不懂事，但我知道，我跟爷爷感情很亲"。作为长兄长嫂，何健父母事实上承担了照顾弟弟妹妹的责任，爷爷奶奶在他们尚有余力时，也主动承担了照顾孙辈的重担。这是一种典型的传统大家庭的生活模式，在我和外婆相处多年的岁月中，我了解的很多生活细节，与何健的家族一模一样。

爷爷的坟墓，像种植在村庄的一簇作物，和生前一样，老人不过换了一种方式，陪伴在子孙身旁。

十九年过去，何健说起爷爷，仿佛就在昨天，仿佛就在身边。

经过村庄政务中心时，妈妈告知，这是何健的小学。他在这儿念完一年级后，没过多久，因生源锐减，学校关停。说到学校的凋零，妈妈对1990年代的计划生育颇为唏嘘，"九几年出生的孩子最倒霉，好多都糟蹋了，后来这一波就没姑娘，现在男孩子三十多岁，光棍多得很"。何健突然说起，小学的班上，能够念到大学的，就他一人，他还提到，在十几个同龄表兄妹中，念到大学的，也只有他一人。好几个年龄比他小的妹妹，早已嫁人生子，早早步入家庭。

小学的光景，何健最深的印象，是爸爸近乎严苛的管教。爸爸遵从祖辈"惯儿不孝，肥田出瘪稻"的理念，不想儿子过得太辛苦，希望何健通过读书改变命运，拥有不一样的人生，从小对他要求严格，"一本作业一个字没写好，他感觉到潦草、糊弄人，就会整本撕掉，熬夜都要让我写好"，"我记得二年级时，数学第一次考了一百分，第二次仅考九十九分，就被打了一顿，平时犯了事，还要跪搓衣板，外婆家也不让我多去，怕我在外婆家太放肆"。相比爸爸的严苛，妈妈则要温和很多，何健念书时，妈妈会在旁边默默陪伴，家里不管大事、小事，都会让儿子知道，并让他参与其中，有时还会征询何健的意见。夏天热，爸爸修轮胎时，何健会一手拿扇子给爸爸扇风，一手拿毛巾给妈妈擦汗。妈妈忙，没时间洗衣服，何健会悄悄将衣服洗干净，"他知道心疼人，是个懂事的人，有时还会对我说，我妈太累了"。

爸爸是长子，只念到了小学四年级，很早就开始谋生。过早体验到的艰辛，让他对何健的教育不敢有半点懈怠。当生活的压力，大到无法延续原来的路径，必须寻找新的出路时，对孩子的纠结，成为爸爸放心不下的事情。2008年，二弟竭力说服他外出，他怎么都不松口，面对妻子的相劝，他最后说出了实情，"我们就一个孩子，读书也还可以，从小都乖，我们出去后没人管，这个孩子废掉了怎么办？"艰难的决定，落在了十二岁的何健身上，何健告诉爸爸，自己不会贪玩，会努力考进怀宁中学，他的逻辑促成了爸爸的外出，"家里如果没钱，即使将来我读书再好，还是白搭"。

在我所有的学生中，何健是唯一亲口告诉我，初中阶段主动选择留守的孩子，这也是我得知真相后，特别想去他家看看的原因。在近十几年电子产品对农村的泛滥侵蚀中，我见过太多孩子因缺乏管教而放任自流，目睹他们在无节制的沉湎中荒废美好年华。客观而言，何健让我惊讶的地方，并不是他的留守经历，而是他对父母的承诺，以及此后在独自一人的生活中，面对外界的干扰、诱惑，完全来自内生动力的自律行为。他的成长，让我意识到，父母与孩子之间的信任，是教育成功的保障，孩子成长的动力，说到底取决于自驱力的激活。

"懂事的人"，我与何健妈妈一样，除了使用这个传统的口语词汇，好像找不到更为贴切的语言，来描述何健在我心中的定位。

村庄老宅的位置，矗立着一栋没有任何装修的毛坯平房，这是父母准备回家养老的地方。屋前狭长的冬日原野，遍布高高的稻茬，近处稀稀拉拉、落叶飘零的树木，愈发衬托出冬日的寂寥。妈妈讲起，刚刚嫁过来时，自己总是跟随何健奶奶去山坡、去田间扒柴，后来忙着做卤菜，老宅栏里的猪跳上跳下，而她总有扯不完的鸡毛。何健回到出生和成长的村庄，目睹完全干枯的茅草折倒在水塘边，熟悉的场景和童年没有太大差异，但物是人非，所有的一切，分明早就改变了容颜，他心生感慨，接过妈妈的话题，不自觉地聊起了离开父母后的求学经历。

我突然发现，何健的感性，和妈妈极为相像，在特别的场景，母子俩都极易触动。

初中的日子，对何健而言，是独自直面人生的开端。爸爸妈妈将一年的柴火准备好，独自种菜，独自做饭，成为何健日常的常态。对他而言，最快乐的事，是中午带一大帮好朋友过来，拿火腿肠配卤菜炒大锅饭；最害怕的事，是晚上不敢独自在空荡荡的房子睡觉，哪怕大夏天，他都要拿被子将眼睛盖住。尽管如此，何健从没想过让父母回家，他学会了通过发展多种兴趣爱好，化解种种情绪困扰，"都是逼出来的，我答应了父母嘛，没有办法"。在长期的独处中，何健意外地发现，自己对古典文学超乎寻常地热爱，他迷恋古典诗词，相比杜甫，更痴迷李白，"看书的过程，会从古人的身上看到自己的影子，会受到鼓舞，我喜欢李白，感觉他无论遇到什么困难，哪怕经历一个个人生低谷，最后还是不会沉沦下去。"

独处的时间多，没有太多倾诉渠道，从初中开始，何健养成了写作的习惯，并持续到了高中阶段。爸爸对他天性的压抑，让他在独自成长的环境中，获得了意外的释放空间，"我自己培养自己，学会了骑单车、下象棋、打乒乓球、唱歌"。何健初中成绩很好，最后以年级前三，班级第一的排名考进了怀宁中学，妈妈在贵州生病的时候，正是他中考的时刻，和很多父母一样，他们选择了对孩子隐瞒实情。

母子俩在不同的时空，面对不同的人生挑战。

进到高中，学习的压力扑面而来，"我们安徽教育抓得好，但分级严重。在当地人眼中，只有考进怀宁中学、高河中学、新安中学才有前途，别的学校鱼龙混杂，打架现象严重"。在何健看来，他所在的怀宁中学，同学之间的竞争非常激烈，有人会通宵做作业，有人努力到连班上的同学都认不全，还有同学，在各类严苛的排名中，会因为零点几分和老师斤斤计较。何健置身重点中学的氛围，自然无法松懈，临近高考，"弄得太狠，免疫力下降导致腮腺炎发作，连续高烧几天，进了医院"，以致高考的成绩，远远低于模拟测试的水平。何健的分数，可以上北京语言大学，但妈妈请人算过，儿子更适合去南方，这样，和黎章韬一样，何健放弃了排名更好的学校，来到了广东F学院，但擦身而过的名校梦，一直驻留心中。

大学生活对何健而言，是一个刻度特别清晰的成长过程：大一认真学习专业课程，保持高中的学习状态；大二积极参加活动，锻炼多方面的能力，他甚至参加过校园歌手大赛；大三退出所有组织，一心考研；大四则在备考期间，争取各类需要时间积累的大奖，他的国家奖学金，和几个含金量颇高的写作奖项，都在大四一年获得。在这期间，"考研"是何健大学时光的关键一环，对他而言，"考研"不是煎熬，而是将专业知识消化、淬炼的过程。他在背诵悼亡词时，总是被其中的深情久久打动，在理解《离骚》时，能体验到深度学习对心灵的浸润，相比很多中文专业学生备考研究生考试，主要停留在教材和背诵阶段，何健的学习，显然内化了个人的情感和体验。

大二时，何健曾去中山大学领取了一个创作类的奖项，置身南方的美丽学府，他被中大浓厚的学院氛围感染，站在开阔的草坪，他内心曾有的名校梦再一次被点燃，他很快下定决心考研，并将中大设定为唯一目标。在众多考生中，他是唯一以二本学生身份闯入面试的年轻人，尽管最后遗憾出局，但他始终认为，能够参与角逐，能够进入面试，本身就是胜利。

我们在村里逛完，重新回到了国道边的家中。临近年关，爸爸正归心似箭地从贵州返乡。在何健心中，作为长兄的父亲，是整个家族的灵魂，只要他一回来，家族成员必定会推掉其他事情尽快相聚。爸爸乘坐的列车刚刚抵达武汉，但他早已联系好饭店，通知双方的亲人当晚相聚，并早早将饭菜安排妥帖。

当天晚上七点，在年前的家庭聚会中，我几乎见到了何健所有的亲人，几十张朴实、爽朗的面孔，在村里餐馆的热闹氛围中，闪烁着我熟悉的光泽。他们是何健的亲人，和我的亲人有着相同的生命气息。我的舅舅、我的叔叔、我的姑姑、我的姨妈、我的哥哥、我的嫂子、我的姐姐、我的姐夫、我的侄女、我的外甥，除了嘴里的方言不同，他们与何健亲人的表情、神态，一模一样。

我知道，在年关的中国，无数个村庄和家庭，正分享着同样的相聚。

作为何健父母的同龄人，因共同的生活经验和情感体验，当我置身他们的家庭聚会时，一种别样的亲切和快乐，自然充溢我心中。当我意识到，我同时以何健老师的身份置身其中时，一个农村孩子成长的生命底色，突然变得一览无余。何健的父母，固然因选择了流动的生存路径，承受了意外的代价，但也要承认，正是他们愿意奋力去抓住社会流动带来的机遇，愿意竭尽全力去获得更多资源，何健的成长，才获得了基本的保障。和莫源盛、张正敏、于魏华一样，何健的大学就算是一所二本院校，背后依然离不开全家人的托举，离不开父母不遗余力的坚持和付出。这种近距离的接触，让我更清晰地感知，对个体的学生而言，除了时代大势裹挟的力量，来自他们本身的、附着在各自家庭之上的力量，同样真实而坚定。

我想起何健三年后的春节，在朋友圈的感慨：

从松山湖一路开回家，路灯映照在车窗前，总有别样情绪打扰。

回顾大家庭给我带来的、从父辈身上所看到的：孝与敬、感恩与回报、独立与自强、担当与向上……

家里的每个人似乎都经历了太多坎坷，相比之下，祖辈父辈承受的艰辛比我们更多。所以，已然成人的我们，当为支柱。我们这一代、每个兄弟姐妹都要努力朝阳、去做一棵参天大树——赶在未来未知的风雨来临之前。

能自我抵挡寒冬凛冽的同时，亦能为这个家庭遮风挡雨，哪怕微不足道，也应做一些事。

较早地成长，或许更容易在未来社会的风雨中坚守自己。生于门庭荫下，前途福祸不知，但行正当之事，做正直之人，而后每年祭祖，告慰先祖，子孙敢言无愧、无悔与无惧。

这众生——皆苦，却能让我们在痛哭流涕中微笑，边执着边奔跑。

我希望，也祝福——我们都在这浮沉的岁月里安然无恙，心之所向，皆有回响。

我知道，何健在千里之外的感慨，始终系念着故乡那个村庄。

外婆家及查家湾

昨晚的家庭聚会，外公也来了，何健趁机和外公约定，第二天过去看望外婆。在何健的整个童年，去外婆家，一直是最为温馨、让人期待的事情，这种幸福延续到了他大学毕业。提起过年，何健最深的印象，就是年前年后不停歇地走亲戚，不断与父母两边的亲人见面，"小学拜年，从初一开始，我们家到元宵节都拜不完，一天拜三四家都拜不完。"

外婆家在茶岭镇泉合村，离何健家有十几公里。吃过早饭，准备好送给外婆的过年礼，何健用摩托车载着我，经过一条长长的机耕路，穿过一条铁路后，二十分钟就到了。外公始终忙碌，从我们进门，就手持一条长长的竹扫把，不停清扫院落，两个舅舅的四个女儿，正在院子里追逐嬉戏，一脸灿烂的笑容，一脸的清秀和灵气。外婆则出出进进，一会儿给孩子们擦汗，一会儿端出茶水和零食。何健的到来，让外婆极为开心，孩子们也因为看到表哥，不停地嬉闹顽皮。

在何健看来，外公外婆当下的生活，和安度晚年相距甚远。大舅、二舅外出打工后，认识的妻子都是外省人，结婚生完孩子后，两个舅妈相继离开村庄，几个孩子留在了老人身旁。所幸孩子们并不寂寞，空旷的田野、起伏的山坡、爷爷奶奶的爱，同龄姐妹的陪伴，依然让她们拥有快乐的脸庞。在新年即将到来之时，与童年时的何健一样，四个孩子洋溢着对过年的期待和向往。留守儿童的话题，一直被媒体关注和讨论，但无数个村庄，无数个家庭，任何时候都在上演这一相似的剧情，更多的细节湮没在日常生活中，并不能被轻易看见。

外公外婆竭力想留何健吃完午饭再走，但我们实在不忍给老人平添麻烦。陪老人说说话，在房前屋后逛了几圈，何健决定回家，在返回的路上，我特意留心了何健妈妈向我叙述的那条铁路，留心了她扭身而去的那条小路。何健的外公，那个看起来精神尚可的老人，在养大自己的几个孩子后，再次承担起了养育孙辈的重担。

吃过午饭，我们决定利用下午的空隙去海子故居看看。海子故居在高河镇查湾村，有10路公交车可以直达。10路公交算得上"海子专线"，连接起了"高河中学""查氏祠堂""海子故居"三个与诗人有关的重要站点。第一站，我们到了高河中学。高河中学位于国道边上，是安徽省示范高中，在学校的名人栏里，海子躺在大地上的著名相片，和其他杰出校友放在一起。

在高河中学的操场边上，何健与我同时聊起了海子的早逝。置身家乡的语境，他尽管认为海子的离去对父母的伤害太大，还是表达了对早慧同乡孤独、决绝的理解，"人的思想到了一定的境界，理解的人只会越来越少"，我忽然想到，何健初中阶段，也曾历经孤独的时刻，在我眼中，安徽的学生对文学始终有一份天然的悟性，这种悟性也许和脚下的土地有关。此时此刻，哪怕置身喧闹的国道，我都能感到高河中学的不同气息。

中学过后第五站，就是查湾村的海子故居。村庄一派欣欣向荣的景象，"美丽查湾海子故里"八个红字，印在进村的一块巨石上，在乡村振兴的浪潮中，海子以自身的巨大影响力，从一个悲伤、孤独的诗人，在时间的淘洗下，成为故乡一张亮眼的文化名片。海子的故居、墓地已被整饬一新，海子纪念馆，看起来也刚刚落成。在纪念馆前，诗人白色的雕像，弥漫着青春的笑容，矗立在故乡的土地上。据说每年三月，全国各地都会有大批读者、诗人、诗歌爱好者来到查湾镇。

何健多年前来过查湾镇，"海子的故居，和我以前看到的完全不同"。我们行走在海子走过的田野，冬日的风，迎面吹来。深冬的年关，查湾村看不到其他游客的身影，何健与海子喝同样的水长大，我们算不上严格意义上的游客。

海子的墓园，因过于庞大和规整，显出一种和周围环境的混搭。他的遗像，在模糊的玻璃片后，更加模糊不清，唯有圆锥墓顶桀骜不驯的荒草，如同诗人桀骜不驯的头发，传递着海子独特的生命气息。

这个让我和无数学生曾经在课堂流泪的诗人，今天，我来到他的身边，竟然如此平静。

查家湾回家的路上，几位老人也在等候10路公交。老人都来自海子村庄，有着和安庆大姐同样亲切的面容，乡村公交的漫长间隔，让我们在寒风中闲聊起来。

老人问我们从哪儿来，我告诉他们，何健是我学生，他就是怀宁人，目前在东莞，我们从广东过来，特意来看海子。其中一个老人说："我女儿就在东莞。"何健询问在东莞哪儿，老人告知："在哪儿我搞不清，反正在东莞。"我们询问他们是否见过海子，老人几乎不约而同强调，他们都见过小时候的海子，他爸爸做裁缝，妈妈做豆腐，每天挑豆腐去村里叫卖。其中一个老人说道："这个伢儿之所以这样（指自杀），和他的婚姻有关，人是聪明人，他想不通。"显而易见，在老人的理解中，两性关系就是婚姻关系，不需和爱情扯上太多边边。我想到这么多年来，孤灯下、暗夜中，海子的诗始终是我重要的读物，无数课堂上，我曾和讲台下年轻的面孔，分享过同样年轻的心灵。我不否认，因为海子，一种彻底的伤感总在不经意中将我攫住，哪怕置身喧嚣的南方闹市，有时蓦然想起某个句子，一种隐秘的伤痛，总会在明媚中奔涌而出。

寒风中，何健陪我走过海子的村庄，冬日枯寂的荒野，耳畔响起海子的诗句：

> 风吹在村庄
> 风吹在海子的村庄
> 风吹在村庄的风上
> 有一阵新鲜有一阵久远

查家湾如此普通，和我的故乡比起来，并无特异的地方，我想到脚下的泥泞小路，海子曾经走过，我目睹过的那些破旧房子，海子曾经见过，还有这些见证过他童年的老人，就在我的身边，正在毫无陌生感地聊着他们眼中的"伢儿"。

算起来，海子已在出生的村庄长眠了三十年，他的老父亲，2017年离开了人世，他的老母亲，那个多次出现在他诗行中的母亲，和村里任何老人一样，正在午后的时光中休憩。我从窗户看去，一双孤独的鞋子，就随意搁置在床边。家里没有别人，海子的故居，门口贴上了"文明村民"的红色标记，大门上的对联松垮了半副，很明显，因为父亲的去世，家里没有太多过年的气息，常见的垃圾盆和粽叶扫把，搁置在刚刚整饬一新的门廊边。

今天，海子是最令我心灵震撼的人。他的孤独、敏感、无助，还有出生乡村带来的卑微，与他炽烈的才华，构成了巨大张力，但个体的毁灭，终究被村庄老人叙述为一个世俗的结局。

今天，我更愿意站在一个教师的视角，来理解一个乡村少年的生命，我多次设想，如果海子还活着，他是否会在近几十年的快速流动中，被各类油彩装饰为一个依赖教育变身成功人士的耀眼范本，并在无形中强化我坚信教育改变命运的律令？我知道，在对教育的考量中，让孩子们获得世俗的成功和幸福，一直是我急切而直接的愿望，但我同时知道，这恰恰是我作为一个教师的局限，也是我内心最深的虚空。

我在春运的紧张中，下定决心来到何健家，内心深处，来自海子的精神召唤。

我对何健的理解，和对同一片土地上海子的理解，有着密切的关联。

四、S县女孩

去 湛 江

2019年1月23日，离春节仅仅十来天。

这是廖文瑜大学时代的最后一个漫长寒假，为了准备第二年春季的考公，她一放假就回到了家中。

按照先前的约定，文瑜邀我这个春节前去S县，顺便去她家看看。事实上，去文瑜家，是我有生以来第二次踏进湛江的土地。2000年春天，我从武汉出发，去海口参加一个学术会议，经由湛江转车时，在市内逗留过一天。湛江在我眼里是一个遥远、与海洋有关、到处盛开紫荆花的地方。

当文瑜告诉我，她来自湛江S县时，我脑海中浮现的湛江印象，还停留在二十年前的模样。

文瑜是我1516045班的学生。自我2016年9月给他们班上专业课后，她就一直担任班干部，负责联络老师和同学。文瑜长着一副典型的广东女孩模样：中等个子，清瘦身材，脸庞极为清秀，淡定的神情，看起来温婉而坚定。

每次上完课，文瑜除了告诉我班上的一些事情，偶尔也会给我发发微信，说说自己对未来的迷惘，她仿佛从来不会沉溺于情绪的泥坑，总能找到办法让自己从负面感受中抽离出来。她说话不多，也很少讲起自己的成长经历，我隐隐约约觉得文瑜的成长，比起别的女生，有一些不同的地方，但又难以还原出一个清晰的轮廓。在我眼中，她能干、果断、不怕麻烦、从不抱怨，这与她柔弱的外表，构成了鲜明的对比。

2019年6月20日，临近毕业，我们约好召开了最后一次班会，不少人在外实习或者求职，三十八位学生中，只有二十四位能参加班会。班上的孩子轮流走上讲台，纷纷讲起了毕业的感受和境况，此刻，就业环境日渐严峻，真正"上岸"的学生凤毛麟角，大都处于迷茫、纷乱的求职阶段，不少女生在离别的伤感中夹杂着对未来的担忧，文瑜是班上少有的确定了去向的学生，她受到环境的触动，回顾了找工作"纠结到哭"的经历，也讲起找房子的两难处境，"便宜的，环境太差又不安全，感觉害怕，稍稍像样的，价格又太贵"。

让我惊讶的是，文瑜特意强调了自己的变化，从大学主动接手班上的管理工作开始，尽管当班干部又忙又累，但自己的成绩却意外上升了很多，能力也获得了极大提升，她表达了对同窗配合工作的谢意，也鼓励他们一定要坚持理想的目标。在此以前，我一直反对学生热衷行政事务，对他们沉湎各类竞选颇为反感，但文瑜毕业班会的发言，给了我极大启发：如果不将行政职位当作一种功利追求，而是作为担当公共事务的一种历练，对学生的成长而言，也是难得的实践机会。

五个月前去文瑜家的场景，在毕业季的班会上，一幕一幕呈现出来，她的自我陈述，让我看清了一个女孩的成长秘密，也确认了一种因果关系：是的，相比别的学生，在个人主义极度泛滥的环境下，她骨子里的责任、担当，显得格外亮眼，从教育资源的角度而言，这种品质的形成和养母对她持续的劳动教育有关，也和她多年假期打工的历练有关，当然，更和她大学期间愿意牺牲个人时间为公共事务付出有关。

当文瑜将自己就业的顺利归结为运气时，作为老师，我一眼看出，恰恰是她身上的靠谱、韧性、愿意担当的品格，让她获得了根本的竞争力。无论是家庭出身，还是专业禀赋，文瑜都算不上优势明显的学生，但大学向她洞开的窗口，为她的人生揭开了另类画卷。

我记得，2016年接手1516045班时，为了弥补第一次当班主任的遗憾，当时最大的心愿，是在他们毕业前，到班上学生家看看。事实上，对大学生而言，"家访"说起来容易，落实起来难度却极大，主要有两个原因：其一，双方都忙，我和学生很难凑到一个合适时间，如果还要同时约好学生父母，难度更大；其二，班上的学生，尤其是女生，有不少顾虑，说起来，文瑜是我任教的班上，第一个接受我家访的女生。一年半以前，我去过班上的莫源盛家，一年以前，我去过班上的罗早亮、吴浩天家，比之女生，我留意到，男生仿佛更乐意老师前往自己的家乡。

和去正敏家一样，广东西线的客车，一般都在省站乘坐。S县位于雷州半岛的西北部，从省站有直接抵达的班车，如果以遥远的省城为坐标，粤西算得上山多路远。"广州—S县"的长途客车从省站发出后，第一个停靠的车站是佛山市石湾汽车客运站，短暂的停留中，车站会例行查票，没来得及买票的乘客，安安静静地等待补票，随后，巴士沿着化州、高州的方向，途经茂名，向目的地进发。在忙着赶回家过年的人群中，车上偶尔有老人呕吐的声音，司机疲惫之下抽烟的气味，会顺着一楼的通道蹿上来，车厢里弥漫着典型的长途汽车味道，这种味道，和南方的县城、远方的小镇有着隐秘的关联。

六七个小时的漫长旅途，窗外的风景，也会随之变化。客车驶离繁忙的珠三角进入粤西境内后，一路向西，绵延的"大厂景观"一次次冲撞我的视线，随着近十几年珠三角产业转移步伐的加快，湛江在承接广钢项目、中科炼化等大型工业后，与石化之城茂名，作为珠三角的腹地和纵深，在能源、化工、钢铁生产等方面承载了重要功能。一种独特的工业气息，在高速公路醒目的标语中扑面而来，给我一种久违的踏实和亲切。

事实上，作为改革开放后第一批推出的沿海城市，湛江曾以粤桂琼三省区交界的地理位置和天然的世界级深水海港优势，和深圳一样，激起了国人的想象和希冀。只不过，在改革开放的热潮中，珠三角冉冉上升，如日中天，湛江这颗雷州半岛的明珠，以极高的起点，在鲜明的对比中，终究在1990年代传遍全国的公共事件中，褪去了原本的光芒，以致很长一段时间，沦为不发达地区的指称，并多多少少左右了我学生的选择和命运。但今天，随着刚刚规划的海南自贸区的横空出世，在国家战略调整的大背景下，湛江正以它陆海经济枢纽的优势，迎来另一波重大的发展机遇。

第一次，我真切感受到湛江离广州的距离，感受到广东 F 学院的学生，尽管大部分来自本省，但他们的故乡，可能在遥远的地方。

下午四点多，汽车抵达 S 县，在一处繁忙的马路边，我按照文瑜的提醒下车，并看到了一张熟悉的笑脸。

进 入 县 城

将行李放进酒店后，文瑜决定带我在县城随便逛逛。出酒店大堂，沿主干道往回走五十米，便到了一处十字交叉路口。S 县城和我老家湖南汨罗一样，各类电线密布空中，低矮的房子随处可见，隔一段距离，就会看到一些光鲜、亮丽的高楼，新旧杂糅中包蕴了一种独特的活力。城区正在修路，交通颇为混乱，斑马线旁设置的交通灯，无论闪烁什么颜色，都有密密的人潮随意穿越，以便更快到达想去的地方。

文瑜的爸爸，在十字路口的一处空地修单车。我看到他时，他正忙着处理一个钢圈。一把彩色的遮阳伞，固定在一处水泥墩上，看得出，尽管没有固定的摊位，但遮阳伞的牢固，显示出这块边界并不清晰的空地，就是他的地盘。由于街道及两旁的辅路，正处于大修大建的前期阶段，路边整整齐齐码着足以容纳一人藏身的水泥管道，坑坑洼洼的路面，铲除掉原有的根基后，还没来得及硬化，裸露出黄泥的底色。

爸爸摊位的摆设，零散而随意，三轮车上盖着红蓝白相间的纤维布，几十个不同型号的橡胶轮胎搁在一边，一块简陋的纸板标明主营业务：维修摩托车、电车、单车、雨伞。爸爸中等身材，别着一个简易腰包，一直忙个不停，直到文瑜叫了几声，他才回转身子，脸上挂着淡淡的笑容。

在文瑜印象中，爸爸从来没有闲过，"只有过年才休息几天"。县城修路持续了很长时间，这极大地影响了爸爸的生意，也导致他不得不到处寻找合适的地方，"档口租不起，价格太贵了，在县城，固定的门面，最少要三四千"。近几年，随着小汽车的增多，加上年轻人对电动车的热爱，爸爸修单车的老本行，受到了很大挑战。补一次单车轮胎，仅仅收三块，更多时候，双方都觉得不划算，轮胎破损会首选丢弃。爸爸为了适应变化，现已将摩托车、电动车修理纳入业务范围，庆幸的是，他在街上的空地修车，基本没人管，城管就算偶尔过问一下，态度也极为和善。流动作业的弊端是，因为没有地方存放，修好的车子必须尽快拉走，这也导致爸爸的工作节奏极为紧张，"他早上七点多出门，一天工作的时间，最少都有十二个小时，多的时候，有十四个小时"。尽管离家很近，一天之中，爸爸不会回家休息，一则担心摊位无人照看，另外，也怕错失生意。多年来，饭点一到，妈妈会将做好的饭菜送来，风雨无阻，天天如此。

几个客人等在旁边，爸爸没有片刻消停，他笑着说，"没有办法，家里三个孩子念书，待在老家又没有出路，年龄大了外出打工也不行，做点修理，能赚一点是一点。"他示意文瑜早点带我回家，不要等他，客人多，他必须将手头的事情当天做完。

天色尚早，文瑜提议先去她就读的高中逛逛，步行十几分钟，便到了 S 县一中。和章韬就读的腾冲一中相似，S 县一中除了没有古旧的老建筑，整洁气派的教学楼和宽阔簇新的操场，彰显了县城最高学府的庄重和希望。文瑜住过的宿舍阳台挂满了衣服，宿舍评比的黑板报，连评分细则都没有改变，"读书改变命运，学习成就未来"，醒目的标语，刷在围墙显眼的位置。和无数心怀梦想的年轻人一样，文瑜初中毕业以优异成绩考入 S 县一中，经过三年学习，最后来到了广东 F 学院。

每一所学校旁边，都有一条人气旺盛的街道，让我意外的是，从 S 县一中校门走出，没有任何过渡，我们便进入一片喧嚣之中。

校门口外面的街道上，低矮的围墙和屋檐上悬挂了各类标语，"重拳、扫黑恶、保平安""争创文明城市，携手共建和谐 S 县""开展安全教育创建平安校园"。戴着黄色、蓝色安全帽的摩的司机，散乱而密集地聚集在校门口。文瑜拉我穿过密集的摩的车流，很快到达了一条小吃街道，高中时代，邀约几个同学，吃一份热气腾腾的牛腩肠粉，是文瑜最开心的事情。她带我找到了多年前的那家老店，店主在升腾的白雾中忙碌，没有将她认出，两份猪杂汤粉，价格不到十元，县城的消费，确实算得上低廉。吃过晚餐，我们沿着街道缓慢步行，再次回到爸爸修车的路口。

临近傍晚，街灯已经亮起，爸爸依然处于忙碌之中。

我们沿着那条一半黄土一半沥青的街道前行两百米，拐过一片居民房，便到了一栋新修的楼房下面，爬上三楼，推开簇新的不锈钢大门，同样簇新的客厅展现在眼前。

文瑜的妈妈，正忙着织网。

妈妈清瘦的脸庞，头发利索地扎在脑后。她穿着女儿的白色校服，坐在一条矮板凳上，手里不停地穿梭着细细的白线。渔网很长，妈妈有序地将网线固定在不同高度的凳子上，织网的动作迅速而精准，前方的电视一直播放没有头尾的节目，她不时瞄上一眼，算是单调动作中难得的放松。和浩天妈妈钉珠一样，织网算得上文瑜妈妈最为方便的兼职。文瑜的妹妹，一个戴着眼镜，看起来和姐姐一样秀气文弱的女孩，当妈妈忙别的事情时，很自然地坐到矮板凳上，接着织起尚未完工的渔网。

显然，爸爸在外修车、妈妈照顾家人的同时兼顾织网，是文瑜父母的生计来源。

我原本以为，细密的渔网都是机械所织，直到来到文瑜家，我才明白，很多烦琐的工作，还得依赖手工。妈妈常年和一个老板合作，对方负责提供网、线，将织网的业务灵活外包，妈妈则根据个人情况，自由选择干多干少。在我的学生家长中，晓静妈妈看准珠绣业务后，也曾选择将业务外包出去，以赚取家人的生活开支。

文瑜家有三姊妹，她排行老大，下面还有弟弟、妹妹。照顾三个孩子的生活和学习，需要妈妈的全力付出，多年来，她没有外出打工，也不从事全职的工作，利用空闲的时间织网，成为家人定居县城后，妈妈干得最多的事情。文瑜很难说清织一张网需要的时间，但她知道，以前织一张网，妈妈能获得十几元的收入，近几年随着工价的上涨，织一张网妈妈能获得三十元钱。算起来，一年累计，妈妈织网能够赚得四五千元。

妈妈出生于1964年，在爸爸隔壁的一个海边村庄长大，家里兄妹多，有五个哥哥、五个姐姐，最大的姐姐已经八十多岁。幼年时，妈妈家境极为贫寒，经常吃不饱饭，少年时代，就成为家里的主要劳力，负责在海边扛螺；二十岁不到，招工进了一家供销社，工作了十年，碰上供销社倒闭，成为一名下岗工人。

故乡C镇是濒临北部湾的一个渔港，文瑜家在C镇附近的一个村庄。村庄没有田地，世世代代以捕鱼为生，文瑜的爸爸不喜欢出海，不喜欢捕鱼，他二十八岁那年，决定学习修理单车，由此带领家人离开了村庄。为了方便生意，他们先是定居 C 镇，一家人挤在一间二十平方米的房子里住了多年，文瑜的小学时光就在 C 镇度过。

2012 年，文瑜上初中，父母决定迁居县城以便三个孩子念书。到县城不久，父母购买了一处平房，"是瓦房，很旧，冬暖夏凉，住起来也舒服，但房子里有蝙蝠"。妈妈将屋子收拾得干干净净，全家人度过了六年平静的时光。

在三姊妹漫长的求学生涯中，对文瑜而言，有三件事让人印象深刻。第一件事，是妈妈对教育的重视，在赚钱和孩子的教育中，她会毫不犹豫选择对教育有利的事情。妈妈宁愿在其他方面吃苦，也不愿耽误孩子们的前程，据文瑜回忆，妈妈对教育的执念，来自一个闺蜜的触动，闺蜜和她一样，同为供销社的下岗职工，但命运的改变，因孩子考上大学而变为现实。妈妈由此受到启发，很早就认定了读书的价值。第二件事，是妈妈对劳动的重视，"她总是教导我们不能怕吃苦，不能像邻居一样又懒又穷"。织网之余，她还坚持去旅馆做卫生，一个人干两个人的活，不能容忍自己有半点空闲。第三件事，看似普通却最让文瑜佩服，"十几年来，妈妈每天早起，坚持给我们三个煮早餐，几乎没有中断过一天"。

老旧的瓦房，因地处市中心，总是传言即将拆迁，却始终没有实质性进展。2018 年，文瑜和妹妹已考上大学，弟弟也上了高中，为改善住房条件，父母购买了现在居住的房子，并按照流行的风格，进行了装修。对文瑜而言，这套宽敞的房子，虽然花去了父母二十万的积蓄，却是他们真正意义上的家。

从村庄到小镇到县城，从租房到购买平房到购入楼房，文瑜一家住宅的变迁，铭记了他们缓慢而踏实的城镇化进程，折射了中国南方一个普通家庭，从村庄进入县城的具体路径。对父母而言，进入和立足县城，客观上帮助孩子们获得了更好教育，随着两个女儿考入大学，目睹儿子高中的优异表现，他们有理由期待孩子们获得更好发展，直至一步步立足更大的地方。

从海边村庄出发

昨天晚上，因文瑜妈妈急着赶织渔网，我并未和她有太多交流。当然，语言障碍，也是导致交流匮乏的一个重要原因，事实是，我不懂当地方言，而文瑜妈妈不会说普通话。

第三天，文瑜决定回到 C 镇看望奶奶。C 镇是典型的北部湾渔港小镇，从地图看，它几乎就在海边，但唯有到达现场，才能切身感受到南方渔港小镇的独特风情。从 S 县出发，每隔四十分钟，就有直达的班车开往 C 镇，就算如此密集的发车频率，我与文瑜中途上车后，几乎找不到座位，车上挤满了密密麻麻的乘客。半个小时后，班车抵达客运站，一下车，触目所及都是彰显铁腕治理的条幅，"扫黑除恶除暴安良""依法严打'村霸'、'乡霸'等黑恶势力，建设社会主义新农村""强化渔船分区作业管控坚决查处跨海区、跨海域作业"。显然，相比2017年去学生家，到2019年，乡村和小镇悬挂的条幅明显多了起来。出站后，文瑜告诉我，先去海边逛逛，随后再去镇上的二伯母家，请她骑摩托送我们去"乡镇通"的候车点，以便回村看望奶奶。

第四天，很快，我们步行到了海堤路，"进港大路"与"解放路"的标识赫然在上。C 镇沿海的堤岸，水泥防护墩远远高过马路，对付涨潮期的海水，构成了海岸人家的日常。港湾尽头的两岸，修建了不少三到四层的楼房，房屋的风格极为相似，外墙多为粉色、橙白色的瓷砖，清一色的粉嫩、簇新。海堤路靠近海边的一侧，悬挂了不少晾晒的海鱼，密密麻麻、规规整整的鱼头一律朝上，长长的鱼身被精良的刀法分割得极为匀称，悬挂的鱼阵，绵延不绝，远远望去，显示出一种别样的整饬，上一次被海边的生产场景所震撼，还是早亮爸爸带我们出海去看蚝场的时候。

我们沿着海堤路慢慢行走，随着海平面逐渐开阔，越来越多的渔船进入眼帘，渔船多为木制，规模不大，船身中间搭建了简陋的遮阳篷。渔民将网随手丢弃在船艉，仿佛随时都会下海作业。显然，临近春节，恰逢冬日，此时正是休渔期。我想起文瑜曾经和我说过，在祖祖辈辈以捕鱼为生的村民中，爸爸不喜欢捕鱼，不喜欢出海，他宁愿在陆上修单车，辗转在小镇和县城的不同角落，也不愿沿袭先人风里来、雨里去的水上生活。就算如此，一家人的生活，还是多多少少与渔业相关。

二伯母就住在镇上。我们穿过一片密集的居民楼巷道，穿过妈妈曾经短暂卖早餐的菜市场，在屋边堆满废弃船板的一栋楼房里，看到了花白卷发、穿着棉袄的二伯母。没有说上几句话，文瑜在附近的小店，给奶奶买了一些糖果后，二伯母随即跨上摩托，将我和文瑜依次送往村口。

村庄离小镇有几里路，念大学后，文瑜每次回家最重要的事，就是回村看望奶奶。

文瑜1996年出生。爸爸和生母的婚变，让她两岁就离开家，开始跟随奶奶生活。对于亲生母亲，因分开时年龄太小，她已没有任何印象，多年来，甚至"没怎么联系"。文瑜还有一个姐姐，妈妈带走了姐姐，带走了五万元补偿，她则根据协议，留在了爸爸身边，"爸爸忙，只会干活"，好几年，她处于一种送来送去的状态，好像一个多余的物品找不到安放的地方。她朦朦胧胧记得在外婆身边待过一段时间，被鱼刺卡住后，"外婆背着我，跑了几条村"；她还被送往大伯母家抚养过，大伯母有两个儿子，想要一个女儿，文瑜并不听话，还是被伯母送回家；她最终回到了奶奶身边，老人当时已快七十，叔叔的一个朋友想领养文瑜，奶奶舍不得，坚持将孙女留下。文瑜印象很深，"奶奶带我时，背还没有驼，可以种花生，爷爷则卖番薯"。为了方便打理，奶奶只给孙女穿深色的衣服，从来没让她穿过裙子，这是文瑜童年最大的遗憾。在奶奶身边时，她喜欢吃零食，尤其喜欢吃饼、吃糖，祖孙因此常常发生矛盾，"牙齿都坏了，奶奶不给，爷爷则用棍子打我"，两位老人对她的贪嘴束手无策，文瑜则整天在村庄哭泣。

亲生父母离婚后，很快各自成家。文瑜三岁时，继母生了妹妹，到文瑜六岁，继母让爸爸将她接回身边，理由是"必须上学了"。在爷爷的观念里，文瑜是女孩，读不读书无所谓，"他想让我在家干活，读两年到十几岁就外出打工"。继母没有依从爷爷的意愿，坚持将孩子带回。刚刚回到父母身边，文瑜爱吃零食的习惯变本加厉，一二年级时，还会从爸爸修单车的箱子里，偷偷用一根线粘着口香糖偷钱。继母发现文瑜不爱吃饭，观察了几天，觉察了她偷钱和吃零食的秘密，事情揭破后，继母明确告诉她，如果不能克服吃零食的毛病，就只能再次送回村里。文瑜由此收敛了很多，吃零食的习惯，在继母的管教下，获得了根本改变。饭量的增加，营养的摄入，也促进她身体快速生长。继母在市场贩菜认识小学老师后，老师特意鼓励文瑜去参加一些比赛，她的成绩无形中好了起来，从小学到初中，几乎一直是班上的学霸。

提到父母婚变对她的影响，文瑜坦诚，"没有受到太大的伤害，回到父母身边前，见到村里其他后妈打骂孩子，我也有点害怕，但回到父母身边后，发现继母完全不是这样"。在她心中，继母早已获得了母亲的身份认同，"妈妈"这个神圣的称呼，只属于陪伴自己长大的母亲。文瑜强调，她得以拥有机会念大学，最为关键的因素，来自继母的坚持，而根据爷爷和爸爸的态度，"自己不是留在村里，就是外出打工"。

从村庄搬到镇上的几年，家里的经济压力越来越大，父母吵架的频率也越来越高。爸爸赚钱难，对孩子的开销控制得很死，基本不给他们任何零花钱。文瑜不想看到父母因金钱而吵架，"从小就知道，现状只能靠自己改变"。妈妈带着几个孩子，想尽办法增加收入，依托 C 镇的发达渔业，干了不少与此相关的零工。

剪螺蛳是文瑜干得最多的事情，"每次一放学，就想着快点回来，老师说，谁做题又快又对，就可以早点回家，我总是用最快的速度完成作业，老师不解，问我赶回去干吗。他不知道我要干活。"文瑜记忆中，小学阶段，上午十一点放学，她总是第一个冲出校门，剪螺蛳剪到十二点，再回家吃饭。

除了剪螺蛳，文瑜还会和妈妈一起剥虾皮、挖扇贝。虾皮粗糙，头尾有尖刺，如果不戴手套，容易被刺伤，如果戴手套，则因为笨拙，影响剥虾速度。相比剥虾皮的烦琐，文瑜更喜欢挖扇贝。C 镇的渔民，凌晨三四点，会将新鲜的扇贝送到岸边，交给早已等候多时的零工，挖出白嫩的肉质。妈妈常年带着文瑜，很早就赶到了集市，加入挖扇贝的大军。忙到早上七八点，扇贝差不多挖完，刚好赶过去上学。

小学阶段，文瑜自认为课外阅读匮乏，所有的闲暇，几乎都用来打零工挣钱，"我从小只要闲下来，就会去赚钱，课外书看得很少，一有空就干活。"妈妈一直坚持，"念小学，有学校的时间就够了，小孩子必须勤快，不能偷懒"。直到全家搬入县城，文瑜上初中后，她才结束剪螺蛳、剥虾皮、挖扇贝的日子，将主要精力转移到了学习上。

妈妈的副业，则变成了织网。

上到初中，父母依旧会为经济问题吵架，文瑜的劳动，除了偶尔跟随妈妈织网，从初一开始，一到假期，就跟随妈妈外出打工。

初一暑假，妈妈带文瑜第一次来到深圳，跟随表姑在一家手袋厂打工，每天的日程从晚上八点开始，"一直干到第二天中午十一点"，坚持了四十多天，挣多少钱，文瑜早已淡忘，让她难以忘怀的细节，一是通宵熬夜倒班，每到凌晨就昏昏欲睡的疲惫；二是年龄太小，她拿着别人的身份证，每遇突袭检查，就会被人藏起来的窘迫。初二暑假，文瑜没有外出，在家跟随妈妈织网。初三暑假，文瑜再次进厂，整整干了六十天，"机器太高，必须站着，后跟磨掉了一层皮"，她清楚记得，"每个小时的工资是七元"，整个假期，她赚了四千多元。同行的一个女孩，受不了工厂的劳动强度，做了十几天，"哭哭啼啼嚷着要回家，主管没有理会她，我帮助她顺利回去了，还答应将她未结账的工资也寄回。"帮助同伴妥善处理辞工的经历，让文瑜第一次意识到，"自己是一个能干的人"，多年的劳动，早在岁月的积淀中，不知不觉滋养了她的冷静、韧性和担事的能力。

初中期间，文瑜一直担任班长，成绩也非常出色，"每一科都考前几名，总成绩也很靠前。"更重要的是，"老师很疼我，一开始就指定我当班长，加上人勤奋，校长也欣赏我"。整个初中，文瑜算得上学校的名人，在老师眼中，她被叙述为"当班长、又勤奋、成绩还好"的典型。文瑜中考的目标是湛江一中，但她所在的初中只考上了四名，在中考小小失利的情况下，她最后以全校第十的排名，进到了S县一中。

尽管高中阶段的学习极为紧张，文瑜还是习惯了假期外出打工。高一暑假，她去了富士康，负责屏幕检测，"工资高，伙食也不错"，因住宿条件差，没有地方洗澡，加上不想上夜班，"只干了一个星期。"高三暑假，高考一结束，她再次进厂，哪怕即将踏进大学的校园，文瑜依旧坚持了中学时代的打工习惯。

——在我的学生中，文瑜是将个人打工经历说得最清楚的学生，也是坚持各类劳动最多的学生。"回家就干活，一有空就干活"，成为她漫长求学阶段的基本状态，与城里同龄孩子辗转各类教培机构、不断刷题的日常构成了鲜明对比。在妈妈的带领下，作为大姐的文瑜，劳动的习惯早已深入骨髓，弟弟妹妹也极为勤快。以前，文瑜意识不到劳动的历练对自己的影响，直到进入大学，她发现自己总是比别人更有耐心，遇事不怕麻烦，也更愿意担当一些公共事务时，她隐隐约约觉察，恰恰是多年的劳动锻炼，让她获得了精神的钙质，加速了个人的快速成长。

奶奶没有电话，并不知道文瑜回来的消息。我们进村时，老人正坐在一张红色的矮板凳上，静静地守候身边的缓慢时光。深蓝的围巾，衬着布满皱纹的黧黑面孔，整个村庄，愈发显得寂寥和安宁。和任何一个海边的老人一样，尽管天气很冷，奶奶上身穿了棉袄，脚上却套着一双凉拖鞋，她的背，几乎弯成了九十度，就算已九十高龄，依然不愿跟随子女一起生活，更不愿随文瑜一家进入县城，老人早已习惯居住了几十年的低矮泥屋，习惯了身边的田野和小路。

在安静的村庄，文瑜用很大的声音和奶奶说话，老人听力不行，思维和行动还算敏捷。孙女的到访，对老人而言，更像一场意外的惊喜，她没有女儿，几个儿子大都离开村庄，在不同的地方生活，对她而言，最快乐的时光，就是儿孙的身影突然出现在村庄或身后。短短两个小时的陪伴，奶奶一会儿塞钱给文瑜，让她去村口的小卖部买零食招待客人，一会儿返回屋子，清理起自己的衣物，将一些颜色鲜艳的服饰塞进孙女的手中。

文瑜将镇上买好的零食交给奶奶后，找来一把剪刀，开始给老人剪指甲。在离开奶奶回到父母身边后，从八岁开始，文瑜骑着单车从 C 镇出发，不定期回到村庄给奶奶送鱼，她记得童年跟随奶奶生活时，老人身板笔直，会追着爱吃零食的孙女，屋前屋后地跑来跑去，但现在，"奶奶慈祥了很多，也衰老了很多。"

——半年后，文瑜大学毕业，还没拿到第一个月工资，老人如一片树叶凋零，静静离开了人世，"她摔了一跤，爸爸几兄弟轮流照顾了几个月，奶奶就走了"。奶奶的去世，成为文瑜最遗憾的事情，"从来没有给老人买过贵重一点的东西，念书的时候，只能给她买几十块的零食，好不容易能够赚钱，却再也没有孝敬的机会"。

我也没有想到，这是我第一次，也是最后一次见到老人。像任何一次告别，奶奶挂着拐杖，将孙女送到村口的黄泥小道，久久不愿离去。

老人的神态，和我的外婆一模一样，在南方海边的村庄，在失去外婆十二年后，我在老人孤独的背影中，被一种熟悉的感伤击中。

来 到 广 州

第三天，我在十字路口告别文瑜爸爸后，坐长途汽车回到了省站。

爸爸没有来过广州，他日复一日地劳作、修车，在沉默中用粗糙的双手，扛起了生活的重担；妈妈则在文瑜考上大学送她念书时，跨越几百公里来过一次省城。在 S 县短短的两三天中，我没有通过与文瑜父母的聊天，获得她成长的更多细节，但文瑜带我去过她的幼儿园、小学、初中和高中，带我去过她成长的村庄、小镇和县城，也带我见到了她的父母、妹妹、奶奶和二伯母。更让我难忘的是，文瑜还带我在她童年和少年时代剪螺蛳、剥虾皮、挖扇贝的 C 镇海滩，见识了渔港小镇不同于内陆的风景。

进到大学，我才认识文瑜，但回到她的故乡，我才理解了一个女孩的成长。

文瑜的高考，说不上失误，但她进入中文专业，则纯属调剂的结果。她一直喜欢理科，尤其喜欢解题，"解出一道题，我会很开心，平时骑车在路上，都会琢磨数学题的新解法"。进到大学，生活上，"通过兼职，养活自己"是文瑜对自己的最低要求。大一暑假，她去一家百果园打零工，给老板留下了极好的印象，每到年前，水果店缺人，老板就会力邀她帮忙，保证假期的三倍工资，文瑜也能在短期内赚到几个月的生活费，有两年寒假，她因此放弃了回家过年。大二暑假，她去过蓝月亮、奶茶店打短工，也去过超市做导购，甚至接过一次翻译。文瑜的短期工作信息，大多来自一些兼职群。大三上学期，她还做过课外托管，"下午四点过去，晚上八九点回来，包晚餐90元一天"。整个大学，文瑜没有找父母拿一分钱生活费，所有开销都通过课外兼职解决，她有过因兼职耽误了专业提升的遗憾，但也承认丰富的课外兼职，锤炼了她融入社会的能力。

当然，也正是忙碌的大学兼职实践，让文瑜早早意识到，同龄人不同的家境，暗中决定了彼此不同的命运。她大学期间唯一的一次自助游，同行的旅伴来自惠州，在一所三本大学念书，父亲做生意，"家里房子很大，在家就是一个小公主，毕业后的工作随便挑"。她还认识一个独立学院的男生，"爸爸是领导，工作随随便便都能安排好，工资都很高，深圳一些有名的大厂，男生都不想去"。毕业前夕的实习中，文瑜总能听到一些家境和她类似的老乡，在单位"无缘无故地被骂"，一个毕业半年的师姐，在单位的现状，同样是被"骂到麻木了"。文瑜不怕被骂，也不怕劳累，她将职场新人遭遇的人事磨合，视为进入社会的必修课程，但她希望单位的氛围能够让人放松，希望领导能够给予刚刚入职的小白，更多空间和包容。

妈妈对于文瑜大学毕业的去向没有明确要求，但广州给她留下的美好印象，让她对女儿留在大城市抱有朦胧的念想，当然，文瑜能够在S县找到好的单位，能够考上公务员或者获得编制，毕业回来，她也能接受。我留意到，相比找工作，妈妈明显更关心女儿找对象，我与她少有的聊天，话题都聚焦在文瑜的婚恋上，也许，对父母而言，孩子的婚姻大事，是比就业更为紧要的事情。

在毕业的最后一次班会上，文瑜提到"纠结到哭"的找工作经历，在很多人看来，算得上"甜蜜的纠结"。2019年毕业季，我的办公室门无数次被推开，一张张青春、困倦而又无所适从的脸，写满了迷惘、困惑和无力，满意的工作机会越来越少，城市的生存压力越来越大，而竞争的形势愈演愈烈。和班上太多去向未定的同窗比起来，在"回S县"和"留广州"之间，大四一到，文瑜不再有任何纠结，她尽管对立足广州没有太多把握，但"小县城一眼望到头"的现实，让她感觉家人从"村庄到小镇到县城"的路径，应该有人再往前推进，"说到底，回到县城，我还是有点不甘心"。作为家里的第一个大学生，文瑜认定自己应该想办法在广州留下，算是为弟弟妹妹毕业以后的选择，提供一点点依靠和参照。

大四找工作时，文瑜面临两个选择，其一，广州天河区的一家国企，很稳定，但工资不高；其二，佛山一家邮政企业，待遇好一点，也还算稳定。客观而言，在当时的就业境况下，两个选择都算不错，但都不是文瑜心仪的去处。在此以前，文瑜投递过广州公共运输部门的一家企业，可惜没有进入面试，尽管就业的大环境不好，她还是希望尽最大的努力，进到想去的地方。文瑜的纠结在于，在天河国企和佛山邮政约定的最后期限之前，必须给出明确答复，没有回旋空间，若签了其中一家，则意味着后面不再有挑选机会，若不签，则会和班上好多同学一样，迟迟难以上岸。她最后的决定是，鼓起勇气给心仪的运输单位领导打电话，询问是否能安排一次面试机会。在获得肯定答复后，她果断放弃了让她纠结的二难选择，最终通过争取来的面试，获得了想要的岗位。班会上，她和同学分享了自己的体会，"一定要坚持，才能得到想要的结果"。

2020年7月，弟弟高考结束找人咨询专业志愿时，文瑜认识了现在的男朋友。男朋友来自S县，学的工科专业，父母都是乡村老师，下面还有个弟弟，大学毕业后，他原本在深圳工作，因文瑜在广州，他转来了广州。在同一个城市相处几个月后，他们意识到了立足广州的难度，两人决定，如果要在珠三角留下来，不妨将目光放到周边的城市，这样，男朋友又随公司来到了佛山。在此以前，文瑜对到底能不能立足广州，从来不敢多想，但男友来到佛山的选择，让她坚定了信心，"就算我在广州上班，因佛山与广州有直达地铁，一切都很方便"。大学班上有好几个女生，来自佛山或深圳，在家人资助下，早已成家立业，解决了买房的大事。文瑜曾经很羡慕她们，但现在，她对自己和男朋友通过努力一步步立足佛山的现状，感到踏实和满意。

文瑜的妹妹，2022年从广东石油化工学院毕业后，在深圳做外贸，"她喜欢深圳，认为深圳才是真正的大城市"。和自己一样，妹妹念大学期间，也通过兼职养活自己。弟弟从湛江一中毕业后，就读广州一所工科大学，珠三角一带制造业的发达和优势，为弟弟的就业提供了天然的便捷，但文瑜还是希望弟弟能够考研，期待家里出现第一个硕士生。

很小的时候，文瑜认为家里穷，长大后回望，她发现"家里没有想象中的差"。她将家庭良好的发展势头，归结到继母身上，"她非常善良，对奶奶也很好"。奶奶没有女儿，爸爸几兄弟不懂得照顾老人的细节，妈妈会耐心地将食物煮软，会注意老人换季衣物的更替，"妈妈对待奶奶，就像对待小孩一样"。更难得的是，妈妈重视教育，尽管没有给孩子们更多补习时间，但她严守传统的价值观念，言传身教，亲力亲为，不溺爱子女、注重劳动实践、注重对孩子品行的锤炼，事实上为子女立足社会提供了最大的支撑，更成为文瑜能干、敢担事、富有责任心的根源。

爸爸的六个兄弟中，有不少和文瑜一起长大的堂姊妹，无一例外，他们都延续了"初中辍学—外出打工"的人生轨迹。整个家族，也只有文瑜三姐弟有机会进入大学校园。在文瑜的人生中，如果不是继母的出现，她最有可能延续堂姊妹的命运路径。

对农村女孩而言，教育机会的获得，如此重要，又如此偶然。

—— 有意思的是，在我走访的学生中，不只文瑜和妹妹，分别就读广东 F 学院和广东石油化工学院，在我随后要去的晓静家，她和弟弟，同样就读这两所高校。我越来越意识到，在很多人眼中普通的二本大学，对任何一个农村孩子而言，都需要走过长长的路，需要历经更多看不见的偶然和必然。

2021年－2022年

2020年，因为疫情，出门变成了一件不确定的事，我不得不暂停延续了几年的家访行程。

2021年1月，林晓静考研结束后，我获邀来到了她广东饶平的家。2022年1月，何境军结束考研"二战"，我去了他广东廉江的家。

在我的学生中，晓静和境军遭遇了大学生活的疫情挑战、遭遇了史上最难就业季，历经了考研的压力和挫折。在此以前，面对二本学生越来越难以立足社会的现实，我一直忧心忡忡、倍觉压抑，疫情过后，我深刻领悟到，相比教育对年轻人生存的左右，时代的大势才是决定他们命运的关键。显然，比之晓静的波澜不惊，妈妈的人生轨迹，更能凸显时代大势对个体命运的影响和渗透。

时代就在身边，很多时候，我们对此会毫无感知，觉得一切都是理所当然。

境军的成长，则让我认识到教育过程中外界力量适度介入的意义。相比同龄人，境军来到广东F学院，除了个体足够的觉醒和努力，同样离不开背后家庭的奋力支撑。

记下晓静和境军，是希望文字的黏性能够给疫情防控期间的年轻人，留下些微生命的剪影。让我欣慰的是，尽管两位历经了疫情的折腾以及"二战"的失败，但并未被沮丧的情绪主宰，他们坦然进入一些小公司，在广州那些并不起眼的角落，悄悄安放需要休憩的心灵。他们的淡定让我安心，他们勇敢走向社会的勇气，也让我感知到一场更为重要的成长已经开始。

2022年1月，我还去了温钰珍广州萝岗和韶关新丰的家。钰珍是我入职广东F学院教过的第一批学生，她内心的笃定和日子的宁静，让我看到一代年轻人安身立命的可能。除了时代和家庭负载的幸运，钰珍顺利立足社会，是否还有其他要素？对她的寻访，为我透视其他学生的命运变迁提供了参照。

我知道，正是本书中更多学生的出场，丰富了此前我叙述的二本学生群体，他们展示的驳杂和丰富，让我意识到，任何整体性的表述都面临天然局限。

一、妈妈的梦，晓静的梦

路 途 中

D7513到达饶平站时，天色尚早。

在熙熙攘攘的下车人流中，一股熟悉的潮汕气息扑面而来。火车上临时认识的小女孩，此刻正被爷爷奶奶牵着，急匆匆地汇入归家的人群；年轻的母亲，怀抱稚嫩的孩童，手推行李，小心寻找拥挤人群中的缝隙。和我熟悉的故乡车站比起来，潮汕地区的火车站，最大的特点是人多、孩子多、人气旺、热闹非凡。

临近春节，和所有卷入春运大军的人流一样，这些在饶平站下车的旅客，正急切踏上归家的旅程，盼望和家人早日团聚。

广州距离饶平有457公里。在学校的时候，我从来不觉得晓静来自如此遥远的地方，广东F学院的生源，大都来自省内。我作为外省人，对时空、距离的丈量尺度，总是不自觉地以"省"为单位，但眼前的不同景象和陌生方言，让我对于省内距离有了真实感知。说起来，我没有给晓静上过专业课，只在大二那年，应全校思政课的统一安排，给他们班讲过几次"粤港澳大湾区"的发展，她比别的孩子主动、热情，总爱坐在第一排，眼睛里始终闪着光。我曾经给她牵线介绍过一次兼职机会，工作内容和她热爱的民俗调查有关，她因此跟我更为亲近。

对晓静而言，通过上大学，从故乡饶平来到广州，是一种深刻的变迁。

走出站台和过道，我远远就看到了车站出口的熟悉身影，晓静身后，跟着妈妈和弟弟。妈妈留着短头发，穿着牛仔裤和针织衫，满脸灿烂的笑容，弟弟清秀的脸庞，略显腼腆。

从饶平车站通往晓静家乡的路，正处于大修大建阶段，一半的路面，处于开膛剖肚状态。妈妈热情地告知，路面正在铺设水管，因饶平靠海，每到涨潮季节，海水容易倒灌。在很长一段时间之内，饶平隶属汕头，直到1990年代初期，才划归潮州管辖，县城距离海边很近，公交车也就三四十分钟车程。妈妈将饶平发展缓慢的原因，归结到它划归潮州后一直被忽视的地位。多年来，这个紧靠潮州市区的县域，仿佛被遗忘了般的处于灯下黑的境况，以致短短二十公里的直线距离，狭窄的山路成为最快的捷径。但眼下，这种境况正被切实地改变，到处开挖的路贯通后，将很快把饶平和潮州连通在一起。伴随道路的扩建和升级，路边新修的房子，如雨后春笋般冒出。显然，"要想富，先修路"的发展思路，此刻正在饶平变为现实。

浓霜中沿路看去，到处是果树的身影：密集的龙眼林，颜色鲜艳的柿子树，正在开放的梅花园。妈妈兴致很高，"你要是早点来就好了，梅花一片一片盛开，特别漂亮。我们这儿果树好多，橘子、杨桃、梅子、柿子、荔枝、龙眼，好多好多。"一路上，妈妈反复强调，饶平在潮汕一带被严重忽视，在一波一波的规划浪潮中，没有赶上任何机遇。县里最大的工业园，她能想到的企业，除了一家洗发水公司，还有一家以盐焗为主叫无穷鸡翅的工厂，此外，海边的捕捞业，算是饶平经济的重要补充。当然，随着漫山遍野的茶园越来越多地扑入眼帘，任何一个初到饶平的外地人，都能看出饶平经济与茶叶之间的牢固关系，而不时出现的密集村庄，则昭示了这片土地人多地少的天然矛盾。

饶平的地势，一边是平原，一边是山地，北边的山地，与福建相邻，"前面那些山，看着很近，走过去要一天"。车子沿着正在修筑的马路行驶二十分钟后，拐入了一条通往山区的县道。事实上，我们刚刚驶离高铁站，晓静便告知，她高中就读的华侨中学就在路边。远远看去，校舍古色古香，颇具学府规模，弟弟念的饶平二中，则在她学校的对面。两个孩子，就读于县城最好的中学，在长达六年的时间里，妈妈骑着摩托车，以最快的速度，往返八十公里，每周接送晓静和弟弟。妈妈对脚下的这条马路烂熟于心，每一个细节的变化，都逃不过她的眼睛，但她不知道，雨天接送晓静，只要听到女儿说大雨打在脸上很疼，作为母亲本能的一句话，"你将头藏在我的衣服里"，让女儿瞬间泪流满面。这是属于晓静的秘密，是一个母亲无法触及的女儿情感流淌的盲区。

有意思的是，正是沿着脚下这条被官方编码为084的县道，晓静链接了她的小学、初中和高中，一直接到四百公里外的广东F学院。

车子开到一处山脚下，妈妈建议我们停下来，去游览旁边一座隐藏于山顶的水库。登上山顶，在层峦叠嶂的山峰中，到处可见郁郁葱葱、规规整整的茶园，刚刚经过的县城，看起来近在眼前。岭头水库藏在一处大坝后面，外人根本发现不了这一处美景。对于山脚下的村民而言，水库的存在，保障了几千人的饮水安全。在我朦胧的印象中，水库的修建，和1970年代尚未瓦解的集体经济有关，在陌生的地方，这是最容易勾起乡愁的载体。晓静妈妈和我同龄，她对水库的印象，和我一样都来自那个时代的共同记忆。在忙碌的日常中，她经常抽空跑到山上，看看风景，伸伸懒腰，悄悄放松一下劳累的精神。

妈妈的家，在江西赣州的一个客家村庄，和源盛、早亮、魏华一样，晓静的妈妈同样来自外省。赣州娘家和饶平婆家比起来，地势要平坦很多，也要开阔很多，但村庄的人口却日渐稀少。随着人口的外流，妈妈娘家的亲人，早已迁居到了附近的小镇。

妈妈有六姊妹，上面一个哥哥，下面四个弟弟，她位居老二，从小在男孩堆中长大，性格因此多了一份阳刚和果敢。事实上，因为家庭负担重，她从小就没享受过独生女儿的宠爱，更因哥哥生病，她实际上承担了长子的重担。小学毕业，妈妈因一分之差没有考上初中，原本在小学任教的叔叔，可以帮忙说点好话，但叔叔骨子里认为女孩没有读书的必要，压根就没为她争取唾手可得的就学机会，"一辈子最后悔的事情，就是没争取念上初中"。

晓静知道，这是妈妈内心深深的隐痛，也是左右妈妈诸多人生去向的隐秘诱因。

念小学的时候，妈妈根本没有时间学习。外婆家属于典型的农村大家庭，赶上了1970年代的那波出生潮，多子女、贫穷是其基本底色。从记事开始，每天早上五点多，天还麻麻亮，妈妈就会被外婆催促早起，赶在上学前去挑水、洗衣服、割草，干各类应季的农活，"从来就没睡好过，一上课就打瞌睡"。放学回到家，妈妈必须立即投入劳动状态，放牛、拔猪草、砍柴，一大堆忙不完的家务活等着她来干。妈妈对大集体的生活，有着深刻印象，父亲一年到头在外修路、修水库，轮到她和哥哥拿着箩筐去大队领取稻谷时，总是被队长告知家里超支。哥哥沉默不语，她会质问队长，为什么爸爸在外面干活，明明工分高，家里反而会超支？

到十五六岁，妈妈完全被家人当作了一个成年的男劳力，她学会了极为复杂的犁田、耙田、打农药等农活，懂得下种的时节和技巧。为了增加收入，她甚至开始在各类工地当小工，不是挑砂浆、挑砖，就是在高高的脚手架，来回运送建筑材料，甚至参与危险性极高的抛砖工作。分田到户后，碰上去粮站送公粮，她总要挑着重重的担子，走上仓库临时搭建的高高悬梯，将谷子倒进深深的库房。在妈妈的少女时代，作为家庭的主要劳力，她和外公外婆一起支撑这个家，直到1990年代初期，随着改革开放的风潮从沿海传往内地，她终于决定跟随外出打工的表姐，去外面的世界看看。

从此，将每个月的生活费留下来，剩下的工资全部寄回去，成为妈妈外出深圳打工后，和家里最为直接的关联。从江西嫁到广东后，除了初期短暂地回过娘家寻找退路，妈妈很快意识到，故乡早已不能给自己提供任何依仗，所有的一切，只能自己扛。

晓静眼中的外婆家，更多时候，只是一个挂在嘴边的地名，从小到大，她去外婆家的次数寥寥无几，以致每一次跟随妈妈过去的场景，都异常清晰。她记得妈妈第一次带她和弟弟回江西，两个孩子，只买了一个座位，拥挤中，疲惫的妈妈轮流抱着他们度过了漫长的旅程。她还记得弟弟在冬天的雪地里，第一次看到满地的洁白，满脸错愕地问妈妈：怎么到处都是盐？

小家庭负担重，婆家和娘家天遥地远，作为独生女，自从嫁人后，妈妈没有时间，更没有精力去顾及江西父母的生活，她因此心生愧疚，却毫无办法。事实上，多年来，关于娘家亲人的困境，她并未逃避，一直在分担。为了躲避计划生育，弟弟在二胎双胞胎女儿出生后，从满月起，一家人一直躲在晓静家，其中一个孩子，在饶平独自养育到三岁才送回江西。年迈的母亲知道女儿的心思，总是宽慰，"那么多年，你打工的钱都给了家里，已经帮了很大的忙。"

晓静妈妈历经的"外出打工，嫁往外地"的人生轨迹，和我诸多同龄姐妹如出一辙。我童年记忆中的远房表姐、堂姐、表妹，还有村庄一起长大的小伙伴，在随后轰轰烈烈的时代大潮中，大都历经了外出打工、回馈家庭，然后在婚姻的惯性中，开启按部就班、生儿育女的人生路径，并在各自越来越快的日常忙碌中，逐渐模糊了曾经清晰、童稚的面容。多年来，我常常想起这些年幼时朝夕相处的姐妹，在时间的起起落落中，她们恰似大海中不起眼的浪花，仿佛突然之间，随着长大成人变为事实，便在我的视域中消失得无影无踪。我从来没有想到，我以教师的身份，在家访提供的便捷中见到晓静妈妈后，得知她的人生轨迹时，会突然在瞬间的回望中，穿越时空隧道，看到那个曾经熟悉的群体隐匿的命运。

—— 临近傍晚，我们结束了半天的游玩，从县道拐过一条机耕路，进入一个群山环绕的村庄，来到了晓静的家。

在密密麻麻的房屋中，晓静家新建的楼房，高高耸立，极为亮眼，恰如进门处，妈妈在墙角收拾的小花园，只要让人见过一眼，就再也难以忘怀。

拜老爷与深圳梦

第二天一早，晓静妈妈开始打扫庭院，收拾小花园。随后便挎着大红色的供品篮，去马路边的小卖部购买供品：香蕉、砂糖橘、沙琪玛、香烛。根据风俗，当天是村庄拜老爷的日子，每个月的初一和十五，拜老爷的惯例，坚如磐石地根植于村民的内心。

拜老爷的场所，在后山一片茂密的树林中，树林离村庄不到三十米，远远望去，庞大的树冠相接一体，恰如竖在村庄背后的天然屏风。穿过一片古旧房屋中间的石头小径，赫然可见一条石板台阶通往林中，拾级而上，很快便到了最茂密的树冠下面，向左拐个弯，再爬几十级台阶，我们便到了老爷宫。老爷宫规模不大，修建得极为精致、华美，宫门口挂了两个大大的灯笼，上面写着"合乡平安"的祝语。老爷宫前面的香烛台烟雾缭绕，桌子前面摆满了琳琅满目的供品，其中粿条与写有"全家平安"的元宝，极富潮汕特色。我悄悄留意晓静妈的祭拜程序，学着先摆供品再点香，拜完天地，再拜老爷，一种庄重仪式滋生的敬畏感油然产生。有意思的是，祭祀的过程虽然严肃，整体的氛围却家常而放松。妇女们叽叽喳喳，有说有笑地排队等待敬拜，显然，老爷宫不仅承担了村人的信仰、寄托，更是村庄女性日常的公共空间。

拜老爷结束，我们从另一个方向下山，很快便进入通往其他村庄的水泥路。妈妈兴奋地带领我们登上屋后的一块高地，村庄的面貌一览无余，瞬间完整地呈现在眼前。昨天傍晚，晓静带我从村庄的前面进门，穿过的房屋大都为红砖水泥所建，站上高处后，我才发现密集的砖瓦民居背后，隐藏了村庄真正的秘密：显然，这是一个古老的村庄，从东往西看，传统的民居，围合成一艘船的形象。灰色砖瓦形成的屋脊，白色的墙壁，狭小的窗户，彰显出一种庄重的美感，和浩天村庄雕梁画栋的绚烂比较起来，晓静村庄显示出一种质朴的厚重。

也许，靠海的距离，左右了建筑风格的选择。

我们从山坡缓缓而下，不知不觉从另一个方向进入村庄。待到靠近，我才发现，那些古老的建筑，从裸露部分的墙壁看，大都用石头砌成。墙壁上模糊的标语，隐隐约约叙述着村庄在革命年代和红军的关联。我后来才知道，饶平和我的故乡一样，因地处偏僻，是最早的革命老区，我脚下古老的石头路，曾经有红军的队伍走过，一种真切的历史感扑面而来，这种感觉，和昨天晚上村庄给我的印象完全不同。

老房子里，每走几步，就有一间"摇茶房"，村庄久远的"制茶"历史由此可见。妈妈提到，多年前，村庄的道路没有修通时，经常有海陆丰的人跑过来，躲在隐蔽的深山中制作假烟，他们雇用不会说当地话的越南人，和外界始终隔绝，唯有呼啸而过的警笛突然响起，旁人才会猛然意识到深山中的秘密。道路修通后，这些暗处的污垢，一夜之间神奇消失，茶业的品牌瞬间擦亮，坪溪单枞，成为当地的耀眼名片。

村庄的女人不少，一路走来，不时有人和晓静妈妈打招呼。更有一些热心的老人，将我们拉过去喝茶闲坐。晓静作为村庄少有的大学生，尽管也会被人善意地开玩笑，"读了大学，只怕还没初中毕业的茶老板赚得多"，还是会被一些家里有孩子念高中的母亲，细细打量，悄悄询问。也有一些看起来淡漠的脸孔，从虚掩的门后一闪而过，晓静妈妈告知，这些都是外来媳妇。外来媳妇多，早已成为村庄的特色和秘密，她们大多来自河南、广西、云南、江西、贵州、福建，也有几个越南姑娘，其中福建女子最多。因饶平毗邻福建，村庄采茶高峰一到，必然会从福建请人过来帮忙，一些女子就此留下，至于越南女性，大多偷渡过来，我估计，和正敏、沐光村庄的情况差不多。

无论来自哪里，生活几年后，外地女子都会说当地方言，并在每个月的初一和十五，沿着古老的石板路，满心虔诚地去拜老爷。

在村庄诸多的外来媳妇中，晓静妈妈也是其中的一位。

作为外来媳妇，在嫁入村庄以前，妈妈有过几年的深圳打工经历。1990年，在家里负担极重、看不到其他出路的情况下，妈妈央求表姐带她南下，从广西到深圳的车费是四十元，家里连这笔费用都无法支出，她踩了三十里单车，想找刚刚卖出猪仔的姑姑借五十元，却没有借到一分。回家的山路上，她一路眼泪一路自责，最后是哥哥的未婚妻拿出了这笔钱，二十岁的姑娘，才得以来到表姐口中改革开放的热土深圳。

初到深圳，没有技术，找工作并不顺利。表姐可以将她带来，却不能保证帮她进厂。和任何一个茫然失措的打工女孩一样，她和另外一个外省姑娘，结伴一起走遍横岗，一天仅吃一顿，最后进入一家制衣厂负责钉珠。此时的珠三角，正处于"三来一补"的高峰期，确实吸纳了大量劳动力，但残酷的用工制度，也让很多人难以坚持。妈妈所在的制衣厂，一天的日程如下：早上7点上班，中午12点下班，吃过午饭1:30上班，晚上6点下班；吃过晚饭，从7:30开始，加班到12点。等到忙完，宿舍早已没有洗澡水，就算如此，每个月的工资仅仅五十元。还完债务，给家里寄了三十元后，妈妈和外省女孩决定离职，这样，第一份工作仅仅维持了三个月。

离职那天，为了不引起厂方注意，她们白天观察情况，晚上十二点以后，利用门卫睡着的机会翻出围墙，连押上的身份证都没有要回。两人的目标很明确，一定要去龙岗区，"整整走了一个晚上，别人说哪里有鬼什么的，我说我们连命都不要了"。辗转找到一个老乡，在她宿舍藏匿了三个晚上，被老板察觉赶了出来，"没地方睡，我们跑去睡坟墓，深圳那时的坟墓，像个小房子，睡了三个晚上，全身上下都是蚊子咬过的包，脸上和手上，像被针扎过"。没有办法，只得先找个厂待下来，这样就去了一家玩具厂。

对晓静妈妈而言，转机出现在第三份工作中，此时距离她来深圳已超过一年。在玩具厂安顿好后，妈妈始终留意新的机会。她打听到协调电子厂一直缺人，到处招工，但要通过考试，"很幸运，英语字母的大小写、数学混合运算，我都拿不准，但凭记忆做出来了"，这是妈妈第一次感受到知识的威力。同行的女孩没有通过考试，辗转到了别的工厂，最初几个月，两人还会在休息日互相走动，不知不觉就失去了联系，"不知她嫁到了哪里，也不晓得她过得怎样"。两个异地的姑娘，曾一起翻围墙、一起住坟墓，彼此壮胆，用心找工，在艰难的青春年代互相陪伴，终究在随后更为汹涌的时代大潮中，四处冲散，再难获得对方的一丝消息。

协调电子厂是一家合资企业，有两千多职工，管理比以前的工厂规范了很多。"第一个月试用期，工资是380港币，当时1港币折合人民币0.68元"。度过试用期，妈妈的工作进入正轨，因性格开朗、沟通能力强，加上靠谱、能吃苦，很快就当上了组长，每个月的工资，达到两千多。此时，她已成为家里的顶梁柱，每个月工资除了留下生活费，剩余部分都寄回了赣州的家。电子厂伙食好，"吃的早餐，从来不重样"。唯一让她不满的，是员工多，干任何事都要排长队。部门经理看到她组长岗位的出色表现，对她极为器重，明确表示会重点培养，并不时将她抽调到办公室整理文件。面对领导的器重，妈妈唯恐辜负这份期待，诚惶诚恐，并不断强调，"我书读得太少，头脑简单，只怕难以胜任"，她的态度逐渐消极，直至最后因逃避错失了这一人生的重要机遇。多年后，还原这次经历，妈妈承认，这是她人生最大的失误，"不是不想学，而是基础太差，能力有限，更重要的是，我已经二十四五岁了，总认为年龄大了，不可能一辈子在外打工，到手的机会没有珍惜，也就没有在深圳留下来"。

堂嫂的经历，让妈妈在此后的人生中经常感慨，两人外出打工的时间不相上下，两人都做到了组长岗位，不同的是，念了初中的堂嫂坚持了下来，现在已是一家公司的高管，而念了小学的妈妈选择了消极逃避，没有在电子厂继续往上走，后来的境遇，两人天差地别。这是妈妈内心不甘的隐痛，也是她在无意识的个体命运对比中，对时代机遇的事后感知。

她未竟的深圳梦，就此在内心更为牢固地扎根。

当组长期间，妈妈作为基层管理者，被公司安排住在别的地方，相比人员密集的普工宿舍，管理层的住宿条件要好一些。在这里，宿舍守门的普宁阿伯，给妈妈介绍了一个男孩，也即晓静的爸爸，他在另一家工厂打工。在多年辗转漂泊的生活中，有一个男孩为了等她，可以从上午九点一直坚持到她下班，这让她感动，也让她内心不安。她尽管隐匿了一份对失去满意薪资工作的不甘，害怕如期而至的婚姻生活吞噬人生的希望，就如面对部门经理的器重，缺乏接受的勇气一样，面对男孩的追求，她仿佛找不到拒绝的理由，"吵了很多次，不知道为什么，还是会跟着他跑"。两人最后商议，女方从电子厂辞职，男方也离开工厂，一人筹一半钱，接手双方看中的一个门面，"离职的时候，我的工资涨到了两千七百元"。两人看中的门面，需要三万元本金，女方积攒了九个月的工资，早已为未来的小家庭做好打算，但男方回到村庄的老家，筹借另一半本钱时却无功而返。

电子厂的工作已经辞掉，没有退路可走，男方拿不出本钱，盘下门面做生意的计划就此搁浅。门面很快被熟人拿走，并获得了可观收益，这是妈妈心中另一重更深的遗憾。此后的人生经历让她看清，相比电子厂提拔的机遇，盘下门面做生意更能看到确定性，"光是店里的存货，就不止三万元，里面还有一部长途电话，当时 BP 机流行，每个月光电话费，都能赚到不少钱。"没有任何纠结，爸爸提出结婚后，妈妈毫不犹豫将准备盘下门面的本金交给了父母，以此作为对家庭的最后一次回馈，然后和他回到了陌生的村庄。

在我走访的学生家长中，晓静妈妈对自己的打工经历最乐意谈起，描述也最为清晰。对比早亮和魏华妈妈提起南方打工经历的粗疏，晓静妈妈的讲述，让我深刻感知到"深圳经验"在她生命中打下的烙印。堂姐和自己境遇的差距，让她愈发坚信不同教育程度导致不同的命运。在和我聊天的过程中，妈妈不止一次地流露遗憾，后悔轻易离开电子厂，后悔没有领受领导的器重，后悔缺乏挑战的勇气，更后悔和丈夫认识后，意气用事，没有克服困难将看中的门面盘下来。

时代的巨轮就此滚过，任何一个细小和不起眼的机遇，或因为坚持或因为逃避，不经意中足以改变一个人的命运。对妈妈而言，深圳在随后炫目的发展中，更加强化了她和这座城市的关联。很多打工妹或许从未意识到这种擦身而过的在场机遇，晓静妈妈在离开深圳后，在随后的时空中，清晰感知到了命运曾经暗中向她显露的另外可能。

妈妈始终记得离开深圳后，1995年深秋第一次跟随爸爸来到村庄的情景。汽车到达饶平车站时，已是深夜两点，天气寒冷，衣服没带够，两人坐在外面瑟瑟发抖，车站保安一片好心，备了开水将他们叫进值班室，就这样熬到了天亮。待街边简陋的早餐店开张，各喝了一碗粥，吃了点榨菜，两人准备坐唯一的班车回去。没想到当天从饶平开往村庄的中巴，临时出事无法成行，折腾到上午十一点，直到碰上村里熟人的拖拉机，才搭上顺风车回家，"一路都是土，我攥着拖拉机，一路哭过来，进入村庄下山的坡，茂盛的大树将两边围住，中间看起来像一个山洞，树的缝隙只能透出一点点光，到现在，想起那条阴森的老路都害怕。"

在村庄定居不久，妈妈便强烈感受到了一种莫名的排外：她穿深圳买的连衣裙，有人在背后指指点点，古老的巷道，从来没有过如此时髦的身影；她穿以前买的高跟鞋，有人在丈夫耳旁嚼舌头，说她从事不正当的职业；更有年长一点的本村男人，说外地人嫁过来，只能靠婆家养活，她回应的方式非常直接，"我这个外地人，不会要你们本地人养"。爸爸回到村庄，很快习惯了祖辈沿袭下来的生活轨道，对来自外省的妈妈而言，融入村庄却要经受艰难的煎熬，"最让人难受的，是村里没有人说普通话，找不到人交流"。为排遣寂寞，她会翻看打工期间留下的杂志，也会玩一些俄罗斯方块消磨时间。爸爸每晚吃完饭就外出打牌，从没意识到妻子需要陪伴，妈妈忍无可忍，怀着晓静时，曾在辗转反侧的一天深夜，跑到村口河边茂密的竹林中，伴着流水声，在石头上枯坐了几个小时。直到打牌归家的丈夫，发动全家人到处寻找，才在密林中发现妻子的身影，"那种孤独，我怎么都忘不了"。

除了孤独，还有贫穷。

在大家庭共同的开销中，妈妈将私存的两千元花光后，随着晓静的降临，生活显露出严酷的一面。大嫂决定带她去茶场，通过挑选茶叶中的老骨头补贴家用，"一天十个小时，十块钱。"这仅有的挣钱机会，因为无法兼顾晓静的喂奶时间，很快也只能放弃。妈妈和婆家之间的矛盾越来越深，依据村庄的惯例只能分家，在叔叔、叔公的主持下，他们的小家庭很快独立出来。

在晓静记忆中，老房子的家从来没有什么家具，但她记得分家后的第一件事，是妈妈带着自己回了一趟娘家。找大娘借了五百元，转车揭阳，途经梅州，妈妈第一次踏上了归家的路。唯一的女儿远嫁外地，父母原本就竭力反对，但女儿带着外孙女回来，他们也不忍责备。妈妈一闪而过的念头中，包含了回到赣州就不再返回饶平的打算，眼见年迈父母的苦苦支撑，她立即意识到潜藏内心的冲动想法，和当初不听劝阻坚持远嫁并无差异。在娘家住了十几天后，她平静地回到饶平的村庄，回到丈夫身边，并在第三年，生下了第二个孩子，晓静的弟弟。

在晓静看来，妈妈真正的成熟，从分家后第一次回娘家开始。意识到千疮百孔的故土并不能给自己提供任何依仗，妈妈很快学会了村庄的方言，很快融入了拜老爷的队伍，很快投入祖祖辈辈养家糊口、生儿育女的日常生活，并从内心接受自己就是村庄外来媳妇中的一员的现实。她收起炫目的裙子，舍不得扔就用来遮盖茶园防止虫害，她搁起高跟鞋，任它变碎变烂不再沾边。有意思的是，无论妈妈怎样融入村庄，从很小开始，晓静就清晰感知到了妈妈和别人的不同：她是村庄第一个穿裙子、穿高跟鞋的女人；是村庄第一个骑摩托车的女人；是村庄第一个拥有驾照并喜欢飙车的女人；也是村庄第一个拥有QQ空间、玩抖音，并常用淘宝购物的女人。

流尽委屈和不甘的眼泪，在两个孩子出生后，妈妈身上的活力，再一次被神奇地唤醒。

她与村庄的关系，彼此渗透而又互相塑造，恰如开放深圳和古老潮州的一次交汇。

摩托车上的生计

直到第三天，当妈妈用摩托车载着我们，在通往茶园的山路上纵情驰骋后，我终于明白，她的微信为何标注为"英姿飒爽"。对妈妈而言，摩托车既是她的代步工具，也是她隐匿的梦想、不断释放生命活力和生存压力的秘密武器。晓静经常设想，如果村庄的每个女人都能拥有一匹马，妈妈必是那个跨上烈马、风一般自由的女人。

晓静快六岁，弟弟满了三岁后，妈妈生活的重心，从陪伴孩子转移到了生计。捉襟见肘的经济状况，仅仅依靠去茶场挑选茶叶骨头远远不够。随着孩子们的成长，教育开支的加大、逼仄而老旧住房的翻新，都成为看得见的压力。

村庄尽管闭塞，距离历史文化名城潮州仅仅一山之隔，抄山间的近路，不过二十公里的距离。妈妈嫁过来后，经常和村里的女人结伴去潮州购物，她留意到街上的婚纱店特别多，店门口经常张贴钉珠、人工绣花的招工广告。她敏感地意识到了其中的商机，意识到珠绣的特点是需求量大、工序繁琐，好处是能自由安排时间，甚至可以带到家里完成。村庄女性多，在劳动力方面拥有天然的优势，妈妈主动和其中的一个老板沟通，商量拿货去村里做，定期送回产品。协议很快达成，妈妈由此开始了婚后第一项重要的生计。

细说起来，妈妈的业务，主要包括两个部分：其一，自己做；其二，承包给村里其他人做。工作的流程，则包含拿货和送货环节。"我第一次去拿货时，你知道我用什么交通工具吗？我踩着单车，去到市中心，往返四十多公里。去的时候是下坡，感觉还好。回来的时候，驮着七八十斤货，上坡推了四五个小时，又累又困又渴，最后在一棵大树下，将单车推倒竟然睡着了。一个婆婆将我叫醒后，上坡的路还得继续推，我一路推一路哭，一路眼泪哗啦哗啦流。我是为了什么？我到底又做错了什么？后来就不想了，两个孩子才几岁，把他们养大就好，别的我都不去想。尽自己的能力，给他们最好的，不和别人比。"算起来，上午出发，直到天断黑才将货推回家，往返花了一天时间。第二次拿货，妈妈汲取教训，找邻居借了一辆农用车，"从来没开过，问好开关在哪、刹车在哪就上路了。农用车比单车省力，但跑一段时间，皮带太热就会拉长，丧失力气后车子也会死火。没有办法，只能边开边停，坐在路边等皮带冷了重启再走。第二次拿货，同样折腾到很晚才回家。"

两次拿货的挫折，让妈妈意识到交通工具的重要。她打听到亲戚有一辆二手摩托正在转卖，想都没想就果断拿下。从此，妈妈的珠绣业务走向了正轨，"那时候我真的像疯婆子一样，高峰时，周边村庄有四五十个工人帮我做。因为太忙，两个孩子根本顾不上，三顿饭能吃上，都开心得不得了"。从潮州拿货，送货到村民家，村民做好后，上门收货，然后送往潮州厂家，成为她每天的工作日程。村民白天要干农活，只有午饭时间在家，这样，利用中午的时间上门交接，成为妈妈唯一的选择。在晓静记忆中，好多年，全家人都没在一起吃过午饭。

送货的经历，同样让人刻骨铭心。在婚纱定制的旺季，老板对交货时间有严格要求，妈妈对自己有比老板更严苛的律令，"当天拿货，必须当天做完"。为提高效率，她将村民邀请到家，亲自验货、返工。赶货完毕，为村民做好夜宵后，无论多晚，她都会驰骋穿过黑暗的山路、树林、渡槽，当日将货送去，以致老板看到深夜而来的暗影，都会惊呼她太玩命。"忙起来，我根本不会想命值多少钱，只想快点将事情做好"。最惊险的一次，是她在台风天冲过山上新修好的路基，刚刚下坡，身后便传来滑坡的闷声。她惊出一身冷汗，若不是侥幸逃脱，一秒之差，便将坠入谷底。

对妈妈做珠绣的日子，晓静有着独特的记忆。她六岁学会穿针，每天一早，就将穿好的针线，插在海绵上，以备妈妈一天之需；她会辨认摩托车进村的声音，远远传来，就会早早将门打开，迎接妈妈回家；她经常独自跑过几个村落，跨过石头，穿过小溪，在别人村庄拐弯处的大树下，等待妈妈的身影。有欣喜，也有别人不知道的伤心。她害怕父母吵架，害怕妈妈摔东西，吵到不可开交时，她唯一能做的，是边哭边去摘妈妈的手表，那是家里最值钱的物件；当然，她会拥有村里女孩最漂亮的裙子，妈妈再忙，也会给女儿挑选白色的吊带裙，钉上炫目的绣珠，就算从村庄黯淡的石头路走过，也能感受到别人羡慕的目光。

在很多次赶货的深夜，是幼小的晓静，陪伴妈妈度过劳累而充实的时光。

珠绣依赖手工，赚取的费用，都是低廉的差价，但它的灵活、自由，给附近村落的女性提供了便捷的就业机会，也为妈妈带来了更多收入。"半年多，赚了几千元，平均算下来，一年可以挣一万到两万"。这份工作持续了五六年，在当时的条件下，除了维持家用还有盈余，但工序繁琐特别耗时间，"一天到晚跑来跑去，累得半死，一条龙的流程，都得亲力亲为，没有时间陪孩子，每次回家都是冷饭冷菜。"妈妈原本以为，做珠绣可以避免外出打工和孩子的分离，事实上，因为过于忙碌，根本没有空闲更好照顾晓静和弟弟。

这样，寻找别的出路，就成为父母解决生计的当务之急。

多年来，妈妈做珠绣的同时，爸爸一直负责照看家里的茶园。在村庄，每家每户的田地很少，但都拥有山上的茶园，茶业一直是传统的谋生方式。珠绣生意好的几年，茶叶的价格非常低廉，随着村里外出的人员越来越多，村庄荒废的茶园越来越大。晓静上初中后，茶叶的单价随着市场的调整有了很大回升，已从每斤二十元升到了四十五元。村里一位老人，随子女移居普宁多年，茶园也处于荒废状态，父母了解情况后，找到老人签订了承包合同。这样，从2011年开始，妈妈的生计，算是从珠绣转为茶业。

父母承包的茶园，在离家七八公里的山坡上。妈妈载着我和晓静，在乡村公路一路盘旋，无穷的茶垄在身后退去，冬日寒风中，依然显露出浓浓的绿意。妈妈骑摩托车的速度极快，在蜿蜒地飞奔中，显示出对脚下土地的信赖和熟悉。作为同龄人，我被她飙车的速度震撼，更被她的勃勃英姿和无穷活力感染。那个结束深圳打工岁月，破灭了特区梦想的姑娘，终究在具体的生计和岁月的历练中，扎根在另一片土地。我们爬上承包的茶园，就如前两天登上水库远眺，身心被一种开阔所致的放松浸润。

我因从小跟随外婆生活，经常随老人上山摘茶，曾亲眼看见外婆采摘、煮茶、晒茶、炒茶的一系列过程，自认为对茶叶制作有一定了解。事实上，晓静家因为经营的茶园远超外婆种植的规模，尽管制茶的过程大同小异，但在具体的细节上，还是有诸多不同。我以前从来不知道茶园需要修剪，直到站在晓静家整整齐齐的茶垄中，才明白为了采摘的方便，修剪是必备的环节，就算在人工采摘的季节，没有修剪的茶园，根本吸引不了采摘的工人。更何况，为了提高效率，十年以前，村庄就普遍推广了机器采茶方式。

茶叶的生长，季节性极强，适宜采摘的时间，只有二十天左右，一旦错过季节，原材料的质量会受到很大影响。这样，提高采摘速度，成为茶叶质量的关键。茶叶采摘回来，必须连夜处理，生长期的叶片，离开树干，依然具有顽强的生长惯性。无论多晚，所有的茶叶必须煮好，并用最快的速度在摊茶机上摊开，冷却控干水分后，等到合适的时候就要送进摇茶机和烤茶机。可以说，一旦进入茶叶的采摘季节，为了跟上每一个环节，没日没夜地劳作，几乎成为父母的生活常态。

——我想起去早亮家时，见到了满院子的工具和农具：拖拉机、抛秧机、板车、蒸汽锅、斩草机；而到晓静家，则见识了独特的摇茶机、摊茶机、烤茶机，见识了家家户户必备的摇茶房和烤茶房。

显然，每一个家庭，不同的工具背后承载了不同的生计方式。

种茶对爸爸而言，自小到大都极为熟悉，对妈妈而言，却是一个完全陌生的领域，他们根据各自的特点，形成了自然分工：爸爸负责烤茶，妈妈负责卖茶。烤茶最重要的是火候，"既不能不烤干，也不能烤太焦"，这中间的诀窍说不清，全靠直觉和经验。爸爸悟性好，每年都会做出几批质感特别好的茶叶，这是村庄人所共知的秘密。为了把控茶叶的质量和火候，在老房子靠近烤茶机的那张沙发上，爸爸一睡就是九年。妈妈做珠绣积累了大批人脉，加上她喜欢琢磨潮州商人的经营方式，每年的茶叶，她都能比别人出货更快。多年的经营让她悟出，卖茶的诀窍离不开熟客的支持，熟客的支持又来自彼此的信任，维系信任最重要的是产品质量，妈妈因此格外重视茶叶的质量，唯恐辜负了熟客的期待。

春茶是一年主要的收入来源，父母会将精力放在春茶的打理上，"经过冬天的藏养，春茶没有遭受虫害，不需用农药，品质会更好"。为了保证质量，妈妈宁愿产量低一点，也不愿跟随其他茶农使用催芽素。她将提高利润的途径，放在了茶叶的分拣上。以前，为了更快出货，她只是将茶叶当作初级的原材料，粗粗加工就笼统地卖给茶商。而现在，她会加强分拣，根据批次、口感、火候、精细程度，耐心地对茶叶进行分类和包装，甚至会根据客户的需求，买来纸袋或者礼品盒，进行个性化定制。整体而言，相比第一年两百多斤的产出，随着规模的扩大，目前茶园的产出已超过一千斤，家庭收入也有了很大提升。尽管看天吃饭的风险，比如突发的霜冻，也曾让春茶损失惨重，但现在，随着政府对茶叶品牌的重视，随着连接潮州公路的开通，村庄的茶业必将迎来更好的机遇。

值得一提的是，妈妈放弃珠绣转向种茶的过程，恰好伴随了晓静的整个青春期，也沉淀为她细碎而丰富的青春记忆。她想起有一年刮台风，父母不敢让她和弟弟睡烤茶房的楼上，全家人个个戴着一顶斗笠，坐在一楼烤茶机旁边的泡沫板上，看着河里的水涨起来，漫过村庄、漫过老房的基脚、漫到家里的门槛上。她想起常年居住的房间没有门，她做梦都想有一个独立的空间，但每次只要看到床头张贴的"勇敢面对"四个字，浑身就会充满力量并燃起对远方的向往。她想起妈妈的手，既有珠绣留下的老茧，也有采茶导致的关节变形，所有的生计，都在她身上打下烙印，作为女儿，她有对母亲从未表达过的无尽心疼。她想起爸爸睡了九年的沙发，一直摆在一楼固定的位置，简陋茶几上的水壶，以同样的姿势，蹲守了三千多个日夜，妈妈忙碌的同时，爸爸的付出同样不能忽视。在烤茶的那段时间，氤氲而绵密的热气缓缓上升，睡在二楼的她，伴随四处飘逸的茶香，还有那份无法逃避的闷热和窒息，几乎成为晓静对这段时光最为直接的感知。当然，对晓静而言，她生命中最深的印记，依然是妈妈的摩托车。她早已习惯熟悉的突突声和轰鸣声，早已习惯妈妈在村口、在山间、在田野，像个莽撞少年般生猛、野性而自在的身影。

晓静惊讶地发现，相比妈妈做珠绣的忙碌，种植茶叶，给她带来了更多的笃定和安宁。事实上，正是父母的劳作和智慧，托起了她和弟弟的学业，并使得他们成为村里少有的本科生。

夹缝中长大

晓静从很小就懂事地明白一个事实：妈妈拼命地做珠绣，拼命和爸爸种茶叶，都是为了她和弟弟。尽管妈妈陪伴自己的时间不算多，但目睹她的艰辛劳作，晓静除了心疼，从来没有过抱怨。和村庄沿袭下来对女孩的忽视不同，妈妈因念书太少带来了很多遗憾，一直希望能够创造条件，让晓静接受更好的教育。

在和晓静妈妈相处的几天中，我再一次确认了一个事实，和正敏妈妈一样，在艰难适应偏僻村庄的日子里，她们身上弥散的坚强和隐忍，全部来自孩子的支撑。"尽最大努力，将孩子养大养好"，成为她们告别少女时代，直面艰难生活的精神律令。这其中，个体到底经受了怎样的努力和磨难，大多随着时光的流逝，湮没在无穷的日常中，淬炼为自己偶尔想起的片段和记忆。

父母忙，从六岁开始，晓静会掺冷妈妈烧好的热水，将弟弟哄进盆中帮他洗澡；从七岁开始，晓静学会了煮饭，知道了水量和火候；还没有灶台高，在弟弟的叫饿声中，晓静必须掌勺做简单的蛋炒饭；弟弟不小心摔了包，晓静会模仿妈妈的样子，拿厚重的铁锁，按压肿胀处给包块消肿。

妈妈对孩子的要求极为严格，"该干的活，一定要当天干完，绝不能拖拉到明天"。

小学离家近，两个孩子，从未让父母接送过一天。学校从四年级开设英语课，教晓静的英语老师水平高，将全班教到了镇上第一名。到六年级，英语老师调进了条件更好的学校，一个高中生接替了班上的英语课程，这件事曾让她失落了很久。让晓静印象深刻的还有一位数学老师，他原本在初中教书，因性子耿直，得罪了领导，被发配到了晓静的学校。他教学热情高，主动引导孩子们接触奥数，带他们做各种奇怪的实验，并鼓励晓静去参加各种比赛。

妈妈记得，整个小学，晓静唯一的一次留堂，是没有背出该背的课文。她一边做珠绣，一边督促女儿背诵，"晓静听话，从小就成绩好，每个学期都有奖状，不用我操心，好多老师都喜欢她。"村里孩子多，从小学五年级开始，会在隐秘中形成帮派，妈妈叮嘱晓静，要谨慎选择孩子一起玩。

到初中，晓静开始了寄宿生活。"和最好的朋友分开后，我非常孤独，一个人吃饭，一个人学习，回到宿舍，一个人洗衣服，所有行动，都是一个人"。孤独中，晓静开始了自由阅读，"《读者》《青年文摘》这样的杂志，会传遍全班。浮山镇上有一个小书店，可以租赁图书，一些手头富余的同学，也会买书看。"

——我留意到，几乎所有对文学感兴趣的学生，中学时代都有过自由阅读的时光。学校简陋的图书角、镇上不起眼的小书店、便宜的盗版书、鸡汤文盛行的杂志，自然承载了他们对文学最初的想象，也由此打开了乡村孩子通往外面世界和精神世界的大门。李沐光如此，莫源盛如此，林晓静同样如此。

到弟弟上初中那年，县里新开了一所民办重点中学。妈妈得到消息时，已到了报名的截止日期。她丢下手头的所有事情，赶在最后一刻，给儿子争取了一个考试机会。多年来，妈妈在忙碌的生计中，一直担心乡村中学的衰败，极易导致自控力不强的男孩变坏。民办学校收费贵，妈妈和爸爸发生了激烈的争执，弟弟顺利通过考试后，妈妈说服爸爸接受事实，最终做出了农村家庭少有的选择，将弟弟送去了民办学校。

三年后，弟弟以优异成绩考上了饶平二中，成为当地最好高中的学生。

晓静因初中成绩拔尖，顺利考上了华侨中学。高中的学习，因为一次偶然的车祸，多了很多波折。高一时，"第一次拥有手机，我被网上的世界吸引，经常熬夜玩，上课就睡觉，从第一节课睡到最后一节课，荒废了打基础的最好时期。"进入高二的那年暑假，晓静想帮妈妈减轻压力，在学骑摩托车的过程中，不慎摔倒导致骨折，只得休学一年。待到重返校园，她根本找不回学习的节奏，又在文科和理科的纠结中，浪费了不少时间。重读高二回到文科班后，晓静的成绩突飞猛进，学习状态回到巅峰，最好时，考过全年级第一。因没有及时和老师沟通，错失了从普通班转向重点班的机会，也给她最后的冲刺留下了遗憾，"我想去重点班，主要是重点班很努力，学习氛围好，而普通班很松散，分化厉害，高考前还有人追剧。"华侨中学在饶平不算最好的高中，但整体学风不错，"高三时，我们通常五点四十几分就起床，等待六点钟宿舍的大门一开，迅速跑到食堂吃完早餐，就赶去教室上自习。晚上十点多，宿舍熄灯后，还有人躲在蚊帐里，就着台灯继续学习"。

回想整个中小学阶段，晓静没有经受过城里同龄孩子被"鸡"的折腾，加上自小习惯好，喜欢读书，成绩一直拔尖，也没有经受过成绩不好带来的压力。她在村庄自然而然地长大，后山环绕老爷宫的小树林，给她带来了不少乐趣，村庄嬉闹的孩子，也陪伴了她懵懂的童年。父母忙于生计疏于陪伴，很多事情，她学会了独自面对。晓静承认，相比自己对妈妈珠绣、种植茶叶的深刻印象，按部就班的求学经历，并未给她留下特别的记忆。说到底，084县道上，妈妈一千多个日日夜夜，用摩托车来回接送她的身影，终究是她生命中最为强大的支撑。

高考结束，晓静来到了广东F学院，满心欢喜地选择了热爱的中文专业。两年后，弟弟从饶平二中毕业，考上了广东石油化工学院。村里上大学的孩子并不多，他们从小在后山一起玩耍的伙伴，不是早早结婚，就是外出打工。一个比晓静小两岁的女孩，早已生育了两个孩子。多年来，晓静留意到，除了她和弟弟，村里考上大学的只有四个同龄人，考上一本的只有一个，其他都是大专。

大学期间放假回家，晓静经常一个人翻看妈妈的照片。在晓静家老房子的阁楼里，有妈妈帮她保留的从小学到高中的课本、辅导书，也有妈妈从深圳带回的影集、杂志、少女时代的歌本、寄往家中的生活费记录、初次购买的小巧翻盖手机、朋友赠送的玻璃制品礼物，以及散乱笨拙的片段日记。阁楼是晓静的秘密园地，也是她窥视妈妈少女时代的时光隧道。那些老旧的物品，在一楼烤茶机的熏染中，早已染上岁月的烟尘，在晓静眼中，这是妈妈作为一个外省媳妇，链接过去岁月的唯一依凭。和源盛一样，晓静对1990年代有着特别的兴趣。妈妈打工时期留下的照片，圆圆的脸蛋，白皙的皮肤，长长的马尾，身穿蓝色的牛仔套装，躺在草地上，自由、惬意，全身散发着别样的洋气和率性，背后的深圳，同样弥漫着掩饰不住的勃勃生机。对比自己拘谨、平淡无奇的青春，晓静感受到了一种完全不同的生命气息。

在广东F学院，我教过的大部分学生，会将就业视为念大学的重要目标。晓静与此不同，从很早开始，她就立志从事学术研究。大二起，她有意识地寻找机会参与课题研究，曾跟随博士毕业进入高校任教的师姐，参与田野调查；到大三，她的目标进一步细化，考研成为她实现学术梦想的重要一环。2019年年底，她第一次参加研究生考试，随后便进入了漫长的疫情防控阶段。

第一次考研失败后，晓静没有选择就业，而是果断离开舒适的家，和龙洞众多的备考族一样，在迎福公寓租下一间小房子，开始了再一次的尝试。2020年年底，"二战"结束，她平静地回到家，在等待成绩的期盼中，迎接即将到来的新年。

——正是在这个空当，我应邀来到她家，并在妈妈的带领下，游览水库、游览村庄、游览她高高山顶的茶园。有意思的是，与何健一样，我也是晓静家新房落成后，第一个到访的客人。这栋占地五十七平米，高达四层的楼房，每一层都被妈妈布置得簇新。一楼满足全家的公共之需，客厅、饭厅和厨房功能分明；二楼是父母的住处；三楼为弟弟的书房和卧室；晓静在四楼拥有一间大大的书房，和一个开阔的凉台，站在凉台，可以看到村庄前面蜿蜒的小河，也能俯览环绕老爷宫的那棵独木成林的大树。

临近年关，妈妈的茶园，到了不需打理的淡季，她难得拥有一段闲适和放松的时间。在与她共处的几天中，除了在外面活动，很多时候，我们在一楼的客厅，一边分拣茶叶一边闲聊，同时喝着家里种植、烤制的鸭屎香。爸爸不怎么言语，有时也会陪着闲坐片刻，脸上始终挂着腼腆的笑容。作为典型的潮汕男子，在家人眼中，他不善于经营人际关系，在讲究人情的潮汕村庄，这使得他家处于边缘位置。妈妈修建新房的强烈心愿，不仅为改善家人的居住条件，也包孕了一个外省女子的自我确认和对家庭的托举。她对两个孩子的期待，并不如别的父母直接，家族中有人开玩笑，催婚二十四岁的晓静，妈妈却认为，自己的女儿有比结婚更重要的事情。晓静第一次考研失败后，她坚定地支持女儿再考一次，无论结果如何，她不希望女儿如当年的自己，仅仅因为没有坚持，就失去了留在深圳的机遇。

她也不像其他父母，希望孩子考公务员或者谋一份稳定的职业，而是主张孩子愿意干什么就干什么，这是他们自己的事情。相比具体职业的模糊，妈妈唯一明确的倾向，是希望晓静和弟弟大学毕业后，能够留在大城市，能在广州或者深圳待下来，去见识更多的人和世界。她不希望自己的孩子，将宝贵的时间，耗尽在蛛网一般的关系中，纠结于各类人情世故的经营。她希望晓静和弟弟，能够去一个看重本事、不看重关系的地方，为想要的生活好好拼搏。在妈妈眼中，拥有大学文凭的孩子，起点比自己高了很多，广东 F 学院、广东石油化工学院，在高校的链条中，也许只是并不起眼的二本，但对小学毕业的妈妈而言，这是她和丈夫竭尽全力支撑孩子所能达到的最好结果，也是她为孩子们提供的可靠起点。

—— 晓静妈妈的经历，在1990年代极为庞大的打工妹群体中颇有代表性，她离开沿海城市嫁入外省的人生轨迹，也折射出我不少学生妈妈的共同去向。在我见过的学生家长中，晓静妈妈是对自己曾有的打工妹身份认同感最为强烈的一个，也是对"时代"作为一种起点、力量、机遇，感受最为真切的一个。在她的生命进程中，有故乡留下的大集体记忆，有改革开放经济特区的影子，更有沉淀到她骨血中的饶平村庄。说到底，那个曾经在深圳翻过围墙、睡过坟墓、拿过高薪、被领导许诺过美好前程的圆脸姑娘，和当下英姿飒爽地骑着摩托车，在无尽的茶园中奔跑、忙碌，独自拥有 QQ 空间、期待能早日自驾游的外省女子，其内在的精神流脉，始终没有被时间之河割断。

小时候，在晓静眼中，妈妈极为好强，喜欢与村里人争辩，总有一股压不住的力量，她不理解妈妈旺盛生命力的来源，不理解妈妈在很多事情上为何非如此不可。进入大学校园后，她理解了妈妈的选择和坚持，理解了妈妈对生活始终怀有期待，就如自己从来没有放弃的学术梦想。

我突然想起，在村庄老爷宫的后山上，我和晓静，曾经讨论过半天关于理想主义的话题。

二、"移民地"里的网吧少年

选修课上"三剑客"

2018年下学期，我在广东 F 学院开设过一门选修课《乡村文化研究》，学生来自全校不同的专业。9 月 20 日，在学校北苑食堂创新中心的讨论室，根据教学计划，我播放了何苦导演的纪录片《最后一个棒棒》。南方的孩子对重庆棒棒的生活极为陌生，但眼前真实、质朴的镜头，还是将他们深深打动。经过短暂的沉默，学生很快从黯淡、逼仄的氛围中走出，课堂变得活跃、明亮起来。三个坐在中间一组的男生跃跃欲试，成为热闹的课堂讨论中，发言最为积极的人。

第一个男生，戴着一副眼镜，个子瘦削，看起来颇为机灵。他从老黄生病不愿去医院，很自然地讲起爷爷。在他看来，爷爷生病以后和老黄的选择如出一辙，"他不去医院，就是忍着，总说睡一觉病就好了"。他还讲到外公、外婆，在舅舅创业很成功后，依然要住在旧房子里，即使台风将屋顶刮走，也不离开老宅半步。随后，他还讲到了妈妈，在他出生不久，曾跟随爸爸外出珠海打工，仅仅坚持了一个月，因放心不下幼子，从此不再外出，并将陪伴孩子作为人生最重要的事情。当然，让他感触最深的是老黄女儿的命运，没有任何迟疑，他当着全班同学的面强调了一句，"从小到大，我就是一个烂仔，成绩差、喜欢上网，我的成长都是由旁人在推动"。

第二个男生，眼睛极大，满脸阳光，颇有潮男的气质。他从棒棒的进城谋生，讲到自己的父母背着蛇皮袋从潮州出发，借亲戚的钱来到广州打拼。他听爸爸讲起过去的生活细节，只觉得有趣，但目睹了棒棒大军的真实生活，他心生感慨，"原来外出闯荡的人，吃了那么多苦，那种苦，不亲身经历，说都说不出来"。他反省自己，"作为独生子，对于拥有的东西，以前我总觉得理所当然，今天才意识到别人的付出"。

第三个男生，神情淡定，他用调侃的语气，形容一次八小时硬皮火车的经历，"简直是无法忍受的痛苦"，一下车，他就发誓再也不坐慢车，再也不坐硬座。但看到老黄、老甘的生存状态，他不由感叹，"他们的生活，真的很艰难"。随后便若有所思地补充，"中国近几十年的迅速发展，离不开他们的付出和贡献，我们的 GDP，其实很大一部分是从他们身上获得的，现在要思考的问题是，社会该如何反哺他们？"

我没有想到，我仅仅利用了选修课的灵动和便利，动用了情感、情绪、真实的生存细节，竟能让台下的学生通过随机的讨论，链接起自己和他人的生活经验，实现课堂和社会的对接，并逐渐打开心灵图景，引发一些深层的思考。

这是一次完全越出教学计划、课程边界的讨论。尽管在课堂设计之初，我曾渴望学生能够通过这门被命名为《乡村文化研究》，却长着一对"文化研究"触角的课程，激发自己的探讨热情，尽力超越时间和空间的限制，去看到更多人的处境，同时思考同代人的来路和去向。我原本担心经验的阻隔，会导致课堂氛围的冷清，没有料到，同学们讨论的热情，完全超出了预期。

他们在课堂上的真诚表达，带给我触动，更让我惊喜，我理想中的课堂模样，在年轻人的赤诚中如期而至。多年前我课堂上曾被激情裹挟的氛围悄然重现，一种被长期的倦怠、慵懒、麻木所包裹的疲态，竟然在一个炎热下午的课堂中轰然瓦解。我突然意识到，此前我总抱怨学生在课堂越来越沉默，而从未检讨这种成见与课堂规模太大，无法与他们充分互动有关。显然，对人文课而言，小而精、自由而放松的教学空间，有助于达成更好的教学效果。对重点大学的孩子而言，小班教学是最基本的条件，但对艰难扩招期的二本院校而言，能够通过合班将基本课程开出，已是值得庆幸的事情。《乡村文化研究》的顺利开出，正来自当年教务处力推的"创新短课"项目。

学生眼中的光，让我惊喜地捕捉到，年轻人内心善良、柔软的东西已被唤起，课堂弥散着一种雀跃、信任而又庄重的氛围。

——事后我才知道，第一个发言的男生叫何境军，第二个叫吴洁森，第三个叫周泳彬。他们来自法律系，自称"三剑客"：住在同一个宿舍，一起选同一门课，一起结伴出现在课堂，一起参与讨论。正是这次课堂的偶遇，让我对"三剑客"产生了强烈好奇，在他们身上，我感受到了一种共同的精神气质，感受到了一种1980年代大学生的久违气息。我后来了解到，大一的时候，三人原本不在一个宿舍，在泳彬带境军和洁森去大学城听了罗翔的一次公开课后，三人走到了一起，并在大二自由组合宿舍时，住进了同一间房子。

罗翔对正义的推崇，激起了三个年轻人的回应和认同，他们将此视为共享的精神资源，罗翔被叙述为一种富于钙质的偶像力量，"我们都喜欢罗翔，深受罗翔的熏陶"。境军重复罗翔对正义的描述，"阳光照耀时，只需等那个荫翳飘过去，太阳就会重新现出来"，他悄悄将这句话作为座右铭，时刻提醒自己，"不要用知识去驾驭良知，而要让良知去驾驭知识"。

三个年轻人来自三个完全不同的家庭。

泳彬来自汕头市，父亲毕业于西南政法大学，是一名出色的律师，也是一家公司的高级合伙人，在当地拥有不错的人脉和资源。从懂事起，泳彬就对自己优越的家境非常警惕，不想活在父亲的光环中，一直拼命寻找独立成长的路径。课堂的触发，让他随后选择去摩配城打工，通过干最苦力的活，体验他人生活的不易。

境军来自廉江的一个小镇，父亲常年在外打工，从小长大的环境，让他对公、检、法系统非常隔膜，泳彬和洁森会利用各自的人脉，给他介绍合适的实习单位。境军坦陈，大学期间，两个室友对他极为重要，三个人会定期召开卧谈会，分享各种信息，"泳彬的分享，瞬间洞开了我的世界，我以前没有接触过什么观点，不关注外界的事情，更不关注这个世界怎么运转，但博学的泳彬恰如我的人生导师。"洁森的仗义和温情，则让境军彻底放下了对大城市的戒备，获得了对广州的认同和归属感。大一暑期实习时，他和泳彬受邀住在洁森家，"三人相处像兄弟"。对于自己在广东 F 学院的求学经历，境军直言，"我的大学，没有塑料和电子产品的味道，我在大学期间获得的滋养，算得上好的教育，它让我真正觉醒起来"。

洁森父母文凭不高，初中毕业后，赶上了1990年代城市化浪潮的黄金岁月，他们从潮州出发，经过多年闯荡，早已在广州买房立足，给独子营造了一个好的成长环境。洁森情感细腻、温柔敏感，境军和泳彬在日常中，总会照顾他的情绪变化，对他呵护有加。

可以说，三个年轻人在共同的大学生活中，建立了一种难得的精神沟通，保留了一份稀缺、纯粹的热情，也互相滋养彼此的成长，"做一个有正义感的法律人，为他人做一些事情"，成为三人心照不宣的默契。

当然，"三剑客"中，何境军的成长经历让我最为关注。我特别想知道，说出"我就是一个烂仔"的境军，他的成长到底由旁人如何推动。选修课结束后，和正敏一样，因为继续辅导境军做课题，我和他有了更多交流。在彼此的交谈中，境军总会强调一些对他影响很大的关键节点，在我看来，这些节点无不渗透了各种教育资源，诸如家庭教育、学校教育和社会教育，在他人生的不同阶段，打下的生命烙印。

作为在场者的教师，境军课堂上的叙述，不但让我看到漫长的教育过程，作用到他身上所产生的结果，也激发我穿越课堂，回到原点，去追溯一个年轻人更多成长细节的强烈愿望。

四年后的一次家访，终于让我获得机会回到境军课堂叙述的诸多现场，我由此看到了他背后的村庄、亲人以及镇上的少年伙伴。

横山镇上的"移民地"

　　从地图上看，湛江位于广东省的西南部，离广州市有四百多公里。在对学生的家访中，这是我去过两次的地方。一次是2019年1月底，去廖文瑜S县县城的家；一次是2022年春节临近，我和境军从广州出发，去他廉江横山镇的家。相比我众多的潮汕学生，湛江地区也是广东F学院的重要生源地，从广义范围而言，来自吴川的李沐光、徐闻的黄小青、遂溪的梁景军，都属于湛江这片广袤的土地。

　　2022年1月，境军经过在家半年的备考，结束了年底前的研究生考试。他先去惠东陪了泳彬几天，然后到广州见那帮等着他考试结束的朋友。在和众多好友见过面后，他和洁森来到我家，两个年轻人叽叽喳喳争先讲着近几年的人生经历，不断提起家里亲人的事情，一如当年给他们上课时的热闹状态。

　　年关将近，境军也不能在广州停留太久，临别时，他问我，是否有空去他家看看。没有任何迟疑，我立即购票，决定与他同行。

　　2022年1月16日，从省汽车站出发，经过八个小时的漫长旅途，汽车在廉江横山镇停靠时，我终于来到了境军的家乡。横山镇与其称呼为"镇"，其实更像中国的县城。街道上人来人往，电动车、摩托车川流不息。小镇房子极为密集，街边随处可见一堆堆的廉江红橙，鸭仔饭、粥铺、烧腊饭的档口，隔不了几十米，就有一家。一条主干道从小镇中心穿过，高高低低的居民区沿路排开。

　　事实上，除了以"廉江红橙"为标志的种植业，廉江算得上工业强县，铝材业尤为发达，主打产品是电饭煲，全县遍布几百家工厂，占到全国份额的三成以上。我和境军拖着行李箱，往他家的方向走去。一路上，他不停和我讲起横山和安铺的关系。作为广东有名的四大古镇（其他三家为中山小榄镇、顺德容奇镇、东莞石龙镇）之一，安铺镇一直不愿和廉江扯上太多关系，对外经常标榜为"湛江安铺"，直接跳过"廉江"的区属。在和横山镇的竞争中，安铺镇从来不将"横山"放在眼中，"过年时最搞笑，安铺人山人海，人挤人；横山一片荒凉，一个人都没有，全部拥到安铺去了。大年初一，横山的街头空空荡荡，安铺的街头密密麻麻，他们的美食节很有名。"不过，横山的发展也很快，境军眼见镇上修起了高档的酒店，商品房越建越多，超市也越来越大，夜宵一条街已成规模。

临近家门口，境军急切地指着右边，"我家就在那，这里原来是一块移民地，从爷爷奶奶这一辈开始，老家修水库，他们服从统一安排，来到横山安居"。在境军的讲述中，移民地早期多是坟地，当地人避之不及，随着人口的增加，加上房屋越建越多，人气越来越旺，早已不见当初的荒凉和寂寥。唯有远处密密麻麻的树林，成为居民不可逾越的心理边界，并暗中勾连起眼前社区和"移民地"之间的历史关联。

境军念过的幼儿园，就在同一条街道东面的一百米处，铁门上焊接的那个男孩，虎头虎脑，除了脸部有一点锈迹，神态活泼可爱。境军已经长大，它却童真依然。境军的中学，在家门口西边斜对面两百米处，给别人发定位时，他会习惯性将家的坐标锚定为学校。屋门口十米不到，是一条开阔的林间小道，小道两边种满了果树，"一到傍晚，太阳下山，小路上很多人散步。春天时节，两边的树会开花，很好看的，两排都是花，走在这条路上，内心很宁静，感觉很有意思"。不远处还有一个广场，吃过晚饭，很多人就会去跳广场舞，"我妈妈以前是主力来的，负责拉音响，她是资深老玩家，跳了好几年。奶奶以前也经常去，爷爷中风后，妈妈和奶奶就没怎么跳过"。在林荫道的尽头，矗立着一个灰色的水塔，境军小时候，水塔是妈妈给他规定的边界，"我最远只能到水塔，不能去比它更远的地方"。

我们经过幼儿园，夕阳中的屋顶别有一番味道，拐过林荫道，便到了境军的家。

境军的奶奶，早已在门口等候从广州归来的孙子，妈妈则在厨房后面娴熟地准备晚餐。奶奶是一个富有活力的精干老人，妈妈笑容满面，温婉可亲，一看就是好脾气的人，婆媳相处得亲切而温暖。

境军走进厨房，将饭菜端上桌后，热闹的家庭晚餐就此开始。

横山镇地方不大，因人口来源复杂，流行三种方言，"一种是客家话，我们叫涯话，发音当然就是客家话；一种是雷州话，我们叫黎话，发音和潮汕话差不多；还有一种是白话，发音和粤语差不多"。在境军家，不同的人讲不同话，就算家庭内部，语言也没有完全统一，"爸爸讲客家话，妈妈讲潮汕话，我讲粤语"。所有的家庭成员中，奶奶是唯一精通各种语言的人，面对不同的说话对象，老人可以随时切换不同的方言。

此时此刻，面对我这个外省人，奶奶讲起了普通话。

奶奶出生于1944年，母亲去世很早，1958年9月，她和弟弟跟着父亲移民，来到了横山镇。临走时，父亲哭着不想来，爷爷说，"还不走，水就淹死你"。奶奶对故乡最深的记忆，是标识水位的旗帜，随着石角镇水库水位的上升，奶奶的村庄也一天天湮没消失，"插着白旗的地方，表明没有救了，人绝对不能进；插着黑旗的地方，表明水位处于安全范围"。奶奶一家来到横山镇时，几乎处于赤贫状态，"只记得稻谷都没有收割，一来就被扔到农场，衣服也没有穿，吃也没有吃，蚊帐也没有，凳子也没有，床板也没有，什么东西都没有"。

横山镇地势平缓，幅员辽阔，一直是湛江地区的种植基地，有名的晨光农场就坐落于此。移民地的外来居民，多数成为农场职工，奶奶的工作，是种植甘蔗和水稻，每个月拿十八元工资。爷爷和奶奶一样，都是家乡修水库被迫迁徙的移民，都是农场的职工。爷爷来自石角镇排子村，石角镇相比横山镇，地理位置要偏僻很多。家里两兄弟，爷爷还有一个大哥，没有跟随大部队出来，一直留在老家的山里。多年来，爷爷的大部分收入，几乎都用来接济大哥，帮助养育大哥家的几个孩子。

对离开故土的爷爷而言，接济大哥，是他一生的律令和职责，在境军心目中，爷爷对哥哥的孩子好过自己的孩子。实际上，爷爷和奶奶结婚生养三个孩子后，一家五口的开支，大部分只能依赖奶奶十八元的工资。奶奶忍不住回忆，"没有妈妈帮忙带小孩，爸爸身体不好，患有严重的气管炎，养三个小孩，都没有什么东西吃，如果不开工，十八元的工资都拿不到"。以前的日子，奶奶很少有契机和家人谈起，尤其很少对孙辈说，境军也是第一次听到，他留意到奶奶的眼中泛起了点点泪光。

大集体的生活，很快进入如火如荼的喧嚣状态，爷爷入了党，整天为公家的事务忙碌。到六十年代，农场不时有解放军过来支持，奶奶的普通话，就从他们那儿学来。她没有念过书，唯一会写的字，是阿拉伯数字，但她认识家人的名字，认识祭拜祖宗所有祭祀物品上的字符。"没有文化，五代没有出过大学生"，这是奶奶最深的心结。境军高中毕业时，邻居无意说出的话，让老人倍感愤怒，"人家欺负你，说，你的小孩有什么用？我说，我的儿子确实没文化，但我的孙子一定会有用。那时候别人看小我们，我睡觉都不安稳，睡那边也不行，睡这边也不行，怎么睡都不行"。境军从小傍着爷爷奶奶长大，对老人格外亲近，在懵懂的少年时光，他就隐隐约约察觉到了祖辈的期待。高中选择复读时，所有人都担心境军，唯有奶奶给予孙子最充分的信任。

到1994年，奶奶的工龄已满三十年。临近退休，一家人还没有自己的房子，按照政策，每户移民可以在镇上获得一块宅基地。奶奶依规去农场申请，领导让她砍完甘蔗再说。当时境军爸爸在外打工，每次回家，因没有直达车到达场部宿舍，不得不在镇上的车站多熬一夜，早日修建自己的住宅，成为全家人最大的心愿。奶奶收甘蔗时，不幸被牛车碾到肚子，只得以伤残退休，领导再无理由推托，全家人终于在镇上获得了本应属于他们的宅基地。境军爸爸的心思，此刻全部放在修建住房上，他拿出多年的积蓄，加上父母半生的收入，快马加鞭，一年不到，落成新房。对于家里关键的时间节点，境军记得极为牢靠，"爸爸1967年出生，妈妈1976年出生，爸爸1995年9月建好房子，12月份认识妈妈，两人很快结婚，1997年12月，我出生，1999年12月，弟弟出生"。

在新修的房子里，境军一家，加上爷爷奶奶、姑姑叔叔，一起生活了很多年。

爷爷奶奶的晚年，因为有近四千元的退休金，获得了极大的保障。境军七岁那年，随着家里人口的增多，在舅舅的劝说下，父母决定单独购地重新修建住宅。姑姑早已出嫁，大的女儿放在娘家抚养，妈妈协助爷爷、奶奶照顾到九岁。叔叔生育了三个孩子，他眼高手低，没有正当职业，一家人的日常开销，多少还要指望老人的退休金。

奶奶忙碌了一生，说起来，在境军考上大学、爷爷没有中风以前，她算是过了几年清闲日子。人到晚年，奶奶愈发爱美，热衷运动，买过几条时髦的裙子，甚至喜欢上了旗袍，"吃粥、开会、去市场，我就穿起来"。爷爷古板，奶奶过于时尚让他难为情，只能躲在家里悄悄训斥，"我每天早上和晚上会去跳舞，他就骂我，你是二十岁的小孩啊，又跳又唱，不怕人家笑吗？我不怕人家笑话，我锻炼，只求身体健康就行"。爷爷来到移民地几十年，只会说客家话，性格上，凡事忍让为先，习惯退缩。精通粤语、潮汕话、客家话和普通话的奶奶，和爷爷完全不同，她生命力旺盛，性格直爽，遇到让人憋屈的事，也敢于争取和发声。

2021年，大学毕业一年后，境军回到故乡，一心考研二战。他备考的书房，和奶奶的阳台相距不到半米，老人心疼孙子，不时将炖好的鸡汤递过来，便捷的阳台，成为境军秘密的营养补给站。

作为移民地成长起来的第三代，到目前为止，境军是父辈家族中唯一的本科生。毫无疑问，他承载了全家的希望，支撑起了奶奶还算幸福的晚年。

在万家灯火的平常夜晚，奶奶当着远方的客人，在孙子面前郑重地讲述往事，是我漫长家访途中刻骨铭心的一幕。

网吧少年求学记

除了爷爷奶奶在身边，境军的外公外婆住在隔壁村，舅舅定居横山镇，经营了一家以售卖"安铺鸡"为主的农庄。两个大家庭距离近、交往也密切，隔不了多久，舅舅就会召集双方亲人在农庄小聚，我们到达镇上的当天，境军便接到舅舅的邀请，已安排好了第二天晚上的家族团聚。

舅舅比妈妈大十二岁，是上世纪八十年代的高中生，一看就是那种踏实、勤勉而又灵活的企业家。家族的团聚，外公也来了，老人极为精神，尽管已经八十多岁，依旧耳聪目明，行动敏捷。境军在课堂上提到，台风曾将外公的房顶刮走，他却不愿搬往舅舅准备的新居。目前，老人仍然留守旧居自食其力，依靠在镇上给赶集的人提供帐篷，获得基本的生活收入。

在境军的世界里，目前获得的一切与舅舅密不可分。境军出生时，妈妈因身材瘦小，加上胎位不正，面临难产的危险。舅舅当机立断，破除在家接生的习俗，将妈妈送往县城的医院，避免了一场意外的发生。童年时，境军顽劣不堪，学习一塌糊涂，等到六年级醒悟过来，舅舅执意将他送往安铺镇的补习班，帮他拉平了英语短板，才慢慢重建了信心。多年来，家人的生计，同样离不开舅舅这棵大树，境军不止一次和我聊起，"我的背后，除了站着爸爸妈妈，还站着一个舅舅"。

到九十年代，随着农场田地的减少，国有农场的经营遇到了新的挑战。境军的爸爸妈妈，不再如爷爷奶奶那样，能够进入农场成为固定职工，他们的生活来源只能依靠外出打工。境军满月后，和横山镇其他孩子一样，被父母交给了爷爷奶奶，在一个朋友的劝说下远赴珠海谋生。妈妈惦记幼小的儿子，外出不到一个月，毅然回到横山再也未曾离开。孩子的成长是大事，这是妈妈行事的标尺，她经常和境军讲道理，"我去外面打工，你们学坏了，我做几个钱，不值啊。你们读了书，人品好，我就开心了，钱少一点没所谓啊"。

境军出生前，舅舅在镇上的陈虾公司当厂长，父母同时在此上班，妈妈当工人，爸爸当司机。高峰时，公司有一千多职工，几乎吸纳了横山镇所有的富余劳力。只可惜，公司没有维持太久，突然一夜破产。从珠海回来后，妈妈开始在镇上寻找临时工作，爸爸则长期跟随四伯和舅舅奔波，"他一辈子就给两个人打工，不是四伯就是舅舅"。

妈妈先是做缝纫，在镇上的小作坊车袜子、钱包、无牌秋衣；从缝纫作坊出来后，又去了红薯干厂；红薯干厂倒闭后，又去了饼厂，饼厂平时做白糖糕，中秋时做月饼、做年糕。境军读小学时，妈妈在饼厂忙不过来，他会去帮忙包装，负责将饼装进袋子里，因手脚快，人小鬼大，加减乘除能立马算出来，厂里的工友都喜欢他，夸他聪明。境军上初中后，妈妈去了一家网吧做网管，同时搞卫生。多年来，因要照顾两边家庭，妈妈无法从事固定的职业，只能在空闲时打打零工，家里的开支，主要依靠丈夫的收入。

在境军记忆中，爸爸婚后就不再喝酒，抽烟也少了很多，甚至缩减了和朋友的交往，一切以省钱顾家为目标。早些年，他买了一辆二手车，合伙和四伯办厂、搞运输，因性格刚硬，经常和四伯发生冲突，两人终止了合作。爸爸退出后，工作的重心转向了舅舅这边，最近十几年，一直跟着舅舅四处谋生。

陈虾公司倒闭后，舅舅一直琢磨新的出路，他看准了1990年代的基建前景，选择了钢材行业，和朋友经营了一家小钢铁厂，生意红红火火。因客户的大头是政府，政府拿走钢材后，因财力紧张总是无法及时支付货款，最后只得以几十亩土地抵扣，舅舅无奈，被迫接受了当时看不出太多价值的土地。随着钢材行业的扎堆，舅舅意识到了产能过剩的风险，他找准机会，及时退出，跑去南宁，再次寻找新的机会。舅舅在考察过程中惊讶地发现，廉江安铺的土鸡在南宁备受欢迎，他抓紧时间注册了商标，决定搭起一条从养殖到熟食的完整产业链。因口碑好，舅舅的公司很快占领了市场，拥有极强的竞争力，凭借超强的预判和敏感，舅舅顺利实现了从钢材行业向食品服务业的转型。

多年来，爸爸一直在南宁负责舅舅的一个活鸡档口，把关生鸡的质量，有时也帮忙宰杀，舅舅则给他支付固定的工资。事实上，除了爸爸，舅舅庞大的"安铺鸡"生意，同样给家族中的其他亲人，提供了就业机会。境军很小就感知到了舅舅巨大的能量，感受到他对一家人的带动、提携和帮助。爸爸妈妈之所以有勇气重新建房，就来自舅舅的劝说，他不但说服父母意识到好的学习环境对孩子的重要，更慷慨地伸出援手，给予实际的帮助。

2005年，境军小学二年级，全家搬进了新居。在境军看来，自己作为"一个烂仔"的成长之路，正是从这里开始。

对于自己的童年经历，境军说起来都满脸羞愧，"小时候，什么事都干得出来，我就是一个烂仔"。虽然住在横山镇，却和任何一个乡野孩子差不多，"喜欢到处乱跑，到处乱窜"。一到夏天，境军就和小伙伴蹿到河里，不是游泳，就是钓鱼和炸鱼，更多时候，他喜欢结伙潜入村庄，一起偷别人的水果。有一次偷杨桃，小伙伴在树上摘，他在下面捡，邻居发现后，他害怕抓住被打，明知不能将小伙伴独自留下，还是忍不住一路狂飙，"内心过意不去，真的过意不去"。境军小时候发育慢，个子瘦小，一个同学欺负他，拿一根大木棍直接朝他头上砸，他气不过，没有退让，从此开始打架，有时也会欺负别人。

最让他难堪的是，小学三四年级，境军去找朋友玩，朋友怎么叫都不出来。他见对方家里的窗没有关，偷偷爬进厨房，喝掉了半瓶豆奶，同时将喝剩的半瓶倒进了盐罐，然后又将肥皂水倒进了酱油瓶。干完这些，他内心极度不安，经过激烈的思想斗争，连忙赶去询问酱油的使用情况，"他妈妈告诉我，酱油起了泡沫，担心产品过期，做饭时扔掉了，她压根就没有想到和我有关"。朋友家人的和善，让境军有了第一次反省，"我鄙视自己，怎么能搞这种事情呢？想起来真让人羞愧啊。第一，没人责怪我；第二，朋友对我还是一样，两人友谊没有受到影响"。这件事，对别人来说，也许只是童年顽劣的一个注解；对境军，却是自我批评、自我觉醒、独立成长的开端。他从此收敛起来，一直庆幸事情的处理没有碰上另一种方式，诸如扣一顶帽子，或痛打一顿，或贴上标签，被大人咒骂一辈子没出息，"如果那样，我可能真的滑向了烂仔行列"。

度过幼年的顽劣阶段后，小学五年级，同学请客，境军第一次进网吧，从此迷上了网络游戏，"妈妈的上班时间，就是我的游戏时间"。妈妈前脚出门，境军后脚跟着，他摸准妈妈的节奏，总能在她下班之前装作若无其事地回到家，以致妈妈好长时间都蒙在鼓里，并未发现境军上网的端倪，"就这样，我小学的成绩一塌糊涂，相当于零基础，经常是班上倒数几名"。

小学六年级，一个现实问题摆在眼前：如果毕业考不能进入全校前一百二十名，不能编入初中两个尖子班，唯一的结局就是彻底淘汰，失去上高中的机会。妈妈在网吧打杂，触目所及的境况让她倍感揪心，"那些孩子在网吧睡觉啊，过夜啊，抽烟啊，打架啊，干什么的都有。我就体会到，我儿子如果变成这样，作为妈妈，我真的好失败"。妈妈向境军强调了考上尖子班的重要性，境军想多玩几年，害怕考不上高中早早进入社会打工，答应将成绩搞上去。从六年级开始，境军学会了购买学习资料，妈妈以初中的数学基础，自己先将教材学会，晚上陪着儿子，一点一点讲解知识点，坚持了整整一年。

舅舅得知消息，在六年级的寒假，将境军接到南宁，让艺哥教他学英语，"我基础太差，农村的孩子读英语会害羞，我跟着艺哥学了一天，根本坚持不下去"。初次出远门，境军想念家人，他找到楼下的保安，偷偷给妈妈打电话，无论如何都要回家。临走前，舅舅叮嘱他要好好念书，如果能考上大学，会有一笔奖励。"小升初时，我数学是妈妈教的，考了101分，英语从零基础考到了51分，语文差不多及格线，有81分，360分的总分考了233分，在全校排在110多名，刚好能进尖子班"。有惊无险地进入初中后，境军回想，"对于顽劣的孩子，关键时刻还是得有人管教，如果不是妈妈整整一年的陪伴，在被动的习惯养成中帮我重拾主动学习的热情，后面的情况无法想象"。

初中阶段，境军延续了小学的上网习惯，每天下午放学赶在妈妈下班前，都会去网吧待一个小时。上大学后，境军曾客观谈起喜欢去网吧的原因，"我小学没有零花钱，上网的费用一直是好朋友支付；到初中，妈妈会给一些零花钱，但不够我买洁森他们玩得起的高达。我身材瘦小，打篮球打不过别人，不敢往前冲，篮板都摸不到，加上对其他运动没有兴趣，这样，最好的选择就是游戏，花几块钱上一个小时的游戏，在虚拟世界放松一下，当时就那么点乐趣"。亲历过网络对自己的伤害，进入大学后，境军感触颇深，"我的情况，很能代表乡镇大多数的孩子，我不是留守儿童，在妈妈严加管教的情况下，都抵挡不住网络的诱惑，其他无人管教的留守孩子，面对电子产品的包围和侵蚀，情况可想而知"。

这种刻骨铭心的痛感和遗憾，促成境军大学期间的诸多选择，上完我的选修课后，境军将目光投向"乡村孩子"，从使用电子产品的维度，申报了一个国家级的大创项目，并邀请我担任他的导师，以另一种形式延续了课堂。他利用假期，联系了家乡的几所学校，带领课题组成员，认真做起了调研。境军渴望外面的世界、新鲜的思想、陌生人的关怀，能够浸润到乡村孩子的心田，就如外力改变了自己一样，他希望这些外在的介入，能够改变孩子们的未来。

想起来，境军初中的突破，来源于两个方面，其一，妈妈对他学习习惯的强制养成，比如晚上七点以后，不准看电视，必须做作业；其二，从初二开始，为了将英语短板补上，舅舅坚持将他送往安铺镇的培训班，老师从基本语法讲起，点燃了他对英语的兴趣。平心而论，与于魏华、何健相比，境军确实算不上懂事的类型，他顽劣不堪，少不更事，上网成瘾，对学习并无特别的认知，但正是外界一点点的感化、介入、管教和支持，让他逐渐走入正轨，唤醒内在的力量，并一步步获得成长。

日常生活中，境军这样的孩子，更为常见和普遍。

初中毕业，境军以有史以来最好的成绩 —— 全校第十名，考入廉江一中。他所在的初中，二百多名学生，考入廉江一中的，也就十人。事实验证了妈妈的判断，如果小学六年级不努力追赶，进入初中不编入重点班，在当地的教育基础下，绝无进入高中的可能。他的邻居唐万胜，小学五年级前，成绩一直比境军好，仅仅因为六年级的放松，没有进入前一百二十名，初中编入普通班后，两人从此有了不一样的发展。乡村中学教育资源的匮乏，我在和于魏华的交流中，早有直接感知，何境军向我描述的情况，再一次确认了这种事实。无论在兴宁，还是在廉江，对于远离珠三角的欠发达地区，农村教育资源与城市之间的差距，依然是触目惊心的事实。

我讲台下的不少学生，必须跨过这一段别人看不见的泥泞，才有可能来到大学校园。

高中生活，境军彻底告别了懵懂的少年时光，开始思考"要成为怎样的人"。因为寄宿，接触到大量社团后，境军对网吧的依赖，逐渐由丰富的社团取代，"高一时，我要求自己变得勇敢、大胆，学会与人交流"。念初中时，他没有一个异性朋友，网吧的封闭生活，也阻碍了他和同学的正常交往，儿时一起玩大的小伙伴，随着生活圈子的变化，也渐行渐远。为了锻炼社交能力，境军逼着自己上台讲话，逼着自己参加社团活动，只要有发言机会，都勇敢争取，"其实每次发言，我都要思想斗争很久，站在讲台上，拿着纸的手在抖，腿也一直在抖"。

高一时，境军加入了外联部，组建了"双节棍社团"。在外联部，他联合廉江二中、三中、五中的同学，组织了多次活动，曾为生病的校友上街募捐，也曾向学校团委建议，给每个社团公平的表现机会。出于兴趣组建"双节棍社团"后，境军主动承担了社团的管理工作，"因练功太累，容易打到自己，很多队员想退出，为了鼓励他们留下来，我的工作就是给队员打鸡血"。经过一年的刻意磨炼，境军胆子大了很多，口才也获得了快速提升，完全实现了高一的预设目标。

高二十七岁生日那天，爷爷打电话告诉境军，自己想回老家建房，遭到了侄子们的拒绝，他们瓜分了爷爷的老宅，没有给老人留任何退路。想到老人半生的劳作，大都用来资助老家的侄辈，最后连这点心愿都无法达成，世态炎凉的残酷，深深触动了境军。那个懵懂混沌的男孩，洞悉到生活中的某种真相后，一夜之间，明白了很多事情。境军躲在教室大哭了一场，发誓要好好读书，让爷爷获得更多尊严。

这场普通的家庭纠纷，构成了境军成长过程中的一个精神事件，也成为他告别少年时代的隐秘成年礼。

从高三开始，境军的全部心思，都放在了学习上。只不过，相比初中稍稍努力就能获得进步，高中的学习难度有了很大提升，"高中和小学、初中天差地别，学习不再是一夜之间的事情"。努力了半年，境军的成绩没有任何起色，高考半年前的一次模拟考试，他理综的每一门成绩不过二十几分，300分的总分，只考了80多分。

寒假将近，境军备受打击，一个人暗自伤心。社团的队长，看出了他的心思，拉着他去操场，重新拿起了双节棍。"天气很冷，操场没有人，天下着小雨，湿漉漉的草地，我和队长，脱了鞋，光着膀子，在操场玩起了双节棍。我原本以为会感冒，但一点事都没有，青春的感觉神奇复苏，我童年时候的野性，彻底回来了"。这次隐秘的"自救"，治愈了境军的颓废，"走出沮丧，其实就这么一个瞬间，一挥洒就过去了，然后坚定一个念头，不要放弃"。此后半年，境军抱着"能考高一分就考高一分"的信念，开始了高三的冲刺阶段。高考结束，他的理综从80多分进步到130分，最后的总分离本科仅仅4分，"这已经让我非常满意"。回想高三一年的历练，境军自认为是人生最艰难、最痛苦的阶段，"人真正的转变，是很辛苦的，你必须不断和身上的旧习惯抗争，必须克服以前不爱学习、不愿思考的惰性，这样才能有一个新的认知，才能体会到浴火重生"。

高三暑假，境军曾和同伴跑去东莞打工，他们走进初三去过的厂区，惊讶地发现，短短三年，曾经热闹的工业区，早已变得空空荡荡，曾经拥挤的年轻人潮，早已不见踪影。他原本以为找工作很容易，逛了几天后，发现没有合适的岗位，"第一次，站在东莞的街头，突然发现，人生的路，不知道该往哪里走，感觉很迷茫、很难受"。境军收到了一所职业院校的通知书，但东莞的打工经历，让他坚定了复读的信念，"爷爷奶奶总说家里要有个大学生，弟弟尚未懂事，我作为大哥，不考上大学，怎么带动弟弟努力呢？"

从东莞回家后，境军进入廉江某实验学校，在一种类似衡水模式的管理中，开始了自主的复读生活。经过一年努力，成绩提升了80多分，考进了广东F学院，和于魏华一样，成为法律系的学生。

小镇上的年轻人

昨晚和舅舅聚餐，外婆没有来，境军决定今天去看外婆。他的几个初中同学，得知境军研究生考试已结束，相约当天去安铺聚聚。这样，到达横山镇的第三天，境军决定骑电动车，带我先去外婆家看看，然后去安铺和万胜、明哥会合。

吃过早餐，我们刚刚拐出屋前的林荫小道，境军突然说，"我念书的小学就在前面，反正要路过，不如去逛逛。"小学就在镇子东头，离境军家确实不远。生源的减少，导致学校已停办了好几年。我们路过时，只见大门紧闭，校名早被拆除，围墙的铁栅栏被人剪掉一根后，留下的间隙足够一人爬过去。

境军每次寒暑假回家，想要打球时，就会和小伙伴约好去爬栅栏的间隙。这一次，我们也只能从这里通过，境军熟练地指引我爬过栅栏，我们很快进入校园。进到里面，我才发现，学校的范围极大，前后有两栋教学楼，每栋都有三四层，规模较大的那栋，外墙贴了当年极为流行的粉色条纹瓷砖。在一楼的空地上，一边矗立着白色的雷锋雕像，一边矗立着白色的赖宁雕像，围绕雕像的植物极为繁盛，在无人打理的冬日中，散落的枯枝和落叶，将雕像厚厚地覆盖了一层。

除了前面有开阔的空地，教学楼后面的活动场地，更是别有洞天。几棵繁盛的大榕树高高兀立，根须的丰饶，显露出奇崛的造型。大树下，沙池还在，一字排开的水泥乒乓球台还在，孩子们画下的房子和圈圈还在。榕树上挂着色泽鲜艳的校服，掉落地上的红领巾没有半点褪色，校园里小鸟叽叽喳喳，弥漫着往日的气息，仿佛学校的停办，是一件并不存在的事情。多年前，这里是境军的乐园。他和小伙伴在树下奔跑，怎样刺激、怎样开心，就怎样拼命玩闹和嬉戏。在一条被红砖砌成的低矮花圃里，境军找到了当年玩过的玻璃弹珠，遥想校园当初的喧嚣，如今只留下满花圃孤独落寞的弹珠。

境军是三班的，他带我走近一楼的教室。教室的场景和室外形成了鲜明对比，厚厚的灰尘落满课桌，大部分课桌，早已没有了当初整齐的模样，东倒西歪地随意堆放。吊扇掉在地上，裸露的电线，折断的扇叶。窗户的玻璃早被打破，显露出犬牙交错的裂面。

校门口的小卖部，货柜被掀翻，玻璃被砸烂。花花绿绿的吸管掉了一地，混杂在木头、砖头、纸片和玻璃碎片中，潦草而凌乱。唯有谢霆锋代言东鹏特饮的广告画，依然色泽鲜艳，散发着港味的人气和时尚。

靠近西头的围墙下面，是孩子们的板报墙，低年级孩子用铅笔，高年级孩子用圆珠笔或钢笔书写，字迹非常清晰。从内容落款的时间看，学校的关闭，是2018年以后的事情。围墙上最为显眼的装饰，是一幅鲜艳瓷砖镶嵌的广东地图。我和境军站在地图面前，猛然发现，廉江靠海确实很近。

我第一次意识到，从广义的范围而言，我的好多学生，都是南海孕育的子孙。

从学校出来后，境军带我穿过移民地里的一条小路，他童年游泳、钓鱼的小河，立即进入眼帘。从自然环境看，横山得天独厚，占有先天的优势，这里土地平整、幅员辽阔，水资源丰富。为了避开大马路上的工程车，我们抄近路，十几分钟，便到了外公村庄边的集市。

当天是赶集的日子。

外公穿着长长的雨靴，在忙碌的市场张罗，人工扎成的帐篷，散放在客厅的一楼。租借他帐篷的小贩，都是几十年的熟客，外公从来不开租金价，别人愿意给几块就几块，给一包烟也行。眼前的场景，涌动着时光倒流的气息，一些古老的、让人笃定的规则，仿佛从来没有远离。

时代的变迁，好像和外公无关，但又确实和他有关。个体和时代的关联，落在舅舅和外婆身上，也就落在了外公身上。外婆因为耳背，始终活在自己的世界里，我们到达时，她正靠在墙边打盹，境军没有叫醒老人，轻手轻脚地在院子里逛了几圈。外婆的物价，一直停留在几十年以前，家人给她买东西，如果被问及价格，都要压低几十倍才能满足老人的预期。外婆的日常，是去河边洗衣服，一洗一上午，以此打发漫长的时光。

而外公，始终和世界同步、和时代同步，他熟悉物价，对现实有很直接的认知。

1990年代，社会治安不好，外公反对舅舅出门做生意，总认为"种田最好"。二十六岁那年，舅舅没有和外公商量，独自出来闯荡，再也回不去村庄。时代的印迹，在舅舅身上打下了清晰的烙印，昨天晚上聚餐时，他对境军感触，"那时候大家都差不多，都在同一个起点，起跑线是一样的。现在不同了，现在你是骑单车的，人家已经开小车了。"

和外公告别后，我和境军奔赴安铺镇，准备在万胜、明哥新开的锁店与他们聚聚。作为广东四大古镇之一，安铺从容、淡定、色彩斑驳，一条老街虽然狭窄，却保存了真正的原汁原味。前一向，境军在古镇"虾仔制衣"的老裁缝店，定制了一套西装，他决定顺便去试穿一下。经营店铺的是一对夫妻，两人不急不缓，笑容极为亲切，外界的喧嚣，与店铺的朴实、宁静相得益彰。境军一进门，夫妻俩便热情地搭话，仿佛老朋友见面。让人惊讶的是，一套做工良好、面料也不错的西装，竟然不超过三百元。

试完衣服告别店主后，在万胜的定位导引下，我们很快找到了街心的"明仔锁业"店铺。在安铺新修的四车道主路上，一片狭长的店铺位于路边，"明仔锁业"位于店铺的最前端，招牌极为亮眼。境军告诉我，"明仔锁业"中的明仔，就是店老板明哥。我们走进店铺时，明哥正忙得不可开交，店铺看起来刚刚布置好，还没来得及举行开张仪式，但业务却早已铺开。锁店面积不大，布置得虽然紧凑，并不显得局促，"靠墙的位置，刚好放得下我们从遂溪搬过来的货架，一点不多，一点不少"，万胜对新的铺址极为满意，脸上的兴奋怎么也掩饰不住。门外的摩托车轰隆而过，隔不了几分钟，就会有新的客户开车过来寻求帮助。我留意到，相比传统的"配钥匙"业务，电子锁、车锁、密码锁，哪怕在小镇安铺，也已成为主流业务。

明哥是境军初中的同学，他当时在普通班，普通班的学生，很少有人考上高中，他们早就放弃了升学的念想。明哥从小调皮好动，极易生病，初二那年，摔断了胳膊，妈妈脱口而出"你没有一年让人省心"刺痛了他，他感到自己已成为家人的拖累，决定辍学回来帮助父母干活。此时家里正一地鸡毛，没有人觉得明哥辍学是件大事。初一时，明哥班主任说过一句话，"读不读都无所谓，反正都有毕业证拿"。他所在的普通班，初二第一个学期还有六十人，到第二学期，只剩下三十人，辍学人数高达一半。

十五岁不到，明哥来到深圳，进了一家生产手机主板的工厂，"两班倒，一个月转一次班，全程需要站着"。他坚持了三年，"上完十二个小时的班，我回去洗个澡，然后倒头睡觉，三年不敢去外面玩，也没跟人说过话"。他坦言工厂的生活，"真的能磨平人的棱角，磨到你什么也不敢想"。几年过去，明哥发现，初中念书时自己很喜欢说话，但在工厂磨了几年后，他已害怕和人打交道。

离开工厂后，明哥回家休息了两个月，再度去深圳寻找机会，因为有经验积累，他顺利找到了一份技术员工作，负责调试机器。机器英文字母多，他英语基础差，"我看不懂英文，大概知道最大功率、最小功率的标识，还有开关的 OFF/ON"。明哥对付的办法，是死记硬背一些单词，同时观察别人的操作，在保证安全的前提下，大胆尝试，竟然很快上手。

不久父亲生病，明哥再度离开深圳，回家照顾病人，等到送走父亲，疫情不期而至，"整个2020年，都闲在家里"。堂哥见他无事可干，答应带他修锁，对于修锁，明哥的态度是，"说不上喜欢，但总得找事干，所以要努力把它做好"。明哥动手能力强，上手极快，"这个行业容易入门，秘诀是要多实践"。他最开始在安铺租了店面，但店铺前面修路，另寻铺面房租也贵，他想着大城市经济活跃，业务应该会多一点，辗转跑了好几个地方，"先去了珠海，后去了中山，珠海、中山情况不好，又去了湛江。在湛江没有租档口，请了几批人贴广告，边贴边做，业务不多，就跑回了遂溪。"遂溪的档口在市中心的一处路口，房子逼仄，不符合消防要求，晚上不能留宿，明哥每天还得骑摩托车往返折腾，考虑到客户大多来自安铺，明哥决定离开遂溪，重新回到开始的地方。

明哥开的第一把锁，来自广西北海的一个客户，客户来廉江喝喜酒，中途下车时，钥匙不慎锁在车内。"师傅告诉我，最难开的锁是车锁。中午一两点，正是最晒的时候，在城关医院后面，我蹲在车门那，整整三个小时，不断探索，不断尝试，想着反正打不开，人也不能走，最后还是将锁打开了。那一瞬间，特别开心，特别兴奋，这种快乐和赚钱没有关系。"明哥也遇到过难缠的客户，"事前说好一百元，我一去，不到三十秒将锁打开了。对方说，哇，你的钱那么好挣啊，不愿给谈好的价钱。我告诉对方，开锁的行规是按个计费，这个钱你要给，他把钱丢下来就走了，没给够"。相比在工厂，明哥开锁后最大的变化，是不再害怕与人说话，也不再害怕与人打交道。

万胜既是境军的邻居，也是他小学和初中的同学。万胜初中毕业后，考进了安铺中学，高考结束，上了广州一所商贸职业学院。想起来，万胜与境军共同的初中同学，当年能考上廉江一中的学生仅仅十人，而廉江一中，在境军那一届，二十二个班超过一千六百人参加高考，文科生没有一个考上一本，理科考得最好的学生，录取上了华南农业大学。算起来，全校能上线广东F学院的学生，也不过十几人。

万胜念的是电商专业，大学三年很快过完，2019年毕业时，他没有留在广州。第一份职业，是和三个同学开了一家卖衣服的网店，"因为要买流量，三个人的工资，根本不足以支撑基本开销"。网店持续了半年，碰上网站要求办营业执照，执照办不下来，只得一关了之。

此时，家里正准备建房，哥哥姐姐工作繁忙，爸爸妈妈年事已高，万胜只得回来张罗。待到房子建好，和源盛一样，他便开始了疫情防控期间走马灯般的找工作过程。

万胜先是跑去广西南宁一家汽修厂，受疫情影响，"那家店本来就没开多久，客户不多，过完年又不行了"。离开汽修厂，他响应地摊经济，随后和几个同学买了一辆三轮车，做起了流动烧烤，"人流不多，做了四个月，太难了，撑不下去，最后只得自己烤好自己吃"。烧烤摊失败后，万胜随即在珠海找了一家食品检测外包公司，"干了两个月，到第三个月才发工资，后来发现，公司每个月还要扣除20%的薪水，说是当作年终奖"。每次检测，万胜需要垫付费用去超市购买蔬菜样品，他垫付了两个月，意识到拿不回这笔钱后，快速离开了公司。

偶然的一次聚会，万胜碰上明哥，两人一拍即合决定合开锁店，他们在遂溪的档口守过一段时间，最后商议，还是要回到安铺。万胜的同学，基本留在广州，两年过去，他已很少和同学联系。刚毕业时，万胜的想法是，尽量多涉足一些行业，以便做出更明确的选择，但历经两年极度劳累的折腾后，他希望快点稳定，"无论在外面干多久，以后还是要回来，那就不如早点回来"。

和明哥搞定安铺的档口后，两个年轻人，希望这份职业能够让他们获得新的支撑。

放眼望去，在"明仔锁业"的街道对面，不到十米的距离，就分布了"纸包鱼""老牌鸭仔饭""铭记海鲜鸡饭"等多家档口，安铺美食节的渗透力，由此可见一斑。在密集的美食店中，明哥和万胜的"明仔锁业"，算得上小镇的特色经营。

当天晚上，境军原本约好明哥、万胜一起吃饭，谁知明哥临时有事，必须马上赶去湛江，我们便回到横山镇，计划在境军家吃完晚饭后，去他高中同学杨牧兴开的"音乐咖啡车"坐坐。

牧兴和境军是高中同学，两人不同班，平时交流不算多。在廉江一中的氛围中，他是一个另类。高一时，牧兴满脑子对外面世界的好奇，总想做一些好玩的事情，他打篮球，玩乐器，迷恋浪漫的氛围，对音乐的喜爱深入骨髓，"十五六岁，买了吉他，组建了乐队，参加了歌手大赛，没有意识到学习的重要"。

在小镇，牧兴的房间，装扮成了一个音乐的王国。

高中毕业，牧兴考入广州一所二本大学，世界被突然打开，往日对音乐的认知被巨量的信息扫荡，"以前在廉江，甚至整个湛江，我都没认识到很厉害的人，上大学后，我很快就接触到了非常牛的人"。他看到了小镇和外面世界的差距，"我一些从新疆和江西考过来的同学，从初中开始，就在很大的平台玩了，包括草地音乐节，包括一些小型的 live house，但在廉江时，我都没听过这些东西"。

大一时，牧兴作词录制的《再想起》，成为境军复读岁月中，反反复复听得最多的歌：

> 天边的繁星醉醒
> 遥远的城市里独行
> 繁华的街灯通明
> 角落里彷徨再想起
>
> 无处安放的心
> 陌生的城市里飘荡
> 无声无眠的夜里
> 记忆里的风有几缕
>
> 流水无情东流
> 回忆泛在异乡夜里
> 青春岁月的印记
> 在月色里无比清晰

大学毕业，在决定回到小镇前，牧兴问自己，"到底应不应该回来？"他在广州，找到了一份保险工作，但他内心喜欢的是音乐。他想做的事，是让音乐在小镇扎根，"感觉心中有一团火苗，在现实和梦想的天平中，我选择了梦想，就算不成功也不后悔"。

牧兴像万胜一样，在广州念完大学，回到小镇成为其中的一员。属于他的琴行，已在小镇开起来，尽管招生的人数不多，但音乐的氛围，有了微妙的变化，他的身边，能够坦然谈论音乐话题的人，逐渐多了起来。临近春节，返乡青年的扎堆，让他萌生了新的想法，"我希望有头有尾地做事，希望在过年的节点，能够将年轻人组织起来，让他们看到横山镇另外的可能性"。

八点左右，天已全黑。我们到达时，牧兴和另一个小伙伴，已将帐篷和灯光布置好，在进入横山镇公路边的一处空地上，打造了一处弥散着灯光、音乐、咖啡香味的浪漫之地。如他所料，不时有提前回家过年的同龄人在路边停下，点一杯咖啡，静坐桌边，享受难得的休闲时光。牧兴目睹别人对现场音乐的沉浸和陶醉，他被自己营造的氛围打动，看起来兴奋又开心，"总得有人去做第一个，总得有人去做一些其他的事情"。

上午去境军小学郁结的失落，此时此刻，被牧兴的音乐驱逐得无影无踪。

相比万胜和牧兴回到小镇的坚定，境军从来没有想过回到故乡。广州几年的见识和历练，让他看清了一个基本事实：十几年前，中国一线城市的发展，事实上成为底层年轻人最有可能抓住的时代红利，也是他们追逐梦想、改变命运的最大可能。这种时代红利，同样波及过如他一样的二本学生。随着经济趋势的发展和房价的暴涨，尽管这种来自地域级差的红利正逐渐消退，并一次次在"就业难"的舆论热潮中，显露出对乡村孩子上大学出路的深刻影响，但境军所学的法学专业，让他清醒看到，唯有待在更大的城市，自己才会获得更多机会。

大学时代，室友泳彬、洁森开阔了境军的视野，让他看到了一个精彩的世界，更助他获得了坚定的价值支撑。同样从乡村考上大学金融专业的堂哥，经常向他灌输"年轻就要拼"的理念，堂哥"一个人操作七台电脑"的努力场景，是境军愿意拼搏的内在律令。

仅仅一天，在我眼前掠过的场景，完全重现了境军选修课上的叙述。更让我惊喜的是，来到境军家，我得以拥有机会走近横山和安铺，看到了中国南方小镇最为真实的一面。我深刻感知到，正是境军、明哥、万胜和牧兴，构成了中国小镇的底色，也决定了小镇的未来和明天。

在不同的时间节点，不同代际的年轻人，以不同的方式，和故乡产生关联。对舅舅而言，故土给他提供了开发"安铺鸡"的历史机遇，让他走出了安铺镇。对同样高中毕业，甚至读了大学的万胜而言，在外折腾一圈后，恰恰是故乡给他提供了一个返乡的港湾。安铺那个并不起眼的"明仔锁业"档口，正在成为他飘荡青春的可靠锚点。

近几年，我走过不少村庄和小镇，也目睹了中国基层的诸多变化，随着现代化进程中城市压力的剧增，我观察到越来越多的年轻人，正在选择回流。作为最重要的人才要素，这种回流，预示着一种新的社会结构，在或被动或主动的融合中，走向新的整合阶段。尽管到目前为止，回流青年裸露了诸多的无奈、窘迫和煎熬，但他们自身所昭示的韧性和活力，恰如牧兴所言，预示了小镇"另外的可能性"。

确实，不管是舅舅一代，还是境军、明哥、万胜和牧兴一代，两代人与一个小镇之间的隐秘联系，在时间的长河中，并无任何确定性，而是有着各自不同的人生图景。同样，不管是返回小镇，还是离开小镇，对境军一代年轻人而言，都是他们在各自的人生选择中，与时代遭遇的方式。

而故乡小镇，始终是他们人生的真正起点。

三、嫁给"潘教授"

通往萝岗的六号线

温钰珍给我发完定位后，不断提醒我在黄陂站下车。

和39路公交一样，广州地铁六号线，也是我生命中极为熟悉的交通工具，每次站台播报"植物园站"或"龙洞站"，都会让我倍感亲切，并意识到该下车了。下车后，不想步行，我会从植物园站钻出，继续转一趟公交；想步行，我会选择龙洞站下车，横穿林业学校，去到广东F学院。

说起来，六号线是目前横穿广州市中心范围最广的地铁，它途经白云、荔湾、越秀、天河、黄埔五个区，经过的站点高达三十一个。"宿舍三剑客"中的吴洁森，家住浔峰岗附近，每次往返家和学校，乘坐的就是六号地铁。黄花岗、区庄、东山口、东湖、团一大、北京路、海珠广场，这些老地名，铭记的是一个古老的广州；高塘石、黄陂、金峰、暹岗、苏元、萝岗、香雪，这些新站名，随着城市边界的东扩，昭示了广州年轻的活力和野心，并成为学生心目中的圣地。

温钰珍与何文秀、朱洁韵来自同一个班级，我入职广东F学院后，她们是我教的第一批学生。多年来，我与钰珍一直保持密切的联系。毕业后，她时不时会告诉我结婚、生子、工作调动或者老家建房的消息，曾多次邀请我去她家看看。也许因为离得太近，我总认为去钰珍家很容易，没想到，在多年的忙碌中，竟然一直没有成行。近几年，每次和班上的学生聊天，发现不婚观念的女生越来越多时，我就会想起温钰珍，想起2006年给她们班上课时，她曾很认真地提起，"毕业后我会尽快结婚，尽快生孩子，什么年龄做什么事情"。她不经意中说起的话，让我想起一种曾被普遍认同的观念，而我也会以此为标尺，悄悄丈量讲台下一届比一届年轻的学生婚恋观念的变迁。

十几年过去，在对学生状况持续的关注和了解中，我突然意识到，我的目光，常常聚焦他们的就业和去向，很少关注年轻一代是如何进入和经营家庭生活。而钰珍，在一定程度，能助我了解女生的情况。

这样，结束从腾冲章韬家到廉江境军家横跨五年的家访后，我欣然接受了钰珍的邀请。

对这个家庭的寻访，构成了我漫长家访旅途中的重要一站。

2022年1月23日上午，我从越秀区农讲所地铁站出发，进入一号线后，很快便从东山口转乘香雪方向的六号线。比之天河区的植物园站和龙洞站，黄陂、金峰、苏元、香雪等站点，早已进入广州东部的萝岗区，而比之老广州人眼中偏僻的龙洞，萝岗新区要更为遥远。如今，随着科学城的蓬勃发展，这片往昔的寂静之地，早已在强大产业的加持下，成为一座城市的经济引擎。

按照钰珍的交通指引，我从黄陂站 D 口出来，一眼便看到了她停在路边的车。十几分钟后，我们来到天鹿南路一家汽车养护服务部，钰珍指着路边的一栋房子说，"到了"。没有想到，来钰珍家，竟然如此方便，从出发的时间算起，整个旅途不足一个小时。

钰珍的家，坐落在天鹿湖森林公园的山脚下，是一栋三层半的白色楼房。连接牛鼻山隧道的黄陂村大桥，就在房子前方高高的立交桥上。房子靠近主干道，公共交通极为方便，离家不足十米的地方，就是市政公交联和北车站。钰珍的丈夫小潘，一个高高瘦瘦的年轻人，正和一帮修车的师傅，围在一辆黑色的轿车旁边，商讨养护的策略。

房子一楼的挑高接近四米，面积达三百平方米。一楼的装修，按一个中等规模的汽车养护中心设计，可同时容纳六辆车一字排开作业。二楼廓大的空间，一看就闲置多年，主要用来堆放旧家具和各类杂物。钰珍家在三楼，房子的挑高超过五米，除了客厅，其他地方被隔成上下两层。木制的楼梯就在客厅进门的地方，孩子们在墙壁上涂满了色彩缤纷的字画，零散的玩具堆放在不同角落。钰珍结婚后，一直和公公婆婆住在一起。婚后五年，生育了两个孩子。我去的时候正值寒假，公公婆婆带着两个孙子，早已回到了韶关新丰县的村庄，钰珍的公司要到小年以后才放假，丈夫楼下经营的档口，也到了一年之中的旺季。

置身现场，我立即理解了多年来和钰珍难得见上一面的原因，她和我一样，一直处于纷乱的忙碌之中。2008年大学毕业后，钰珍很快结婚生子，作为双方家庭的长女、长嫂，几乎是无缝对接进入了"上有老、下有小"的日常。

2006年前后，我给钰珍上课时，她课余时间总喜欢找我聊天。相比多数女孩的内敛和腼腆，钰珍成熟、大方，是那种不用他人操心太多的女生。有什么事，她喜欢和我说。大二时，钰珍告诉我，初中的同学小潘正在追她，姑姑认为侄女好不容易念了大学，不应该找一个初中生，而钰珍时隔多年重逢小潘后，反倒觉得早早进入社会的小潘，比起大学班上的男生，更能给她安全感，两人也更有话说。小潘初中辍学后，立即跟随父母来到广州，帮忙干点杂活。得知钰珍在广州念大学，他在忙碌的间隙中，时而开一辆货车来学校找她，时而穿一身遍布油漆的工作服出现在她眼前。大二最后一个学期，两人确定恋爱关系，钰珍欣赏小潘的踏实和靠谱，小潘看重钰珍从未改变的善良和热情。

相比师弟师妹一年比一年艰难的就业，回想起来，2008年的毕业季，对钰珍他们这一届而言，算得上黄金时期。她联系的第一份实习工作，是花都的一家农业银行，得知单位明确不招农村户口的毕业生后，钰珍很快放弃了这一选择，随后来到深圳一家保险公司实习。上班几个月，小潘一天十几个电话，"他反复问我到底有没有真心，问我是不是想留在深圳，我想了一下，义无反顾地离开了保险公司"。回到广州，小潘带钰珍去见了父母，直到这时，她才知道，小潘的家，离自己的大学，仅仅四个地铁站的距离。

钰珍的最后一份实习工作，在广州的中建某局。2008年前后，正是公司发展最快的阶段，广州的很多地标建筑 —— 东塔、西塔、太古汇及其他总部大楼，公司都是总承包商。钰珍从来没想到，自己凭一纸专科文凭，就获得了让人羡慕的机会，"非常幸运，二十多个毕业生竞争实习岗位，就我一个人入围。实习期满后，领导认为我工作踏实，将我留了下来。"

从入职第一天起，钰珍就对这份幸运充满感恩，她要求自己不能放过工作中的任何细节，"我从前台做起，什么都干，好长时间，就是一个送水工"。半年后，公司业务量越来越大，领导着急物色一名可靠的员工，管理庞杂而重要的印章，钰珍很快进入视线，这样，她在"印章管理"岗位上，待了近十年。伴随公司的快速发展，公司的业务量剧增，业务种类也大大拓展，钰珍管理的印章多达数百枚，"这份工作琐碎、耗人，但责任重大，容不得半点差错"。在钰珍记忆中，两个孩子出生没多久，自己就必须快速调整状态，待命工作的要求，"全国各地跑，白天黑夜随叫随到，公司谈下一个项目不容易，到了招投标阶段，只有盖章完成，才意味着业务的敲定，印章管理容错率为零"。

多年来，钰珍没有出过任何差错，她也因办事踏实，让人放心，每次面临岗位调整，就被领导不断挽留，不知不觉，竟然在这一岗位待了很长时间。从2020年开始，公司开展"三年行动"计划，员工必须离开总部，轮换到新的单位或部门。这样，钰珍离开了"印章管理"岗位，轮换到科学城附近的一家分公司，负责党建和工会管理。2021年4月，为了接受更大的挑战，让自己获得更多锻炼，她竞聘去了东莞一家分公司，担任办公室副主任。

近几年，随着总部的转型，公司的业务也逐渐往基建靠拢，水务、环保、钢结构、装饰、园林设计，都成为拓展范围。钰珍去东莞后，所属的公司有两个钢结构大厂，面积近十万平方米，由此，和基层产业工人打交道，成为钰珍的重要工作内容。相比印章管理的封闭，钰珍在大量的人际交往中，学会了换位思考，学会了从不同维度处理问题。每年毕业季，公司会从全国不同高校招录几十名新员工，迎接他们时，钰珍会给每个人买雪糕，并告诉他们一些南方轶事，"不要称呼成年女性为大姐、阿姨，而要叫靓女"，同时开玩笑提醒新员工，"不要可怜地铁口卖菜的老人，他们是本地人，名下有十几套房，老人不是因为穷才去卖菜，而是为了打发时间"。

钰珍和我讲起她的工作经历时，也自然聊到了班上其他同学的状况。大学期间，钰珍一直担任班长，毕业多年，她和班上的同学保持了密切联系。丽炜来自云南曲靖，是钰珍大学期间的闺蜜，钰珍告诉我，"作为独生女，丽炜毕业时，在广州和曲靖之间犹豫了很久，最后还是回到了故乡，目前在曲靖一家银行当理财经理，过得安稳而舒适"。我们不约而同聊到了朱洁韵，洁韵生病时，钰珍曾在学校发起募捐，"如果她不生病，根据她的性格和能力，现在也会过上不错的生活"。钰珍对洁韵假设的笃定，让我突然想起，2008年的毕业季，尽管美国的次贷危机同样波及中国经济，但班上的学生丝毫没有对未来的担心，更没有关于就业的紧张和焦虑。回过头看，2008年恰如钰珍所言，确实算得上这一代年轻人的黄金时机。近两年，钰珍也留意到，单位新招的员工，清一色来自985或211大学，像她这样来自二本院校的专业生，几乎看不到踪影。"如果不是毕业早，放在今天，我都无法想象自己要面临什么选择。"

中午时分，钰珍开始做拿手的煲仔饭。家里用的自来水，是三四户村民集中从天鹿湖接过来的山泉水，看得出来，只要在家，钰珍就是全家人的主心骨。丈夫利用中午的空隙，从楼下员工食堂打了一份饭菜，上到三楼和我们一起聊天。钰珍戏称，"他是我们家的潘教授"，同时拿出生日那天，丈夫写给自己的古体诗为证。小潘则笑着解释，"家里总是网购汽车零配件，为了保证质量，将收件人标注为'潘教授'后，快递员的态度好了很多"。

　　小潘初中没有毕业，平时喜欢看书，言谈举止极为儒雅。他跟随父母到广州谋生后，一直严格要求自己，"先后考了高级维修工证、二手车评估师证，还自学拿了大专文凭"。楼下的汽车养护公司，是小潘和朋友合作的结果，"说是公司，其实就是路边摊模式。经营场地是我的，档口坐镇的师傅从湖南请过来，一些朋友出技术，我作为学徒跟他们一起做"。在此以前，小潘跟随父母经营门窗生意好多年，随着房地产热潮的消退，他意识到必须早日转型，必须接受新的挑战。汽车养护行开了几年后，小潘早已适应新的变化，但挑战无处不在，随着电动汽车的兴起，他切身察觉到了传统燃油车的压力，"新能源发展起来后，内燃机的零部件就少了，后期的氢原料电池属于电的范围，说白了，没有发动机了，修车变成了处理电机。而这必然涉及光伏电、高压电，路边摊的形式会慢慢淘汰，养护必须去4S店"。显然，相比钰珍的相对稳定，小潘在社会的历练中，早已习惯了主动转型，不断更新。

　　饭后不久，我与钰珍爬上她家的顶楼眺望。尽管房屋的楼层不高，但在隐隐约约的山脊中，依然可以看见萝岗的天际线。相比龙洞的杂乱，萝岗这一片后发之地，无论规划还是城市建设，起点都要高很多。远远看去，天鹿湖森林公园几乎与村庄融为一体，牛头山旁的艺术家村近在眼前，当年红极一时的雅居乐富春山居，就在村庄的隔壁。万科、龙光、保利、恒大、融创等地产商所建的楼盘，承载无数新广州人的梦想，在钰珍家楼顶前方的天空下依次绽放。万达广场、新兴产业、山顶公园，地铁、绿道、学校、医院，限购、升值，GDP增速承载了一个城市的野心，也叙述着萝岗新区的蝶变。

无论是通过念书进入城市立足萝岗，还是通过进城打拼，赶在城市化脚步尚未加速之前扎根村庄，在六号线的尽头，总有一种幸运，落在不同时代的少数人身上。

回 娘 家

从钰珍家回来不到一周，1月28日，钰珍兴致勃勃给我打电话，告知已处理好单位年前的事情，准备29号回老家过年，问我是否愿意同行。韶关靠近湖南，是我春节回乡的必经之站，于是，我调整好年前的行程，决定先随钰珍回家看看。

第二天一早，我们约好在龙洞地铁站见面，小潘负责开车。根据往常的经验，腊月二十七算得上春运期间返乡的高峰期，顺利买到一张火车票，或搭上同乡的顺风车，成为外出游子的最大心愿。让我惊讶的是，进入高速路段后，广东境内北向韶关段的广连高速、大广高速，竟然一路畅通，看不到几辆小车。显然，因疫情尚未结束，很多工厂提前放假，腊月一到，不少外出谋生的打工人，早已提前返乡，和往年的客流高峰形成了错位。

一路的风景，倒是和高铁窗外没有差异，只不过坐在汽车上，会感觉人和身边的山、树、路要更为贴近。车子很快穿过靠椅山隧道、太宝山隧道，仅仅两个小时，便到达新丰县境内。钰珍与丈夫的家，都在遥田镇，相隔几公里，算得上近邻。他们计划先送一部分行李去小潘家，吃过午饭，再去钰珍家。当天晚上，钰珍的两个弟弟，也将分别从新丰县城和深圳赶回来，尤其是小弟，第一次带女朋友见亲人，这是全家最为期待的事情。

下午两点，在小潘家吃过午饭，我们便启程去隔壁村的钰珍家。钰珍所在的村庄叫高石村，离小潘家几分钟的车程。进入村庄，只见一栋两层高的白色楼房，非常显眼地矗立在一处房屋密集的高坡上，从装修和外观看，房屋修建的时间不算长，在房子的右侧，是叔叔家，房屋的前面，是大伯家。经过一道缓坡，房子前方二十米，是一条硬化的机耕路，与机耕路平行，是一条清澈蜿蜒的小河，"我们小的时候，河边到处都是茂密的竹林"。

离除夕只有两天，村庄到处弥漫着过年的气氛。

大弟和弟媳早已回家，大弟正准备家族聚会的晚餐，弟媳则忙着收拾房间的卫生。我们到后不久，小弟和女朋友也陆续到达。

钰珍的爸爸，忙到天黑才回家。他个子高高大大，戴着一副眼镜，颇具干部风范。在我走访过的学生家长中，钰珍爸爸算得上开朗健谈的人。他一进屋，家里便热闹起来。晚上的家庭聚餐，分设在钰珍家、叔叔家和伯伯家。在几栋近邻的房屋之间，大人川流不息，小孩跑来跑去，嬉戏打闹，极为兴奋，我置身其中，仿佛回到了老家。四年以前，在安徽怀宁何健家，我也曾见识和参与过相同的聚会。在中国的任一村庄，一到春节前后，亲人之间的团聚，总是洋溢着相同的氛围，弥漫着浓浓的亲情。

钰珍的爸爸，被村民同时推举为村民委员和党支部成员。这几年，随着新农村建设的铺开，村委的工作变得重要而繁杂。回到村庄以前，爸爸一直依靠外出打工维系家人的生活。他出生于1966年，初中毕业后，曾去广州芳村找过事，在三十岁前，四处漂泊辗转各地，工作并不稳定。

1985年，爸爸曾去芳村当年知青点附近的一家工厂拉煤，每个月收入一百五十元；1993年，他辗转去了湖南郴州一家酒店当厨师，此后还在建筑工地做过小工。直到1996年，爸爸再次回到广东，进了增城天天洗衣机厂，工作才得以稳定下来。在洗衣机厂，他很快显露出潜藏的领导才能，一直担任主管。随着孩子们的长大，各项开支明显增加，2004年，为了获得更多收入，爸爸跳槽到东莞丰田洗涤有限公司，担任分厂厂长。洗涤公司的对外业务，主要包括酒店的床上用品、茶楼饭店的餐布和台布，合作的对象则包括广州北站、罗湖站、韶关站、佛山西站等，高峰阶段，甚至承接了广州站、广州南站、深圳东站的首发车业务，"那个时候，公司业务量大涨，工厂效益也很好，员工快速增加，总数达到一千多人，我们东莞的分厂，就有两百人"。

在钰珍记忆中，爸爸当厂长后，一直非常忙，很少回家，家里的经济状况，也说不上太好，最大的变化，是找爸爸的人多。和境军舅舅一样，爸爸解决了大家族富余劳力的就业问题，也帮助村里外出谋生的年轻人，在东莞找到了立足之地。附带的另外一个收获，是爸爸因为当厂长，认识的人多，钰珍家的不少亲戚，都在工厂找到了对象，"我们家好多外省的媳妇，贵州的、重庆的、江西的，像个联合国。我的堂嫂就是外地的，当时在工厂打工，爸爸将她介绍给了堂哥"。在东莞分厂干了十三年，2017年，妈妈因身体不好需要照顾，爸爸离开工厂回到了村庄。还没来得及调整状态，就被村民高票选为村干部，爸爸只得一边照顾妈妈，一边忙着村里的事情，"这几年，利用国家的扶持政策，我带领村民争取资源，修好了大路，修好了村道，下一个目标，是在离任前，带领大家接通自来水"。

爸爸在外谋生期间，妈妈一直在家带孩子。钰珍四姊妹，她是老大，下面依次是大弟、大妹、小弟。妈妈在娘家时身体就不好，婚后因长期分居两地，加上和公公婆婆的关系紧张，每次爆发冲突，爸爸总向着父母，这更加重了她的心理负担。常年的积郁和劳累，最终击垮了妈妈，随着年龄的增大，她精神分裂的趋势越来越严重。2017年，爸爸回家后，在分担村干部工作之余，主要任务是照顾妈妈，但随着妈妈病情的加重，爸爸根本无力独自承担。2018年，妈妈先后几次送往医院抢救，小弟也辞职回家和爸爸一起照料，坚持了几个月，还是没有办法照顾好病人。

清醒的时候，妈妈怕连累亲人，跳过一次河，被家人救起后，在原来的病情之上，还要承受骨折的痛苦，"那几年，我们一家人都处于崩溃中。妈妈的腿伤养好后，经朋友介绍，我们找到了一家专科医院，将她送过去长期调理"。在专业的照顾下，妈妈的病情明显好转，加上在医院结交了固定的朋友圈子，她也不愿回家。到现在，妈妈一直住在医院，家人会定期探望。钰珍对此感触颇深，"我们家人都照顾不好妈妈，但是政府将她照顾好了，每一次探望她，我发自内心地感谢政府的分担"。安顿好妈妈后，全家人的生活走向了正轨，爸爸一心一意在村委工作，小弟重回深圳上班。

当夜，热闹的家庭晚餐结束后，全家人待在客厅聊天，爸爸在孩子们的簇拥下，脸上洋溢着人到晚年的欣慰。村委的工作越到年关越忙，但村庄看得见的变化，让爸爸难掩喜悦之情，"现在路修好了，还拓宽了，环境也改善了很多，垃圾和污水也得到了处理。以前别人总说外国的农村漂亮，现在，我们村拍出来也特别漂亮"。

妹妹在镇上开了一家服装店，年前正是忙碌的时候，晚饭开餐前，她还没有赶到家，只是不断抽空打电话给钰珍，告知店里的具体情况。钰珍和弟弟、弟媳一边喝茶，一边听爸爸说话，几个人不约而同地聊起了以前的生活。和任何家庭的年关聚会一样，成年兄妹之间的话题，都离不开对童年和少年时光的追忆，正是年关前的情绪发酵，让春节弥漫着浓浓的亲情。

钰珍出生于1985年，她对童年的记忆，有三个清晰印象：干很多农活、爸爸对自己好、学费拖欠。作为家中老大，加上客家人对女孩子的严格要求，钰珍从小极为勤劳。她六七岁就会放牛，会上山砍柴，家里插秧、割稻的常见农活，她小小身板，已是重要帮手。弟弟妹妹上学前班的几年，她要哄着背他们去学校。在几乎放养的童年阶段，钰珍像任何一个农村孩子一样，总会遭遇一些意外：背弟弟上学时，曾掉进山沟里，是路人将他们救起；割稻谷回家过独木桥时，赤脚踩进桥的缝隙，半个身子悬在河中央，是偶遇的叔公，小心翼翼将她拉出来；她还掉过一次茅厕，妈妈帮她洗干净后，让她去村里讨百家饭驱除晦气。

尽管从小要干很多活，必须表现勤快，作为家中长女，钰珍依然领受了爸爸足够多的爱。爸爸常年在外，每次回家，无论手头有钱没钱，他都会给大女儿捎个礼物。妈妈家务多，性子急，有时会责骂钰珍，爸爸若在场，一定会制止妻子骂人。在漫长的童年，钰珍最大的期待，就是等候爸爸回家，"奶奶经常说，只要他回来，我就算生病，也会立即好转"。

当然，对于童年，贫穷依然是刻骨铭心的记忆，"从小学到大学，我一直拖欠学费"。钰珍对贫穷的佐证，来自父母躲避计划生育时，并不害怕计生干部的处罚，"妈妈快生弟弟时，悄悄回到家里，躲起来不出门。我舅舅当时负责计生工作，他带人到我家来拖东西，发现家里没有一件值钱的物品"。爸爸补充当时的情况，"那时候，要养四个小孩，还有两个老人。你们都念书后，我兜里的现金，从来没有超过一百元，在天天洗衣厂当主管时，我的工资是一千二百元，工资一发，第一件事，就是将钱寄回家。"

钰珍上初中后，和隔壁村的小潘成为同学，"从小到大，我一直当班干部，初二时，我是班长，他是团支书"。班上劳动节组织活动，去当地村庄搞卫生，小潘带着男生玩，让钰珍和一帮女生干活，"他初中很坏，身材瘦小，穿着喇叭裤，梳着中分头"。小潘的父母当年都在外面打拼，钰珍朦朦胧胧记得，他初中没念完，就跟父母出去了。两人的再度重逢，是她考上大学来到广州念书后的事情。

钰珍考上县里的重点高中后，全家人决定搬往县城，"当时考上一中很难，一届也就十来个"。大姑借了三间旧瓦房给他们，解决了一家人的居住问题，"房子很旧很老的那种，年久失修，我们清理灶台时，砖缝里爬出了一条蛇"。韶关的冬天和湖南一样湿冷，一到下雨，漏水的屋子，会让全家人拿着大盆小盆忙个不停，"念高中时，我最大的梦想，是家人拥有一间不漏雨的屋子，屋子里没有蜈蚣"。

妈妈在县城的生活，依靠摆摊卖水果，"她算数特别快，大脑一闪而过，就能算出水果的价格"，弟弟妹妹随之开始在县城念初中。高中的寒暑假，钰珍会和妈妈一起摆摊做生意，哪怕到高三寒假的关键时刻，都没有中断。高考结束后的那个暑假，她决定去爸爸所在的工厂打工，"临行前，韶关下了一场暴雨，老房子完全泡在水里，收拾完毕，我就出发去了东莞"。高考成绩出来后，钰珍上了本科线，但没有达到预期目标，"我复读了一个月，收到了广东 F 学院的通知，班主任问清了家里的情况，让我立即停止复读，马上去大学报到"。直到今天，钰珍都深深感激班主任毫不含糊的建议，"他担心越到后面就业越难，事实证明了他的判断"。

进到大学后，钰珍依然担任班长。为缓解生活压力，她选择了勤工俭学的岗位，从小到大养成的勤劳习惯，成为她干任何事情的底色。暑假在系办值班时，她主动将办公室的窗帘洗干净，给老师留下了极深的印象。相比同龄人，钰珍坦言自己没有特别的才华，只不过如客家女子一样，本分做人，任劳任怨。但恰恰是勤劳的品行，给她带来了意外的机会，"从小到大，我做任何事情都踏踏实实，绝不投机取巧。实习结束，我之所以顺利留在单位，就是靠吃苦和踏实"。

大学毕业拿到的第一个月工资，钰珍在县城的江边，毫不犹豫给家人租了一套舒服的房子，"房子看好后，周末一到，我立即赶回去签字交钱"。随着钰珍念大学，家里的境况发生了很多改变，"我们家，我妈家，我爸家，以前在村里，总是被人瞧不起。我念大学后，家人才慢慢在村庄获得尊重，农村就是这么现实。我虽没有才华，但确实靠读书改变了命运"。钰珍结婚没多久，就和丈夫帮助父母在老家建好了新房，弟弟妹妹也得到了好的安顿。目前，大弟在广州跑运输，成家后，定居新丰县城。小弟当兵转业后，在深圳一家公司上班。小妹结婚后，住在镇上，开了一家成衣店，几姊妹中，小妹离父母最近。

晚上九点半，妹妹才离开繁忙的小店，回到家中参加亲人的团聚。她采购了大大的一袋毛皮鞋，算是送给长辈的礼物。大伯、二伯、叔叔，在接到侄女的电话后，再次来到大哥家中，挑选各自喜欢的颜色和款式，笑容满面地领受侄女带来的温情。

冬日的韶关，在临近年关的暗夜，因为亲人的欢聚，弥散着节日的氛围。

我们聊天至深夜，再次驱车回到小潘家，明天中午，是小潘家的大聚会。

重叠的村庄

第二天早上，天刚蒙蒙亮，钰珍的婆婆就在屋里屋外忙开了。很难想象，这个沉默、温存的老人，多年来一直跟随丈夫在商界打拼。这几年，公公身体不好，为了更好照顾他，婆婆经常带他回到乡下的老宅。

冬日的清晨，空气清冽。远远望去，村庄窝在群山包裹的一块平地中，随处可见的凤尾竹和依山而建的房子紧挨在一起，到处郁郁葱葱，显示出南方的勃勃生机。一条清澈的小河从村庄流过，河边留有不少菜地。在村庄入口的小桥两边，一边一棵大树，掩映着古老的民居。吃过早饭，钰珍带着孩子们在村里闲逛，两个孩子在整日的奔跑中，壮实了不少。村庄房子稠密，人口也一天一天增多，看得出来，随着年关将近，村庄将迎来一年之中最为热闹的时光，小潘戏称，"老家平时人少得可怜，留在村里的人，还比不上随处可见的小狗多"。

沿着村庄的主干道，我们准备去看看以前的老房子。我留意到，随着乡村公路的完善，村民建房的趋势，越来越靠近路边。小潘家现在住的房子，大约十年前修建，他的童年，在另一个聚集点的旧房子里度过。我们走了五分钟，拐过一片稠密的老房子，一栋清爽、朴实的两层小楼，豁然出现在眼前。在父母外出打拼的漫长时光中，小潘和爷爷奶奶一直守着河边的两层小楼。房子目前无人居住，屋里的设备一应俱全，始终保留老人在世的模样。墙壁上，小潘童年所获的奖状清晰可见，爷爷奶奶用过的厨具、种菜的锄头、捞鱼的竹篓、晾晒东西的编盘，整齐有序地码在厨房里。石榴树种在一楼院子的角落，不管有人没人，只顾热烈盛开，花的鲜艳和娇嫩，越发在一抹抹精致的红色中，衬托出小楼的笃定和安心。小潘的睡房，正对窗外的小河，我想起钰珍和我说过，小潘尽管初中肄业，但读的书，远远超过她这个大学生，可以想见，童年和少年时代，小潘浸润在如此优美的地方，自己的心性获得了充盈的滋养。

我们爬上二楼的平台，全村的面貌立即呈现出来，也只有站在高处，才能真正感受到客家村庄的密集。离小潘家楼房不足三十米，有一栋老房子，小潘顺着方向指过去，"这是我太爷留下的财产"。房子的正门，清晰地写着"敦厚第"三个典雅的大字，"深挖洞、广积粮、不称霸""坚持社会主义，反对资本主义"的标语，用红色的颜料，潦草地写在旧居的墙壁上。作为典型的客家人，浓厚的家族观念，早已深深根植于小潘的心灵，他提到，"太爷留下了一栋房，爷爷留下了一栋房，父亲也留下了一栋房，作为第四代，我也应该完成自己的使命"。

逛完以前的老房子，婶婶打电话过来，邀请我们去她家玩。婶婶家的房子，离小潘家仅仅一路之隔，我们沿着河边走，很快便到了婶婶家。婶婶是一个热情爽朗的女人，当天中午是年前的家庭大聚餐，她和钰珍婆婆一样，很早就起床准备中午的菜肴。我们进门时，她早已将新做的客家米酒温热，又拿出年货，剥了好几个砂糖橘，让我们尝尝。

多年来，叔叔婶婶一直在广州打拼，这两年因为疫情，加上小女儿已考上大学，从去年开始，他们彻底搬回了村庄。尽管在广州打下了不错的家业，两口子从没想过休息，一回到乡下，就开始了另一种忙碌：婶婶喂猪、种菜，叔叔则种起了粉蕉。叔叔告诉我，"村庄的经济作物极为丰富，我们这里是广东有名的粉蕉基地，今年碰上台风，吹倒了不少香蕉，但价格还可以。去年香蕉只能卖五毛钱一斤，今年涨到了一块钱，算起来，种植香蕉的收入，比种稻谷划算很多"。

除了传统的粉蕉种植，砂糖橘也是村庄的特产，由于劳力的减少，加上管理跟不上，砂糖橘的种植规模，比起以前缩小了很多。叔叔兴致勃勃地提到，"村里明年准备推广凉粉草，有人算过，一亩地最少可以收入六千到八千"。从外表看，小潘家所在的村庄，和我湖南老家没有任何差异，但两个村庄分属两省，中间横亘了高高的罗霄山、雪峰山和五岭山，因气候的差异，两地的经济作物完全不同。在我的印象中，粉蕉和砂糖橘，就从来没有跨过韶关的高山，在我故乡的土地上大规模种植成功。

事实上，小潘父辈的收入来源，并没有依赖土地上的产出。村庄人多地少，有限的土地，养不活村庄的子孙，要想过上像样的生活，外出谋生成为唯一的出路。1985年，爸爸作为大哥，带着妻子离开村庄，来到广州上元岗一带贩卖木材，同时兼做门窗生意，并在随后的岁月中，陆陆续续带出了整个家族的兄弟姐妹。

对于父母早年的打拼经历，小潘没有太多印象。他和弟弟妹妹留守家中，跟随爷爷奶奶一起生活。事实上，在客家人聚集的村庄，以孩子的眼光看，大人外出谋生，孩子跟随祖辈，是极为平常的事情。小潘兄妹尽管没有父母的陪伴，但也没有留守儿童的概念，和其他孩子相比，他们并没有什么不同。

对于小学的印象，小潘始终停留在冬天与小伙伴挤成一团取暖的场景。对于小学的成绩，他印象模糊，但进到初中，因成绩突出，聪颖灵活是老师对他的一致评价。到初二，学校要求早自习，小潘每天必须五点多起床，才能保证不迟到。父母常年在外，不可能接送孩子去学校。爷爷去世后，小潘考虑到奶奶年事已高、精力有限，索性决定辍学，初中没念完，就跟随父母来到了广州。相比钰珍高中、大学的漫长求学生涯，小潘历经了和父母贩卖木材、做不锈钢门窗生意、转型汽车维修保养的职业变迁。他的个人成长，完全靠社会的历练和父母的言传身教。几天来，在和小潘交流的过程中，他反复强调，"个人立足社会，最后都是靠自己，如果能力强，也不一定要读大学"。他还提到，"如果有足够的常识，个人就有了立足社会的根基"。和钰珍结婚后，小潘经常笑话钰珍不懂事，想不透很多事情。转型做汽车养护以来，他接触的人越来越多，凭借经验，一般能从客人的外表判断其身份。让他惊讶的是，一些看起来斯斯文文、颇有来头的人，经常表露出粗野无礼的一面，"他们将车开到养护部，摇下窗，连个师傅也不叫，就直接大声喊，给我看一下车。他们有文凭，没文化，这个年代，大学生越来越多了，可是懂得礼节的人却越来越少"。

谈及父母的放养式教育，小潘并无怨言。在当时的条件下，爸爸妈妈也许意识到了送孩子念书的重要，但根本没有精力兼顾孩子的教育。他们沿袭了客家人的价值传承，教会孩子热爱劳动、不怕吃苦、敢于尝试，同时愿意放手将孩子甩出去，让他们早早获得更多的社会历练。小潘的弟弟妹妹，也都没有念大学，弟弟念完初中，妹妹读了中专，和他一样，就进入社会开始打拼。目前弟弟在佛山做生意，妹妹在广州从事信贷工作，钰珍对妹妹佩服得五体投地，"她胆大、灵活，懂得经营，也懂得处理人际关系"。从教育经历和立足社会的因果关系透视，小潘几兄妹，恰好和我教过的80后这批学生同龄。和我的学生通过文凭立足社会不同，他们没有历经完整的大学教育，但都通过现实的历练，抓住奔涌的时代红利，依靠各自的付出，在社会找到了立足之地。

在钰珍看来，公公婆婆一家带有天然的经商基因，他们对于经济的敏感，对于大势的把握，以及勇于冒险的胆识和快速的行动力，要远远高于其他村民。小潘父母在广州立足不久，就将叔叔一家及其他兄妹带出来，整个家族抱团一起经营木材生意。2000年左右，公公婆婆敏感地意识到，应该在广州郊区尽快物色土地，为孩子们储备一点根基。他们原本计划在上元岗一带购地盖房，因生意纠纷，亏掉不少积蓄后，没有任何犹疑，很快果断出手购置了当时白云、天河、萝岗交界村庄的土地，并修建了现在居住的楼房。

二十年前的萝岗，到处是荒郊野岭，但多年商界打拼的直觉，让公公婆婆坚信城市边界扩展的必然。为了方便做生意，公公买地的重要条件，是交通便捷，靠近路边。事实证明，家人的这一选择，让他们搭上了城市东扩的快速列车，也给小潘兄妹扎根广州提供了支撑。对父母而言，在萝岗村庄买地建房的最大好处，是能保留老家的生活方式：门前的空地，可以种菜，足够一家人享用；一楼的余屋，可以养鸡，保证两个孙子可以吃上新鲜的鸡蛋；屋顶的大平台，可以养蜂，他们一家人喝的蜂蜜，就来自天鹿湖森林公园的花丛。在村庄，不少村民盼望早日拆迁，获得房子和现金后，过上衣食无忧的"拆二代"生活；公公婆婆最大的心愿，是保留现状，一家人通过劳作，享受踏实而平静的生活。

钰珍2008年毕业，2009年结婚，2011年生了第一个孩子。结婚后，她与公公婆婆生活在一起，两位老人早已不再经营生意。公公从繁忙的工作退出没多久，就遭遇了中风，钰珍工作之余，除了照顾孩子，还要和婆婆一起照顾生病的公公。

和父辈比较起来，钰珍和他们最大的不同，是通过念大学获得了一份稳定的国企的工作，除了上班，和家人一样，她同样要料理家务、养育孩子、照顾老人。钰珍的身上，看不到太多同龄女孩对独立空间的向往，也没有对个人自由的极致追求，快速地融入婆婆的大家庭，对同样从大家庭走出的她而言，是一件自然而然的事情。在单位，她认真地对待所有的业务和岗位，以极致的责任感，做好每一件事情；在婆家，她将公公婆婆的事情，当作自己父母的事情，没有任何见外和隔膜。钰珍仿佛不曾拥有惆怅迷茫的片刻，不曾拥有让自己缓慢回味青春的缝隙，摆在她眼前的现实，要不就是承担长女的责任，帮助父母更快改善生活条件，要不就是承担儿媳的职责，生儿育女，照顾老人。"人当然要干活，不干活去干什么？"从小到大的客家环境，让她认为这一切都是理所当然。

在我的学生中，钰珍和父辈的价值观念如出一辙。也许，正是她身上超出一般女孩的担当和成熟，使得小潘和她分开多年后，依然有勇气走进大学校园，去找回年少时代中意的姑娘。

与公公的选择类似，叔叔去广州做生意后，同样在花都购买了土地，修建了住房，同时将多余的房子租出去补贴家用。小潘兄妹没有念大学，叔叔的两个孩子，都进入了大学校园。

上午十一点左右，姑姑和姑父驾车回来，随后不久，妹妹与妹夫也带着两个儿子赶到，院子里变得极为热闹。姑姑一看就是爽朗、能干的人，她1972年出生，共抚养了三个孩子，女儿1997年出生，大儿子1999年出生，小儿子2000年出生。三个孩子中，大儿子跟随自己做生意，女儿和小儿子正在念大学，小儿子就读广州某大学从化校区，学的信息工程专业，每年的学费需要三四万，算起来开支也不小，"现在社会发展不一样，年代不同了，大家都有文化，没有文化很难搞"。姑姑提到，三个孩子中，小儿子最喜欢读书，高考上了本科线，夫妻俩对填报志愿茫然失措，出钱找了招生办的人，才让孩子顺利进到了一所民办本科院校，"我们是苦了一点，但我们吃点苦，以后他才有出路"。姑姑又聊到了钰珍公公的病情，没说几句，就泪流满面。在共同的家族打拼中，外人看来全是机会和风光，她却目睹了大哥多年的艰辛和劳累，"做木头生意非常辛苦，哥哥当年好累好累，都没有好好享福，这么年轻就生了重病"。钰珍悄悄告诉我，公公兄妹关系极好，姑姑每回来一次，见到大哥中风后的模样，就忍不住要哭一场。说起来，一家人的生活，经过多年打拼，都已稳定下来，但背后付出的代价，亲人承受的痛苦，也只有亲历其中的人，才能看得更清。

中午的家庭聚餐，十二点准时开饭。姑姑擦干眼泪，调整好情绪，重新和亲人有说有笑。和昨天晚上在钰珍村庄的聚会一样，小潘一家年前的相聚，洋溢着同样的放松和欢笑，客家大盆菜摆上桌，孩子们叽叽喳喳说个不停。

明天除夕一过，就将迎来新的一年。像往年一样，一家人将离开村庄，奔赴异地，去到早已扎根的远方。对小潘而言，村庄是他人生的起点，也是他多年打拼之后的心灵安放地。如同自己的祖辈一样，他就算在广州扎根，但在村庄留下自己这一代的印迹，将是他人生的重要使命。

重叠的村庄，像一幅幅长长的画卷，勾勒了小潘一家绵延的历史，也扩充和丰富了钰珍的生命成长史。

归途列车，或者再出发

吃过午饭，稍稍休息一下，钰珍和小潘送我去韶关高铁站。

第二天就是除夕，我必须在年前回到湖北。根据计划，我们先去婆婆家过年，正月初四，再回湖南老家，然后一路南下回广东上班。

新丰县离韶关市的距离，和广州离新丰的距离差不多。韶关是我进入广东境内的首站，我对它熟悉而亲切，二十年来，我从未想过在此下车看看，因为钰珍，我第一次在这个途经了无数次的地方逗留。

韶关车站看起来雄浑典雅，站台前的台阶与广场极为开阔。群山环抱车站，一种散淡、笃定的气息弥漫开来，完全不同于广州南站给我的喧嚣与混乱。

——五年前的暑假，我家访的首程是云南腾冲，五年后的寒假，我家访的足迹，来到了广东韶关。

说起来，钰珍算是带我见过双方家庭亲人最多的学生。两天的走访，让我在最短的时间之内，见到了她的爸爸、妹妹和两个弟弟，见到了公公婆婆，以及小潘的兄妹。通过家庭聚会，我甚至见到了双方的叔叔、伯伯、婶婶、姑姑等亲人。

更重要的是，我和钰珍的丈夫小潘，进行了大量的交谈。作为钰珍的同龄人，小潘的成长路径和立足社会的经历，让我在审视学生的命运和去向时，获得了另外的视角和思考。小潘的经历，显示出80后一代青年，在改革开放的大潮中，通过社会历练、家庭教育、技能学习，获得了立足社会开阔空间的可能性。他敏锐的洞察力、做事的踏实态度、主动适应社会转型的应变能力，再一次让我确信，一个人能否在社会立足，和他拥有的文凭没有直接关系。在家长的引领下，一些孩子通过"甩出去"的方式，获得更多的人生历练和社会经验，同样可以锤炼出立足社会的能力。钰珍的成长则让我看到，对80后一代农村孩子而言，通过读书获得大学文凭，获得进入社会的门票，确实是个体改变命运的可靠方式。小潘与钰珍的差异让我看到，当依附在文凭之上的性价比越来越低，当大学教育捆绑就业的因果链条断裂后，在新的社会环境下，回到人的成长本身，让年轻人通过具体的历练获得社会性，是高等教育必须面对的挑战。概而言之，无论是小潘，还是钰珍，在现实语境中，他们都不算"成功学"意义上的耀眼个体，但都在各自普通的岗位上，通过踏实工作，顺利立足于社会。

人到中年，在具体的教育实践中，我会不时思考，当下的年轻人，到底和我们这一代有什么不同？他们的人生选择，是否真如媒体所强调的那样，只在乎自己的感受和自由，不愿结婚，不愿生孩子，不愿和他人打交道，不愿安心在单位工作，一言不合就离职走人？不可否认，直面变动不居、急剧动荡的流动时代，年轻人普遍遭遇了无处不在的焦虑，如何找到一条安身立命的路径，既是摆在他们面前的现实，也是我必须思考的问题。

对钰珍的家访，稍稍解开了我长久以来的疑惑。尽管钰珍将目前的境况，归结为各种幸运的成分，诸如大学毕业早、找工作顺利，公公婆婆打下了好的基础，让她和丈夫安居乐业，免去了当房奴的可能。作为旁观者，我却看到了小潘和钰珍身上幸运之外的其他要素：诸如来自传统大家庭的责任感、来自客家文化熏陶的坚忍和耐心、来自社会摸爬滚打的历练和勇气，还有始终葆有的善良和赤诚。他们的婚姻，用当下流行的观念，极易被标签化图解，在我眼中，两人之所以能跨越时间走到一起，主要基于共同的价值观，以及彼此在琐碎的日常生活中达成的理解和宽容。

说到底，年轻人的安身立命，除了物质层面的基本保障，也离不开精神层面的价值支撑。

我由此想到黎章韬，想到即将到孝感车站接我的大姐的女儿芳芳。在不同的时间段，他们都曾就读于广东F学院，随着时间的流逝，在离开大学校园后，终究随着毕业生的队伍，汇入生活的不同角落，在关于二本学生的整体图景中，以各自独特的面孔，丰富着对这一群体的叙述。

从这个角度看，来到钰珍家，并不构成我转身讲台、走向家访的终点。

归途列车抵达处，是我无尽旅途的新一程。

2022年12月9日初稿

2023年7月21日定稿

致　谢

　　确切地说，直到写完家访部分，我对二本学生的叙述，才算有了一个相对完整的表达。在原来的设想中，《我的二本学生》分为两个部分：其一，基于讲台视角的从教经历与观察，时间跨度为2005年—2018年；其二，讲台以外，走向讲台背后学生家庭的寻访与观察，时间跨度为2017年—2022年。第一部分已经完成，本书算是对第二部分内容的呈现。

　　多年来，讲台下的学生群体，始终占据了我生命内存的最大份额，他们是我靠得最近的群体，也是我最为熟悉和牵念的群体。十八年的从教生活，五六年的家访经历，这所有的一切，在我内心发酵得极为浓烈，关于二本学生的所有文字，都由我的学生推动而涌现。直面他们，就是直面我自己。本书的写作，不过是转型期中国，个体微尘对另一群生命的郑重回望和审视。

　　毫无疑问，这是我最想进行的写作。有时想想，漫长的从教生涯，竟然和几千个学生共处同一时空，并见证了无数年轻生命的蜕变，一种职业的敬畏感，无论如何都难以抑制。

关于二本学生文字的出场，要感谢我的学生，我无法说出几千个孩子的名字，但我始终记得你们来到我身边的气息。尽管在书中，出于写作伦理，更多时候，我只能用化名叙述你们的经历，但这丝毫没有拉远我们彼此之间的距离。感谢051841班的孩子，作为我从教生涯中任教的第一个班级，你们的可爱让我感受到了教育的魔力；感谢062111班的孩子，在毕业多年后，还愿意接受我随时给你们布置的作业；感谢1516045班、1516046班的孩子，在一年的教学过程中，主动利用空余时间，帮我分担繁重的录音整理工作，大大加快了我的写作进程。感谢所有公共课的学生，正是因为你们的出现，才让我毫不起眼的日常生活，依赖平凡的课堂，拥有了坚实质地。

感谢所有愿意和我聊天，坦然邀请我去家访的学生，这种信任和靠近，让我拥有机会更好看清个体的生存处境。当然，还要感谢作为同龄人的学生家长，谢谢你们的坦诚、热情，让我一次次近距离走进不同的家庭，看到更为丰富的教育图景。

感谢我的所有老师，正是我的老师，教会我怎样对待学生。跨越二十世纪八十年代后期到新世纪初期的漫长时空，我先后历经从小学到博士、博士后的求学经历，亲历了中国乡村小学、乡村初中、县城高中、地方专科大学、全国重点大学等不同层次的校园场域，深刻感知到一个人的成长是如此缓慢、艰难而又神奇，感知到教师这个角色对学生的直接作用和长远影响，感知到"百年树人"对教育本质的洞悉及其包孕的深刻命题。

感谢我的父母和家人，让我从家庭教育的维度，更深地理解了爱的力量，坚信"爱"和"自由"在教育中的神圣与神奇。父母对我的养育和我对孩子的养育，丰富了我对教育的多重体察，从自身的生命经验出发，我更切近地获得了观照、理解、叙述学生的耐心和信心。

我还要借此机会，向刘道玉校长和黄达人校长致敬。刘校长在二十世纪八十年代，致力于人才培养的教育改革，他在武汉大学推动的插班生制度，很早就在我内心植入了"教育推动公平"的原初道义；黄校长在我中山大学求学期间所营造的人文氛围，使我无论身处何地，内心始终充盈着来自教育的润泽和力量，他退休以后所进行的大量高校访谈和思考，启发了我对教育的关注和理解，也让我坚信记录教育图景的重要意义。

2023年9月4日